UMA LIVRARIA COM AROMA DE CANELA

Laurie Gilmore

UMA LIVRARIA COM AROMA DE CANELA

Tradução de
Ana Rodrigues

Primeira publicação no Reino Unido em e-book com o título THE CINNAMON BUN BOOK STORE
Copyright © Laurie Gilmore 2024
Tradução © Editora Intrínseca 2025, traduzido sob licença de HarperCollinsPublishers Ltd.
Melissa McTernan afirma o seu direito moral de ser reconhecida como a autora desta obra

TÍTULO ORIGINAL
The Cinnamon Bun Book Store

COPIDESQUE
Camila Carneiro

REVISÃO
Ilana Goldfeld

ADAPTAÇÃO DE PROJETO E DIAGRAMAÇÃO
Juliana Brandt

DESIGN DE CAPA
Lucy Bennett/HarperCollinsPublishers Ltd

ILUSTRAÇÃO DE CAPA
© Kelley McMorris/Shannon Associates

MAPA
© Laura Hall

CIP-BRASIL. CATALOGAÇÃO NA PUBLICAÇÃO
SINDICATO NACIONAL DOS EDITORES DE LIVROS, RJ

G398L

    Gilmore, Laurie
        Uma livraria com aroma de canela / Laurie Gilmore ; tradução Ana Rodrigues. - 1. ed. - Rio de Janeiro : Intrínseca, 2025.
        (Dream Harbor ; 2)

        Tradução de: The cinnamon bun book store
        ISBN 978-85-510-1319-9

        1. Romance americano. I. Rodrigues, Ana. II. Título. III. Série.

25-95920
                        CDD: 813
                        CDU: 82-31(73)

Meri Gleice Rodrigues de Souza - Bibliotecária - CRB-7/6439

[2025]
Todos os direitos desta edição reservados à
EDITORA INTRÍNSECA LTDA.
Av. das Américas, 500, bloco 12, sala 303
Barra da Tijuca, Rio de Janeiro - RJ
CEP 22640-904
Tel./Fax: (21) 3206-7400
www.intrinseca.com.br

*Essa é para os meus leitores.
Obrigada por voltarem a Dream Harbor comigo.*

DREAM HARBOR

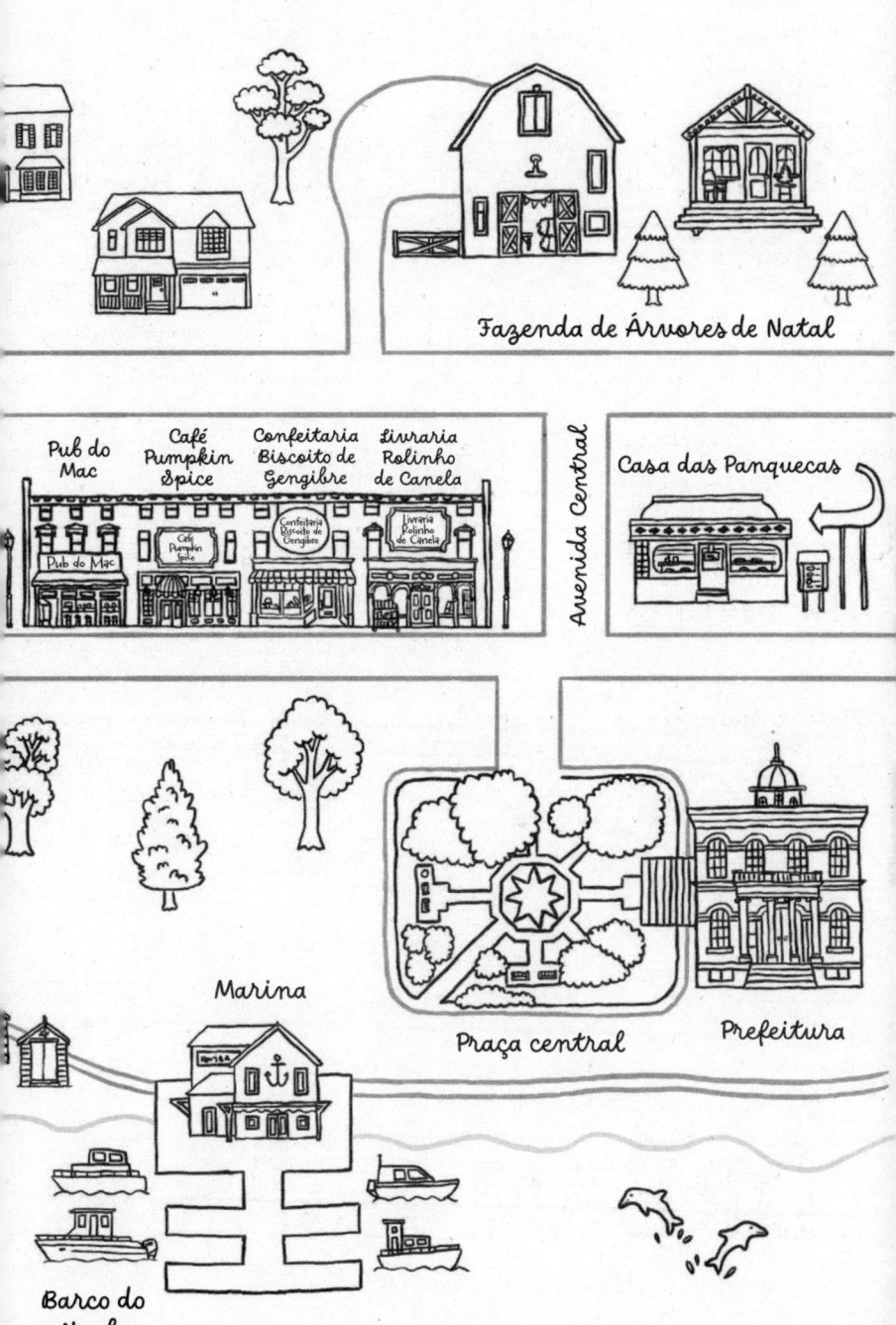

Playlist

'tis the damn season - Taylor Swift ♥
Scarlett - Holly Humberstone ♥
October Passed Me By - girl in red ♥
Scott Street - Phoebe Bridgers ♥
Meet Me In The Woods - Lord Huron ♥
gold rush - Taylor Swift ♥
Little Freak - Harry Styles ♥
I know it won't work - Gracie Abrams ♥
Bookstore Girl - Charlie Burg ♥
Bags - Clairo ♥
Cinnamon Girl - Lana Del Rey ♥
End of Beginning - Djo ♥
Nonsense - Sabrina Carpenter ♥
Homesick - Noah Kahan, Sam Fender ♥
Heaven - Niall Horan ♥
Fade Into You - Mazzy Star ♥
all my ghosts - Lizzy McAlpine ♥
Too Sweet - Hozier ♥
All My Love - Noah Kahan ♥
Belong Together - Mark Ambor ♥
Radio - Lana Del Rey ♥
There She Goes - The La's ♥
invisible string - Taylor Swift ♥

CAPÍTULO UM

Hazel Kelly adorava uma boa história. No entanto, não tinha uma que pudesse chamar de sua, o que ficou bem claro quando se posicionou novamente atrás do balcão da Livraria Rolinho de Canela, o mesmo lugar que ocupava havia quinze anos.

Bem, não o tempo todo. Afinal, ia para casa no fim do dia e tudo mais. Ainda assim, a sensação era a mesma. De estar parada no mesmo lugar havia quinze anos.

Hazel suspirou enquanto reorganizava as pilhas de marcadores de cortesia à sua frente. Era um dia tranquilo, claro e ensolarado, o tipo de dia em que as pessoas aproveitariam para passear ao ar livre, não para explorar as prateleiras de uma livraria. Não que Hazel compreendesse aquela escolha. Ela *sempre* preferia estar entre as prateleiras de uma livraria.

Não era como se não amasse estar ali, atrás do mesmo balcão em que estivera desde o seu primeiro turno de trabalho, no final do segundo ano do ensino médio. O problema era que nada mais em sua vida havia mudado. Era o mesmo emprego. A mesma cidade. Os mesmos amigos. Na verdade, a única coisa de diferente, além de uma leve dorzinha nas costas quando acordava de manhã, era o nome da livraria, que sua chefe mudava mais ou menos a cada dois anos.

Hazel estava literalmente cercada por histórias incríveis, por livros cheios de amor, aventura e *vida*, mas se sentia empacada.

— E, em dois meses, vou fazer trinta anos — murmurou para si mesma, já que a loja estava vazia.

Os trinta anos estavam à espreita, encarando-a de forma ameaçadora. A data, 28 de setembro, estava gravada em sua mente. Hazel acreditava que, para algumas pessoas, chegar aos trinta significava deixar para trás os dias frenéticos e gloriosos dos vinte anos. Era a época de sossegar, se tornar uma pessoa séria, agir como adulta.

Mas o problema de Hazel com fazer trinta anos era diferente.

Ela havia se esquecido de ter dias frenéticos e gloriosos. Seus vinte anos tinham sido… calmos? Responsáveis? Tediosos. De certa forma, Hazel estava na casa dos trinta desde os quinze. Ou mais próxima dos setenta, se perguntassem a Annie, a pessoa responsável por Hazel não viver com a cabeça enfiada em um livro.

E aquilo nunca havia incomodado Hazel. Ela gostava da livraria. Gostava de xícaras de chá de camomila, de dias chuvosos e de fazer palavras cruzadas nas manhãs de domingo. Gostava dessa vida tranquila. Mas naquele momento, com a chegada dos trinta cada vez mais próxima, Hazel começara a se perguntar se havia perdido alguma coisa. Talvez tivesse se esquecido de ter algumas experiências. Talvez, por mais surpreendente que pudesse parecer, houvesse mais vida fora dos livros, uma que ela deveria ter experimentado, àquela altura.

O sol zombava dela pelas grandes janelas da frente. Hazel tinha acabado de montar uma vitrine com "sugestões para ler na praia em agosto", mas ela mesma não conseguia se lembrar da última vez que tinha ido à praia com um livro. Sua pele ficava queimada se passasse mais de dez minutos no sol, o que talvez fosse uma pista do seu problema atual e de uma possível deficiência de vitamina D que ela provavelmente deveria investigar.

Hazel precisava de uma aventura.

E logo.

Ou pelo menos de uma boa história para contar na próxima vez que fosse ao pub do Mac para ouvir as últimas teorias de Annie sobre ele e sobre como estava tentando prejudicá-la. Ou para escutar a respeito dos planos de Jeanie e Logan de redecorar a casa da fazenda quando ela finalmente decidisse se mudar para lá. Ao menos uma vez, Hazel gostaria de chocar as amigas, e a si mesma. Ao menos uma vez, Hazel gostaria de fazer algo que ninguém estivesse esperando.

Mas não naquele momento. Porque, naquele momento, seu olhar encontrou um livro torto na seção de romance e ela precisava endireitá-lo. Afinal, aquele era o trabalho dela. Hazel foi até a prateleira, lançando uma rápida olhada para a porta só para o caso de alguém estar passando e querer entrar, mas as ruas estavam vazias. Era uma perfeita tarde de fim de verão, e parecia que todos em Dream Harbor estavam na praia, fazendo trilha ou relaxando na piscina, aproveitando o calor antes que o tempo mudasse.

Até Annie tinha dito que o dia estava bonito demais para ficar trancada em algum lugar e havia fechado a confeitaria mais cedo para ir passear em um vinhedo com as irmãs. Hazel suspirou — tinha certeza de que ouviria tudo a respeito no dia seguinte, já que não tinha nada para contar, a não ser a emocionante história do livro torto na prateleira...

Ela balançou a cabeça. Precisava se animar. E que melhor maneira de fazer isso do que arrumando a livraria? A seção de livros de romance tinha crescido muito nos últimos anos, graças ao lobby do clube do livro e de seu amor pelo gênero. Hazel ficava vermelha só de olhar para algumas capas, mas, se era bom para os negócios, então por ela tudo bem.

O livro torto não estava apenas torto, como também no lugar errado, então ela o puxou para fora, evitando contato visual com o homem seminu na capa, e estava prestes a colocá-lo de volta no lugar certo quando percebeu que uma das páginas estava com a ponta dobrada.

— O que é isso? — murmurou para si mesma.

As pessoas não tinham respeito? Nem tinham comprado o livro e já marcavam a página? Ela quase acrescentou "Que mundo é esse?", mas nos últimos tempos vinha tentando parar de agir como uma senhorinha, então se limitou a pensar.

Hazel abriu a página marcada e encontrou uma frase destacada com um marcador. Uma frase destacada em um de seus livros! Aquilo era inaceitável! Inacreditável! Alguém tinha simplesmente entrado ali e danificado um dos livros dela, e nem se dera ao trabalho de comprá-lo!

Hazel teria continuado a esbravejar mentalmente pelo resto do dia se a frase destacada não tivesse chamado a sua atenção.

Não era particularmente boa. Não era concisa ou profunda. Mas era como se o livro, ou quem havia destacado a frase, estivesse falando diretamente com ela.

Se quiser uma aventura, senhorita, venha comigo.

Hazel quase deixou o livro cair no chão.

Então, olhou ao redor, quase esperando que alguém estivesse observando a cena e rindo dela. Com certeza aquilo era uma espécie de pegadinha. Mas de quem? E quem poderia saber que era nisso que Hazel estivera pensando o dia todo?

A livraria ainda estava vazia. É claro que estava. Aquilo era só uma estranha coincidência.

Hazel voltou os olhos para a prateleira. Nenhum outro livro estava fora do lugar. Só aquele. O livro que ela continuava a segurar com firmeza. Havia um pirata na capa, a camisa aberta pelo vento marinho aparentemente forte, que também jogava o cabelo dele para trás. O título era *Cativa do amor*.

Hazel teve a estranha e repentina vontade de se enroscar em um canto e ler a história do início ao fim, mas estava no trabalho, e aquele livro parecia perigoso. O tipo de coisa que ela certamente não queria ler no trabalho.

É que aquele homem, aquele homem fictício, passava a forte impressão de que poderia de fato levá-la em uma aventura.

Hazel releu mais uma vez a frase marcada, como se isso pudesse ajudá-la a resolver o mistério de quem a destacara e deixara o livro torto na prateleira. Estava tão imersa nos próprios pensamentos que não ouviu a porta da loja ser aberta.

Até uma voz baixa ressoar juntinho ao seu ouvido:

— O que você tá lendo?

Hazel jogou o livro do outro lado da loja, e ele aterrissou com um baque no canto de leitura perto da janela. Ela se virou e viu Noah Barnett encarando-a com um sorriso.

Noah, dono/operador da única empresa de turismo de pesca de Dream Harbor. Noah, que tinha aparecido na cidade alguns anos antes, rapidamente se tornado amigo de Logan e passado a orbitar a vida de Hazel como um satélite sexy. Ela balançou a cabeça. Só porque todas as mulheres e pelo menos metade dos homens da cidade achavam Noah atraente, não significava que ela se deixaria envolver por seus encantos.

— É tão bom assim? — comentou ele, com um sorriso preguiçoso.

Caramba... o cara era charmoso. Na verdade, charmoso o bastante para que suas proezas amorosas com as turistas fossem praticamente lendárias. Portanto, o fato de ele continuar rondando a livraria em que Hazel trabalhava ainda era um mistério para ela.

— Você me assustou.

— Isso é óbvio.

O coração de Hazel estava disparado, e apenas em parte porque ela havia sido flagrada lendo cenas picantes durante o horário de trabalho. A outra razão era porque... bem, porque Noah estava sorrindo para ela daquele jeito de novo.

Hazel não conseguia entender aquilo direito. Noah era definitivamente muito bonito, isso ela conseguia admitir. E, definitivamente, não era o tipo dela. Hazel também sabia que não era o tipo dele, ainda mais porque ela *morava* em Dream Harbor. Por isso, achava curioso que Noah estivesse sempre sorrindo para ela como se soubesse de algo que Hazel não sabia.

Annie dizia que ele estava bem a fim dela, mas Hazel achava aquilo um absurdo. Ninguém, nem mesmo seus poucos ex-namorados, tinham ficado *bem a fim dela*. Hazel era bonitinha. Sabia disso. Bonitinha como um coala cochilando em uma árvore. Não bonitinha do tipo quero-levar-você-pra-cama. E tudo bem. Ela já havia se conformado com isso.

Mas Noah ainda estava encarando-a *daquele* jeito.

Hazel se virou e foi pegar o livro, mantendo a capa cuidadosamente escondida junto ao peito.

— Você precisa de alguma coisa? — perguntou, ignorando o modo como Noah estava encostado casualmente no balcão, observando-a caminhar de volta.

— Hum... talvez?

— Talvez?

— É, eu só...

O olhar dele se desviou do rosto dela para as prateleiras por um segundo. Aquela era uma típica visita de Noah. Ele aparecia mais ou menos a cada duas semanas para pegar um livro, mas nunca parecia saber o que estava procurando.

Annie dizia que aquela era uma prova de que ele estava a fim de Hazel, mas ela não acreditava muito nisso. Annie também dizia que Noah precisaria abaixar as calças no meio da loja para a amiga por fim se convencer, mas Hazel torcia muito para que aquilo não acontecesse.

— Eu só preciso de alguma coisa nova pra ler.

Ele cruzou os braços, flexionando os antebraços. O clima mais quente o fazia usar menos roupas e, no momento, todas as tatuagens de Noah estavam à mostra. Hazel sentiu o rosto enrubescer ao ver a sereia seminua enrolada no bíceps esquerdo dele.

Aquele era um homem com histórias para contar. Tantas que as havia marcado no corpo.

Hazel pigarreou.

— Você gostou do último livro que eu recomendei? *A Curse of Blood and Wolves*.

Noah assentiu, o cabelo ruivo cintilando na luz do fim da tarde.

— Sim, eu adorei.

— Ótimo. Acabamos de receber o segundo livro da série. Vou lá pegar.

Hazel pretendia fazer aquilo sozinha, mas Noah a seguiu pelo corredor da seção de fantasia, levando junto seu cheiro inebriante de sol e sal. Hazel nunca havia reparado no cheiro de um homem antes. Annie encararia aquilo como uma prova de que Hazel estava a fim de Noah.

O que seria uma conclusão... Boba? Sem sentido? Arriscada.

— Tá aqui.

Noah estava perto demais quando ela se virou, e Hazel quase deu de cara com o peitoral largo dele.

— Opa.
— Desculpa!

Os dois livros caíram no chão e Hazel se apressou para tentar pegá-los, mas Noah foi mais rápido e já estava com a capa do pirata seminu nas mãos antes que ela pudesse agarrá-lo de volta.

— *Cativa do amor?* — perguntou ele, com uma sobrancelha erguida.

Os dois estavam agachados no corredor, perto demais para Hazel conseguir evitar o olhar dele.

— Não é meu. Quer dizer, eu não estava lendo. Só estava colocando de volta na estante.

Noah sorriu.

— Parece bom. — Ele abriu na página que estava com a ponta dobrada, e comentou: — Achei que você não estava lendo...

— Eu... hum... bem...

O olhar de Noah encontrou a frase destacada.

— "Se quiser uma aventura, senhorita, venha comigo."

Ah, não, aquela frase lida na voz profunda de Noah estava provocando reações estranhas nela... reações indecentes. O que estava acontecendo com ela naquele dia?! Hazel balançou a cabeça.

— Eu só estava colocando de volta na estante — repetiu, enquanto pegava o exemplar dele e se levantava antes que Noah pudesse ler mais e piorar ainda mais a situação.

— Mas alguém marcou o livro — comentou ele, se levantando e ficando bem mais alto do que ela.

Por que aquele homem tinha que ser tão grande e tão cheiroso? Noah a estava deixando desconcertada e Hazel não gostava daquilo.

— Eu sei.

— Então alguém marcou e colocou de volta na prateleira?

— Isso.

— Que estranho.

— Eu sei, e a pessoa nem devolveu o livro ao lugar certo.

Hazel passou por ele, evitando encostar naquele corpo grande e cheiroso, e voltou para a relativa segurança da frente da loja. Noah a seguiu.

— Quase como se quisessem que você o encontrasse.

Hazel parou e se virou para encará-lo. Eles quase colidiram de novo, mas Noah parou a tempo.

— Por que você acha isso?

— Não sei. Só acho que parece uma pista ou coisa parecida.

— Uma pista? — Hazel semicerrou os olhos. — Noah, você tá zoando com a minha cara?

— Zoando com a sua cara?

Ele parecia mesmo confuso, mas Hazel não acreditou.

— Você mexeu com os meus livros para fazer alguma brincadeirinha boba? Se fez isso, vai ter que pagar.

Ela gesticulou com o livro na frente de Noah, que ergueu as sobrancelhas.

— É claro que não. Eu não… faria uma coisa dessas com você. E certamente não faria uma coisa dessas com os seus livros. — Ele fez um "x" sobre o peito. — Eu juro. Palavra de pescador.

Foi a vez de Hazel levantar uma sobrancelha.

— Palavra de pescador? Acho que isso não existe.

— Bem, agora existe.

— Humm.

— Mas ainda acho que pode ser uma pista.

— Por que alguém deixaria uma pista pra mim?

Noah voltou a dar de ombros, mas um brilho de empolgação iluminou os olhos castanho-claros.

— Como um convite para uma aventura, eu acho.

Uma aventura.

Noah sorriu, o coração de Hazel acelerou. O livro em suas mãos a chamava. Talvez fosse mesmo uma pista.

No mínimo, renderia uma boa história.

CAPÍTULO DOIS

Noah *estava* a fim de Hazel Kelly. Aquilo o surpreendia quase tanto quanto parecia surpreendê-la, mas era verdade. Ela não era como as outras mulheres com quem ele tinha ficado. Bastava olhar para Hazel naquele dia, por exemplo. Com a camisa de botão larga enfiada na calça de cintura alta, várias delicadas correntezinhas douradas no pescoço e um par de sapatilhas fofas, ela parecia... bem, ela parecia boa demais para ele. Inteligente e sofisticada. Isso sem falar daquela nuvem de cachos macios ao redor do rosto dela ou do jeito encantador com o qual Hazel ficava empurrando os óculos para cima, como estava fazendo naquele instante, enquanto o encarava como se ele fosse um alienígena.

É, ele estava a fim dela.

Tipo, *muito* a fim.

O que não tinha acontecido com ele desde, bem... nunca. Noah gostava de mulheres. Muito. E, pelo menos até aquele momento, sempre estivera rodeado delas. Mas nunca havia se sentido daquele jeito. O que era uma pena, porque tinha quase certeza de que Hazel não se sentia da mesma forma.

Ela sempre o olhava como se não conseguisse entendê-lo direito. Como estava fazendo naquele exato segundo. Pelo menos a sensação era recíproca. Noah não sabia o que fazer para ser mais óbvio em relação aos seus sentimentos. Ele aparecia na livraria a cada duas semanas e usava todo o seu charme e todas as estratégias de flerte que conhecia para tentar conquistá-la, mas não parecia estar funcionando.

Por outro lado, Noah talvez tivesse lido mais livros nos últimos meses do que em toda a sua vida, o que era um bônus.

Ele provavelmente deveria ser mais direto e chamá-la para sair ou alguma coisa assim. Afinal, aquilo tinha funcionado para Logan — ele e Jeanie estavam tão felizes juntos que chegava a ser enjoativo. Mas no caso dele era diferente. Hazel era diferente. E Noah estava em território desconhecido.

— Uma aventura? — perguntou Hazel, arrancando-o da espiral de pensamentos a respeito da fofura dela e de sua própria falta de jeito.

— Isso. Sei lá... Talvez alguém esteja deixando pistas para você, como uma caça ao tesouro ou algo assim.

— Humm. — Hazel franziu a testa e um pequeno vinco se formou entre as sobrancelhas. — Parece improvável.

— Talvez. Mas coisas improváveis acontecem o tempo todo.

Como você aceitar sair comigo um dia desses...

Ele quase disse aquilo, quase a convidou, mas Hazel logo voltou para trás do balcão para registrar a venda do novo livro.

— É só isso?

— Hum... sim. Só isso.

— O total é vinte e um e noventa e cinco, por favor.

Aquilo com certeza não era tudo o que ele queria, mas Noah lhe entregou o cartão de crédito. Não havia a menor possibilidade de aquela mulher inteligente e encantadora querer sair com ele. Havia um motivo para Noah ficar com garotas que estavam na cidade apenas para passar o verão, turistas e encontros de uma noite. Ele era bom para ser uma diversão, uma aventura. Não para garotas sérias como Hazel Kelly.

Ela lhe entregou o livro e os dedos deles se esbarraram. Hazel sustentou o olhar de Noah por um breve instante, e naquele momento ele quase conseguiu acreditar que ela sentia a mesma faísca. Mas Hazel logo desviou a atenção e se despediu dele, rumando para a porta.

Garotas como Hazel Kelly não eram para ele. Ele era inteligente o bastante para saber aquilo.

Noah saiu da livraria e mergulhou no calor do dia. Era o primeiro dia ensolarado depois de um julho chuvoso, e a cidade tinha voltado ao modo verão. O verão na Nova Inglaterra era curto. Se as pessoas não mergulhassem de cabeça, acabariam não aproveitando. Embora fosse agosto, a maioria das lojas da rua principal da cidade ainda estava com as decorações de Quatro de Julho, faixas e bandeiras vermelhas, brancas e azuis. O verão sempre fora a estação favorita de Noah. Verão significava praia, sorvetes sem fim e férias. Liberdade. Ele nunca fora bom na escola. Era tempo demais sentado, e Noah nunca tinha sido bom em ficar sentado. Ou em passar muito tempo em um só lugar. Depois que saiu da casa dos pais, não havia passado mais de um ou dois meses no mesmo lugar, arrumando as coisas e indo embora assim que ficava entediado. Mas algo em Dream Harbor o deixara com vontade de ficar. Ao menos por enquanto.

Noah pensou em dar uma parada no Café Pumpkin Spice para tomar um chá gelado, mas estava exausto e só queria chegar em casa e tirar um cochilo. A primeira saída de barco do dia o obrigara a acordar às quatro, e ele havia passado a manhã ensinando um grupo de playboys da cidade a pescar. Infelizmente, a maior parte dos rendimentos de Noah vinha de caras que não sabiam nada sobre mar, barcos ou peixes, e era a função dele levar aqueles caras em um passeio e fazer com que fossem embora achando que entendiam de tudo.

A verdade era que Noah fazia a maior parte do trabalho: se certificava de que os peixes fossem pescados, limpos e embalados para serem levados para casa, enquanto os caras ficavam bêbados. Mas pagava as contas, e ele podia estar sempre no mar, então não era um mau negócio.

E era melhor do que assumir o império de frutos do mar da família em North Shore. De qualquer forma, as irmãs eram muito melhores em administrar os negócios — ele não precisava estar por perto para saber que era verdade, mesmo que ainda se sentisse culpado por ter ido embora. Mas tinha menos a ver com os negócios e mais com as pessoas. Noah também sabia disso, só não queria lidar com a situação.

Ele não levava jeito para administrar um negócio. Ao menos não um tão grande. Ao longo dos anos, seus pais tinham transformado o pequeno comércio de pesca em uma empresa multimilionária, que fornecia frutos do mar para centenas de restaurantes em todo o país. Depois que os pais dele se aposentaram, as irmãs mais velhas tinham assumido como CEO e CFO. E Noah fugira.

Ele enxugou o suor da testa enquanto caminhava, sendo tomado pela já conhecida onda de culpa e vergonha. Chega uma hora em que a pessoa já decepcionou tanto a própria família que o melhor a fazer é cair fora, e Noah tinha atingido a sua cota bem cedo na vida.

Além disso, ele conseguia lidar com os pequenos passeios de pesca. Podia agendá-los e executá-los sozinho. E aquilo significava que ninguém iria se decepcionar quando o empreendimento inevitavelmente afundasse. Era muito mais simples assim.

Noah continuou caminhando pela cidade, pensando que provavelmente deveria ligar para as irmãs. Também estava pensando em Hazel e em quantos passeios havia agendado para o resto da semana, deixando a mente pular de um assunto para outro enquanto andava, aos poucos deixando de lado as lembranças dos erros do passado.

Quando avistou a casa, os pensamentos de Noah voltaram para Hazel e para aquele livro que ela estava lendo... Será que ela gostava de caras com barcos? Porque, por acaso, ele era um cara com um barco. No fim das contas, talvez devesse, sim, convidá-la para sair.

Noah começou a descer a costa rochosa. Antes havia uma trilha da estrada até a praia, mas havia se desgastado ao longo dos anos, por isso era preciso escalar algumas pedras grandes e pedaços de concreto para chegar à areia. Mas Noah não se importava. A praia a alguns quilômetros da estrada tinha um acesso muito melhor e deveria estar lotada em um dia como aquele, mas ali estava tranquilo.

Ele tirou os sapatos quando chegou e cravou os pés na areia, se acalmando na mesma hora.

Quando desembarcara em Dream Harbor alguns anos antes, Noah vivera no barco por um tempo até encontrar antigas cabanas de pescadores em um trecho esquecido da praia. Ele teve certeza de que, se alguém as reformasse, elas seriam excelentes propriedades para aluguel de temporada. E foi exatamente o que ele começou a fazer com uma delas, como um pequeno projeto paralelo, cerca de um ano antes, meio que esperando que alguém aparecesse e dissesse que ele não podia fazer aquilo. Mas, até o momento, ninguém falara nada.

Então ele passara a acampar ali em segredo. Ainda ficava a maior parte do tempo no apartamento acima do pub do Mac — e, até onde os moradores curiosos da cidade sabiam, aquele apartamento era o seu lar. Algum dia, Noah contaria sua ideia ao prefeito Kelly e tentaria comprar aquelas cabanas velhas. Talvez.

Ou talvez fosse só uma ideia idiota. Afinal, não seria a primeira.

Ou talvez ele fosse preso por ocupação ilegal. Não fazia ideia. Mas, por ora, gostava dali. Noah abriu a porta da cabana e entrou no interior fresco. A brisa do mar que vinha das janelas da frente mantinha a temperatura agradável mesmo em dias quentes como aquele. Seria preciso um isolamento melhor se alguém quisesse ficar ali durante o inverno, mas Noah já havia consertado o telhado e colocado um novo piso. Felizmente, passara a infância seguindo o avô para todo lado, fazendo um milhão de perguntas. E todos os truques e dicas enfim tinham sido úteis.

A casa devia ter cerca de quarenta metros quadrados, mas contava com uma cozinha e uma cama queen-size — e um banheiro com encanamento questionável, mais velho do que Noah.

Ele jogou o livro novo na cama e pegou uma cerveja gelada dentro da caixa térmica que mantinha na cozinha. Eletricidade era a outra questão, além do encanamento, que não havia conseguido resolver sozinho, por isso ainda estava se virando como dava, mas era tão tranquilo ali que ele não se importava. O som das ondas quebrando preenchia a cabana e Noah sabia que dormiria antes mesmo de abrir o livro.

Ele se esticou no colchão que estava usando como cama e tomou um gole da bebida, deixando Hazel invadir seus pensamentos novamente. O que ela pensaria a respeito daquela cabana e da ideia dele? Será que acharia tudo um absurdo? Noah não teve muito tempo para pensar nisso antes de adormecer e sonhar que capturava certa livreira e a levava embora em seu barco.

CAPÍTULO TRÊS

Outro livro torto na prateleira. E virado para trás. Hazel se recusava a olhar para ele. Não era nada de mais. Era apenas um livro que algum cliente tinha guardado de qualquer jeito. Acontecia o tempo todo.

Alex cuidaria daquilo mais tarde, quando chegasse para seu turno. Hazel tinha coisas mais importantes a fazer, como encomendar os exemplares do mês seguinte e agendar os eventos de setembro com autores. Afinal, ela era a gerente de operações. Poderia deixar a arrumação para Alex ou Lyndsay, ou para a assistente recém-contratada que ia aos domingos, ou para literalmente qualquer outra pessoa, menos ela.

Inferno. Estava olhando para o livro de novo.

Fazia dois dias desde o incidente do livro torto, e Hazel tinha oficialmente decidido que era só uma coincidência estranha que com certeza não tinha nada a ver com ela e não voltaria a acontecer. Mas ali estava. De novo.

Alguém estava pregando uma peça nela.

De repente, a lembrança do momento em que Noah ficara todo animado, achando que talvez fosse uma pista, passou por sua mente. Ela descartara a ideia na mesma hora. Sem nem sequer pensar a respeito. Ele tinha ficado tão decepcionado que seu rosto bonito se fechara.

Hazel se sentira mal com aquilo, mas pistas, sério? Era absurdo demais. E só porque tinha se deixado levar pelos próprios pensamentos — e então Noah entrara com aquela beleza desconcertante —, não significava que mensagens secretas haviam começado a surgir em seus livros do nada. Porque aquilo seria loucura.

Hazel tamborilou com os dedos no balcão. Mais um dia sem movimento. As pessoas não liam no verão? Ela endireitou os marcadores já organizados e tomou um gole de chá.

Inferno.

Hazel marchou até a seção de romance para ajeitar o livro e quem sabe até esbravejar com ele, porque estava a fim de bancar a louca naquele dia. Tirou-o da estante e encontrou uma página com o cantinho dobrado, assim como no outro. Não poderia colocá-lo de volta na prateleira se também estivesse com algum trecho destacado. Não venderia um livro danificado.

Tinha que checar.

Os mirtilos explodiram em sua boca — ácidos e de sabor intenso. Tinham gosto de verão e de novos começos.

Hazel foi imediatamente transportada de volta à época em que colhia mirtilos quando era criança, à doce explosão das frutas em sua língua, à forma como inspecionava os arbustos em busca de frutos maduros e ao sorvete que o pai comprava para ela no caminho para casa. Ela fechou os olhos e se encostou na prateleira. Quando tinha sido a última vez que colhera mirtilos?

— Cochilando no trabalho?

Hazel abriu os olhos ao som da voz provocadora de Annie. Precisava parar de ser flagrada fazendo coisas estranhas na seção de romance. Ela empurrou o maldito livro de volta para a prateleira e se virou para cumprimentar as amigas.

— Não, é claro que não.

— Trouxemos almoço pra você — disse Annie, já se sentando em sua cadeira favorita perto da janela.

— E um chá gelado.

Jeanie estendeu a bebida e Hazel aceitou, feliz pela distração.

— Obrigada.

— Tá tudo bem? — perguntou Annie, o rabo de cavalo loiro caindo por cima do ombro quando ela inclinou a cabeça para examinar Hazel.

Elas eram amigas desde que a família de Hazel se mudara para a cidade, quando ela estava no nono ano, e Annie a conhecia bem demais.

— Sim. Tudo ótimo.

Hazel pegou a outra metade do sanduíche de Annie e se sentou em frente a ela, tirou os sapatos e enfiou os pés debaixo do corpo. Normalmente, teria insistido para que comessem na sala dos fundos, mas a loja estava vazia, então não fazia diferença.

— Tem certeza? Você tá meio esquisita.
— *Você* tá meio esquisita.

Annie mostrou a língua, e Jeanie riu.

— O calor sempre deixa ela mal-humorada — sussurrou Annie para Jeanie, como se Hazel não pudesse ouvi-la.
— O calor não me deixa mal-humorada. Eu só não curto muito.
— Hazel odeia sol. Parece uma vampira.
— Não pareço, não! Só prefiro ficar em casa. Eu sou uma daquelas gatas que não saem para a rua.

Jeanie riu de novo, o olhar indo rapidamente de uma amiga para a outra.

— Bem, já que você é uma gata caseira, talvez não queira vir, mas convenci o Logan a acender uma fogueira enorme hoje à noite.
— Uma fogueira enorme?
— Ou uma pequenininha, sei lá. Mas vamos ter *s'mores*!
— E bebida? — perguntou Annie.
— E bebida.
— Ótimo, tô dentro. E você, gatinha caseira? Acha que consegue ficar ao ar livre por algumas horas para se divertir com seus amigos?

Annie estava só brincando, mas suas palavras a atingiram em cheio. As amigas de Hazel achavam mesmo que ela não conseguia tolerar nem uma reuniãozinha ao redor de uma fogueira?

Ela respondeu, carrancuda:

— É claro que consigo.
— Perfeito!

Jeanie bateu palmas, empolgada, e Hazel se deu conta do que encontraria por lá: mosquitos, fumaça e sujeira. E provavelmente Noah, afinal, ele era amigo de Logan. Ela sentiu um frio na barriga preocupante quando pensou no pescador.

Inferno.

Tarde demais para voltar atrás. Jeanie já estava guardando o resto do sanduíche e saindo apressada.

— Tenho que ir. Deixei Crystal sozinha na correria da hora do almoço, mas vejo vocês mais tarde. Lá pelas oito!

Hazel assentiu meio desanimada antes de voltar a encontrar o olhar de Annie. A melhor amiga levantou uma sobrancelha loira.

— Você tem certeza de que tá bem?

Hazel soltou um longo suspiro. Ela não estava bem. Estava tendo uma espécie de crise de meia-idade. Ou crise dos trinta? Aquilo existia? De qualquer forma, estava considerando a hipótese de sair em uma caça ao tesouro, inspirada por uma pessoa que danificava livros pela cidade, só para ter a sensação de que fez algo interessante antes de seu trigésimo aniversário. Nada daquilo se parecia com "estar bem", mas Hazel ainda não queria contar para Annie.

— Aham. Eu tô bem. Só um pouco preocupada com o movimento da loja.

Annie olhou ao redor do estabelecimento vazio.

— Eu não me preocuparia muito, Haze. As pessoas só estão um pouco animadas depois desse julho longo e chuvoso. Os clientes vão voltar.

Hazel assentiu.

— É verdade, você tá certa.

Annie sorriu e passou um biscoito recém-assado para a amiga. Uma oferta de paz.

Elas terminaram de comer em um silêncio confortável, mas a atenção de Hazel continuava a voltar para o livro que encontrara torto na estante, para os mirtilos e para o resto do verão que se estendia à sua frente — nebuloso, quente e cheio de possibilidades.

Hazel já havia sido picada por nada menos do que quinze mosquitos e não importava onde se sentasse ao redor do fogo, a fumaça parecia soprar no seu rosto. Ela segurava uma cerveja morna em uma das mãos e um *s'more* queimado na outra. Estava fingindo estar se divertindo.

Não estava se divertindo.

E Noah tinha acabado de chegar, todo bronzeado e cheio de sardas, o que fez Hazel voltar a sentir aquele frio na barriga esquisito.

— Oi, pessoal.

Ele os cumprimentou com um aceno e todos disseram oi. Hazel estava entre Annie e Jacob, do clube do livro — os dois sentados em cadeiras dobráveis, enquanto ela acabara em uma cadeira velha da cozinha que tinha certeza de que iria quebrar a qualquer momento. George, da confeitaria, também estava ali, de pé, com uma cerveja na mão, enquanto tostava um marshmallow. Isabel, a outra amiga de Jeanie do clube do livro, tinha se afastado do grupo para ligar para casa e se certificar de que as crianças já estavam dormindo. Todos pareciam felizes e relaxados. Ninguém mais dava a impressão de estar sendo comido vivo.

Logan cuidava do fogo com mais concentração do que Hazel achava necessário, mas até ele parecia estar aproveitando. Annie estava certa. O verão deixava Hazel mal-humorada.

— Oi, Noah! — cumprimentou Jeanie com um abraço antes que ele pegasse uma cerveja do cooler e se juntasse ao resto do grupo. — Estou tão feliz por você ter vindo!

— Ah, sim, claro. Eu faria praticamente qualquer coisa por um *s'more*.

Hazel pensou que estava protegida pelas sombras, mas de alguma forma o olhar de Noah encontrou o dela e sua boca se curvou naquele sorriso enigmático. Ela desviou os olhos e se concentrou no *s'more* em sua mão — que estava muito gostoso, apesar do sabor carbonizado. Quando Hazel voltou a levantar a cabeça, viu que Noah a observava lamber o marshmallow dos dedos.

— Ei, Noah, eu queria te perguntar uma coisa.

Felizmente, a voz de Annie desviou a atenção dele dos dedos de Hazel, porque ela estava prestes a ficar tão derretida quanto o marshmallow.

— Sim?

Ele levantou uma sobrancelha e sorriu daquele jeito que ele sempre fazia quando estava se divertindo com alguma coisa. Hazel fixou os olhos nos dedos grudentos.

— Como é que você nunca fica fedendo?

Jacob soltou uma gargalhada.

— Que tipo de pergunta é essa, Annie?

— O homem passa o dia todo em um barco de pesca fedorento e eu nunca senti cheiro de peixe nele!

— Então você tá acusando o Noah de mentir sobre o que ele faz o dia todo? — perguntou Jacob, dando um gole na cerveja.

Annie deu de ombros.

— Não sei, não... acho meio suspeito.

Noah riu.

— Tomar banho funciona que é uma maravilha.

Annie semicerrou os olhos, examinando-o com atenção.

— Você deve usar um sabonete bem poderoso.

— Eu esfrego com vontade.

Ele piscou para ela e Annie riu. Na verdade, todo mundo estava rindo. Menos Hazel, que se esforçava para não imaginar Noah sem roupa e ensaboado se esfregando no chuveiro.

— O que eu perdi? — perguntou Isabel, voltando para o círculo iluminado pelo fogo.

— Estamos só discutindo os hábitos de higiene do Noah.

Annie indicou Noah com a garrafa de cerveja e ele estendeu os braços como se quisesse deixar Isabel admirar sua limpeza. Ela não pareceu impressionada, o que era estranho, porque Hazel podia jurar que o calor do fogo aumentava quando os bíceps de Noah se flexionavam contra as mangas da camiseta.

— Uau, essa é minha primeira noite longe das crianças em meses, vamos mesmo falar sobre como Noah toma banho?

— Eu também voto por uma mudança de assunto — murmurou Logan, se levantando da sua posição agachada perto do fogo.

Jeanie deu um beijo no rosto dele.

— Que tal escolhermos o livro para agosto? — Jacob entrou na conversa.

Logan resmungou.

— Vamos passar de Noah no chuveiro para livros hot?

Jeanie riu.

— Sim.

— Precisamos de algum livro com cara de verão. Huuum, já sei, piratas! — Os olhos de Isabel cintilaram com a ideia.

— Hazel estava lendo um livro interessante de piratas outro dia. — Noah encontrou o olhar de Hazel com um sorriso brincalhão.

— Eu não estava lendo. Estava recolocando na estante.

Ele deu de ombros.

— Parecia bom.

— Qual era? — Jacob se inclinou para a frente, interessado no livro hot de pirata.

Noah ainda a encarava, e outro mosquito pousou na coxa dela. Que nova versão do inferno era aquela?

— *Amante sequestrada*... Ou não, não era isso... *Presa? Agarrada? Amarrada pelo pirata?*

Ai. Meu. Deus. Se Noah dissesse mais uma palavra a respeito daquele livro ou de ser amarrada por piratas, Hazel acabaria espetando-o com o palito de marshmallow que tinha nas mãos.

— Era *Cativa do amor* — resmungou, feliz pela penumbra que escondia seu rosto corado.

— Parece perfeito! — Jeanie bateu palmas.

— Aposto que piratas fedem muito.

Jacob estendeu a mão por cima de Hazel para dar um tapa no braço de Annie.

— Não estraga os piratas sensuais!

Noah ainda estava com os olhos fixos em Hazel enquanto o resto do grupo discutia sobre os hábitos higiênicos dos piratas. Ele a fitava como se soubesse que ela tinha levado aquele livro para casa e lido inteirinho, e que o pirata que imaginara não se parecia em nada com o da capa...

— Eu preciso... — Hazel se levantou rápido demais, fazendo a cadeira tombar. — Hum... ir ao banheiro.

Você não precisava anunciar isso pra todo mundo!

— Só toma cuidado no caminho. Tá ficando escuro e os Bobs estão soltos de novo — alertou Jeanie, com um sorriso preocupado.

— Tá, pode deixar. Sem problema.

Hazel se afastou da área iluminada ao redor do fogo e das risadas dos amigos, apressada. O sol havia baixado o bastante para que longas sombras escondessem as depressões e buracos do terreno por onde ela caminhava. *Que maravilha, vou quebrar um tornozelo ou ser atacada pelos Bobs, os bodes do Logan.*

Ela conhecia muito bem o caminho até a casa dos avós de Logan e conseguia fazer aquilo no escuro; frequentava o local havia anos. Mas, no estado em que se encontrava, não ficaria surpresa se acabasse em uma vala. Ou pior, bicada até a morte pelas preciosas galinhas do amigo.

Hazel estremeceu e apertou o passo. Ela nem precisava ir ao banheiro, mas com certeza precisava se afastar de pescadores cheirosos e de mosquitos sanguinários, então aquela parecera uma boa ideia.

Hazel entrou na casa e encontrou a vovó Estelle e o vovô Henry cochilando diante da TV na sala de estar. Eles acordaram assustados quando ela entrou.

— Hazel Kelly, é você?

— Sou eu, vovó. Tudo bem?

— Ah, sim. Ainda tem comida na panela, se você estiver com fome.

— Ninguém quer aquilo, meu bem — disse Henry, com uma palmadinha afetuosa na perna da esposa, e Estelle o fuzilou com o olhar.

Hazel sorriu.

Foi como se tivesse voltado ao ensino médio, quando ia direto da escola para a casa de Logan. Os dois tinham se adotado como irmãos havia muito tempo, já que ambos eram filhos únicos.

— Estou empanturrada de *s'mores*. Só vim usar o banheiro.

— Tá certo, meu bem. Me avise se precisar de alguma coisa.

Hazel assentiu e seguiu pelo corredor até o pequeno banheiro ao lado da cozinha. Ainda tinha o mesmo papel de parede desbotado, o mesmo piso de cerâmica azul. Ela olhou no espelho e encontrou o mesmo reflexo que via quando estava no ensino médio.

Bem, talvez um pouco diferente. Um pouco mais velha.

Mas se sentia a mesma.

A mesma Hazel de sempre.

Era possível ter lembranças de coisas que você nunca fez? De pé no banheiro do amigo, Hazel não conseguia evitar se lembrar de tudo que não tinha feito. Como o fato de nunca ter matado aula porque ficava preocupada com a possibilidade de perder alguma matéria importante. Ou de só ter ficado bêbada no ensino médio uma vez, ali mesmo na fazenda, e de ter se sentido tão culpada que havia confessado para a vovó Estelle.

Ela também tinha continuado a morar em casa durante a faculdade. Não frequentara boates, nunca dormira com um desconhecido, jamais tinha sido presa.

Tá certo, talvez fosse bom nunca ter sido presa, mas a questão era que nunca havia sido imprudente, nem um pouquinho.

De um modo geral, Hazel gostava de si mesma. Gostava da vida que levava. Mas não conseguia ignorar a sensação de que estava faltando alguma coisa. Que todos aqueles vácuos em suas lembranças estavam se transformando em algo parecido com arrependimentos. Arrependimentos que Hazel não queria carregar para os trinta anos.

Sua mente retornou para os sorrisos de Noah, para aqueles livros tortos na estante e para os mirtilos que fazia tempo que não colhia. Talvez não precisasse ser presa. Talvez pudesse aproveitar os dois meses seguintes para... se divertir. Poderia se divertir, certo? Era para isso que servia o verão, não era?

As tábuas do piso rangeram quando ela passou pela cozinha e pegou, em cima da mesa, o vinho que Jeanie tinha se esquecido de levar para fora.

Diversão. Aventura. Um pouquinho de imprudência...

Ela poderia fazer aquilo.

E começaria naquela noite mesmo.

Hazel saiu pela porta lateral, a que levava ao jardim particular do vovô Henry, e deu de cara com algo inesperado. *Arbustos de mirtilo!* Tinha se esquecido completamente que havia pés de mirtilo na fazenda de Logan. Ela ficou parada ali na beirada do jardim, a escuridão se infiltrando nas bordas do céu, e sentiu cada dia da idade que tinha. Não estava mais no ensino médio nem na faculdade. Não podia voltar e mudar o passado, e a verdade era que não queria fazer aquilo. Mas, nos meses até seu aniversário, Hazel queria se desafiar. E se soltar. Ser jovem e divertida e ter vinte e poucos anos antes que fosse tarde demais.

Talvez tivesse inalado muita fumaça da fogueira, mas o fato de ter acabado exatamente onde os livros tortos na estante haviam indicado parecia um sinal forte demais para ser ignorado. Os livros eram a chave para a sua aventura. Era hora de começar a prestar atenção neles.

CAPÍTULO QUATRO

Noah encontrou Hazel ligeiramente bêbada no jardinzinho. O ar cheirava a terra e fumaça. Já havia escurecido, e Hazel estava sentada na beira do jardim segurando uma garrafa de vinho pela metade.

— Ei, ficamos preocupados com você. Achamos que poderia ter sido devorada pelos bodes.

Hazel levantou os olhos para ele.

— Tava no livro.

Talvez ela estivesse mais bêbada do que ele havia imaginado.

— O que tava no livro? Você tem certeza de que tá bem? Quer que eu chame a Annie?

Hazel franziu o nariz e puxou Noah para baixo, para mais perto dela.

— Apareceu outro livro.

Ela o encarava como se ele devesse saber do que ela estava falando, mas Noah com certeza não sabia e, para ser sincero, naquele momento só conseguia pensar em como Hazel estava próxima, como era cheirosa, e que ela estava usando um short, e ele nunca a vira de short, e as pernas dela eram lindas e macias, e...

— Outra pista! — Hazel voltou a falar com a voz baixa, como se fosse um segredo. Noah queria ter segredos com Hazel Kelly. — Achei mais um livro com uma pista.

— Ah! É. As pistas.

— Isso. — Ela assentiu e seus cachos balançaram ao redor dos ombros. — Essa última pista falava de comer mirtilos, e olha só! — Hazel levantou as folhas de uma planta próxima e expôs a fruta fresca. — Mirtilos. — Seu tom era baixo, sussurrado, como se as frutinhas guardassem algum tipo de resposta para ela.

— Que... legal.

Não foi a melhor resposta, mas Hazel assentiu novamente e colheu uma das frutinhas.

— Eles também são muito gostosos.

Ela levou a fruta aos lábios e a colocou na boca. E então o mundo de Noah parou. A única coisa que existia naquele momento era a boca de Hazel, o suspiro baixinho de prazer que ela deixou escapar e os vaga-lumes cintilando ao redor da cabeça dela.

Hazel manteve os olhos fechados enquanto comia as frutinhas, e Noah continuou a fitá-la, maravilhado. Qualquer um que não percebesse que aquela mulher era gostosa demais não enxergava um palmo à frente do nariz.

— Quer um? — perguntou ela, voltando a abrir os olhos.

Hazel pegou mais alguns mirtilos e colocou na palma da mão dele, toda cuidadosa.

— Obrigado. — A palavra saiu num tom agudo e Noah pigarreou.

— Toma.

Hazel passou o vinho para ele, que tomou um longo gole antes de comer as frutas. Era uma mistura ácida e doce ao mesmo tempo, um sabor de verão.

Hazel sorriu para Noah. Ele se sentiu zonzo.

— Acho que preciso da sua ajuda.

O que você quiser.

— Tudo bem.

Ela empurrou os óculos mais para cima no nariz.

— Preciso de ajuda com o meu verão... quer dizer... preciso de ajuda pra me divertir.

— Você precisa de ajuda pra se divertir?

— Uma aventura. — Hazel fez um gesto amplo com a mão, indicando... tudo? — Quero seguir as pistas, se tiver mais, e quero só... sei lá... quero ser imprudente. Passei a vida inteira tentando não me arriscar e agora quero... aventura, emoção. Quero uma boa história pra contar em uma mesa de bar.

— E você quer que eu te ajude?

Hazel deu de ombros, desviando o olhar.

— Você parece bom nisso. Em diversão, em aventuras de verão. É isso que você faz, certo?

— Você tá... me contratando?

— Não! — Ela arregalou os olhos. — Não, não foi isso que eu quis dizer. Desculpa, estou me enrolando toda. Só achei que... sei lá, você pareceu tão animado com as pistas e é mais... bem... mais interessante do que qualquer outra pessoa que eu conheço... e achei que talvez quisesse me ajudar. Desculpa, eu não deveria ter falado nada.

— Hazel.

— Sim?

— É claro que eu vou te ajudar.

Parte dele desejava que aquela ajuda incluísse algo mais que diversão imprudente? Óbvio. Mas Noah reconhecia seus pontos fortes.

— Vai mesmo?

— Claro, vou adorar te ajudar com as pistas dos livros.

Os olhos dela cintilaram. Ele deixara Hazel Kelly feliz.

Noah não teve nem tempo de saborear aquele pensamento porque a boca de Hazel colidiu com a dele antes que percebesse o que estava acontecendo e... ah, Deus... ela tinha gosto de frutas vermelhas e vinho. Ele não conseguiu conter um gemido baixinho, e Hazel se inclinou mais em sua direção. As mãos dela pousaram em seu peito e ela agarrou a blusa dele, puxando-o mais para perto.

E Noah queria beijá-la. Queria fazer tantas coisas com Hazel Kelly... sua mente estava sendo inundada por todas aquelas ideias, e ela estava suspirando junto à boca dele. Mas Hazel estava bêbada. E, mesmo que tivesse acabado de pedir a ajuda dele para ser imprudente, Noah tinha certeza de que não era àquilo que ela se referia.

E ele não tinha a menor intenção de ser algo de que Hazel viria a se arrepender.

— Haze — sussurrou ele.

O nome pareceu íntimo em sua língua, de um jeito novo. Nunca a chamara assim, por mais que quisesse. Ela se afastou, os olhos arregalados por trás dos óculos.

— Ah, Deus. Ai, meu Deus. Desculpa. Desculpa. Não sei o que tá acontecendo comigo.

Hazel tentou se levantar, mas estava sem sapatos e ela não conseguia calçá-los de volta.

— Ei. — Noah segurou a mão dela, mantendo-a ao seu lado. — Podemos só culpar os mirtilos.

Hazel pareceu relaxar e deu um sorriso.

— São mesmo mirtilos muito fortes.

Noah não conteve uma gargalhada.

— É mesmo.

— Eu não deveria ter feito isso. — Hazel tinha puxado os joelhos para cima e apoiado o queixo neles. Voltou a falar com os olhos fixos nos pés descalços, os sapatos esquecidos. — Não era disso que eu estava falando quando disse que precisava da sua ajuda.

— Você não precisa se desculpar.

— Preciso, sim! — A expressão de Hazel era séria quando se virou para ele. — Não era isso que eu tava pedindo e não quero que você pense que eu tava tentando… não sei… tirar vantagem de você.

Noah teria rido se ela não parecesse tão sincera e preocupada.

— Haze, se você não estivesse meio bêbada, eu continuaria te beijando.

Ela conseguiu arregalar ainda mais os olhos.

— Sério?

— Sério.

— Ah. Eu não… quer dizer, você é… você.

— Isso.

— E eu sou…

— Gostosa.

A risada de Hazel ressoou no silêncio ao redor deles.

— E eu não faço o seu tipo.

— Gostosa definitivamente é o meu tipo.

Ela só balançou a cabeça, como se não pudesse acreditar que ele estava falando sério. Agora Noah tinha uma nova missão. Convencer Hazel Kelly de que ela era gostosa demais e que ele a queria.

— Então você vai me ajudar a seguir as pistas?
— Claro que sim. Quem você acha que está por trás delas?
Hazel deu de ombros.
— Talvez o pessoal do clube do livro? Não sei por que eles fariam isso, mas a verdade é que estão sempre aprontando alguma. Além do mais, todos os livros estão na seção de romance, e é o gênero favorito deles, então... Eu nem sei se as pistas são pra mim, mas só tenho a sensação de que... sei lá... de que podem me ajudar.

Noah ainda não sabia bem o que ela queria dizer, mas assentiu como se soubesse, puxando os joelhos junto ao peito. Ele apoiou os antebraços e olhou para as plantas ao redor. Além dos arbustos de mirtilo, também havia moitinhas de morangos, mas as frutas já tinham sido colhidas no início do verão. Provavelmente era dali que vinha a famosa geleia de morango de Henry. Por um minuto, Noah se preocupou com a possibilidade de o avô de Logan sair e brigar com eles por estarem ali. Estar sentado do lado de fora, no escuro, com uma garota bonita e uma garrafa de vinho possivelmente roubada o fazia se sentir com dezesseis anos de novo.

— Estou prestes a fazer trinta anos. — A voz de Hazel saiu baixa na escuridão, quase abafada pelo coro de grilos ao redor. — Bem, daqui a dois meses.

— Não posso me esquecer de comprar um presente.

Ela soltou uma risadinha que era mais um bufo antes de continuar.

— Sinto como se tivesse esquecido de aproveitar os meus vinte anos. Como se não tivesse vivido eles por completo, ou alguma coisa assim. Eu me sinto... empacada.

— E as pistas vão te desempacar?

A risada ofegante de Hazel provocou um arrepio em Noah.

— Parece besteira, né?

— Não parece besteira.

— Só quero ter um verão divertido. Ou pelo menos o que sobrou dele.

— Bem, você contratou o cara certo.

— Não vou pagar você por isso.

Noah riu.

— Ótimo. Isso faria com que eu me sentisse meio pervertido.

Hazel deu um tapa brincalhão no braço de Noah e se inclinou um pouco na direção dele antes de endireitar o corpo.

— Espera, quantos anos você tem? — perguntou ela, como se, de repente, aquilo fosse muito importante.

Noah gostava da Hazel meio altinha. Era mais direta. E não o olhava mais como se não soubesse de que planeta ele vinha... era mais como se quisesse beijá-lo de novo.

E ele gostava muito daquilo.

— Vinte e cinco.

Hazel gemeu e cobriu o rosto com as mãos.

— Nãããoo...

— Não?

— Não, você não pode ter vinte e cinco! Meu Deus, agora eu sou uma velha tarada!

— Se tarada significa que você quer me levar pra cama, não vejo problema algum nisso.

Outro tapa brincalhão, outra risadinha deliciosa de Hazel.

— E quase trinta não é velha.

— É muito mais velha do que vinte e cinco. E se você perguntar aos meus amigos, vão dizer que eu me comporto como se tivesse setenta.

— Seus amigos? Logan conversa com animais, Jeanie não consegue decidir se mora aqui ou no apartamento dela, e Annie vive numa briga unilateral com o dono do único bar da cidade que presta. Eles não deveriam te dizer como se comportar, Haze.

Ela estava rindo de novo; na verdade, se dobrando de tanto rir, o cabelo caindo no rosto.

— O que eu quero saber — falou Haze, ainda rindo — é se os animais respondem.

Noah tomou outro gole de vinho.

— Ah, meu Deus, espero que não.

— Mas eu amo todos eles — disse ela, a risada mais fraca.

— É claro que ama. Eu só quis dizer que não deveria deixar a opinião deles ter tanta influência sobre você.

— Muito sensato para alguém tão jovem.

Noah bufou e quase protestou, mas Hazel estava se inclinando em sua direção, a lateral do corpo dela pressionada ao dele. Ele se viu incapaz de formar frases ou pensamentos completos, então apenas tomou outro gole de vinho e passou a garrafa para ela.

Hazel tomou um gole e suspirou. Sua cabeça estava quase encostada no ombro de Noah, os cachos macios acariciando o queixo dele.

— De onde é essa?

Ela traçou devagar com o dedo a tatuagem de um escorpião na parte interna do antebraço dele. Noah estremeceu.

— Último ano do ensino médio. Achei que me faria parecer descolado o suficiente para impressionar uma garota.

— Funcionou? — A voz dela saiu baixa e sonolenta.

Hazel ainda deslizava o dedo pelo braço dele e Noah teve que forçar o cérebro a pensar.

— Se fiquei descolado? Não muito. Quanto a impressionar a garota... Sim.

A risadinha de Hazel deslizou pelo braço dele.

— Aposto que você sempre impressiona a garota.

Noah pigarreou.

— Algumas.

— Onde você consegue isso? Sempre tive curiosidade de saber.

Os dedos dela correram pelas pulseiras trançadas coloridas que ele usava no pulso. Pulseiras da amizade, do tipo que meninas fazem em acampamentos de verão.

— As minhas sobrinhas fazem pra mim e mandam pelo correio.

— E você usa.

— Elas exigem provas fotográficas de que estou usando o tempo todo.

Mais uma risadinha silenciosa.

— Você é um bom tio.

Noah teria dado de ombros, mas não queria afastar a cabeça de Hazel, que no momento estava apoiada nele. Na verdade, ele não era um bom tio, evitava ao máximo voltar ao lugar onde crescera, mas também não queria contar aquilo a Hazel. Queria que ela pensasse que ele era um bom tio. E mais maduro do que sua idade sugeriria. Queria que ela o considerasse qualquer coisa além de só um momento de diversão imprudente.

Mas, se era de diversão imprudente que Hazel precisava, então era o que ele lhe daria. Qualquer coisa para passar mais tempo com ela.

— Aí estão vocês dois! Achamos que tinham ido embora.

A voz de Annie cortou o silêncio e fez Hazel se afastar de Noah, cambaleando. Ela teria caído se ele não houvesse segurado seu cotovelo e a mantido firme.

— Ou sido assassinados — acrescentou Jeanie, surgindo logo atrás com uma lanterna.

— Ninguém vai ser assassinado aqui.

Logan apareceu também, com um gatinho preto aninhado nos braços. De onde tinha vindo aquele bicho? Era como se ele atraísse animais de rua.

— É tão escuro aqui. Qualquer coisa pode acontecer. — Jeanie apontou a lanterna para o canteiro de morangos, iluminando a cena incriminadora: Hazel, o vinho e Noah ao lado dela. Então, ergueu as sobrancelhas. — O que vocês estão fazendo?

— Comendo mirtilo — respondeu Hazel, protegendo os olhos da luz.

— Você e Noah estavam sentados aqui, no escuro, comendo mirtilo? — Annie falou "comendo mirtilo" como se fosse a coisa mais absurda que ela pudesse imaginar.

— É. Era isso que a gente tava fazendo.

Noah se levantou e estendeu a mão para Hazel, que deixou que ele a ajudasse a se levantar.

Ela limpou a terra do short e encarou as amigas.

— Desculpa ter bebido todo o vinho.

Hazel entregou a garrafa vazia a Logan quando passou por ele, cambaleando perigosamente no escuro.

— Vou levar ela pra casa — anunciou Noah, seguindo Hazel em direção à entrada de carros e ignorando a expressão de surpresa e curiosidade no rosto dos amigos.

— Para a casa dela! Não para a sua! — gritou Annie para ele, que ignorou o comentário com um aceno de mão.

Ele tinha interrompido o beijo, não tinha? Jamais tiraria vantagem de Hazel, ou de qualquer outra mulher, mas estava animadíssimo para começar a aventura deles.

E, quando o verão acabasse, Hazel o beijaria sem precisar de vinho.

CAPÍTULO CINCO

Hazel estava de ressaca. Mas era quinta-feira e, como sempre, tinha marcado de tomar o café da manhã com o pai. Assim, ali estavam eles, na mesa de sempre, na lanchonete da esquina da rua principal com a avenida central, a que tinha as melhores panquecas e um café medíocre. Quando saía dali, a caminho do trabalho, Hazel parava no Café Pumpkin Spice para comprar algo que realmente valesse a pena beber.

A lanchonete estava repleta dos clientes habituais dos dias úteis, que eram, em sua maioria, idosos muito barulhentos. A cabeça de Hazel latejava toda vez que Amir Sharma levantava a voz para discutir com Rico Stephens sobre o bolão do futebol americano, e o grupo de aposentados no canto dos fundos ficava mais agitado a cada segundo.

— Você parece péssima, meu bem.

— Obrigada, pai. É muito gentil da sua parte dizer isso.

Ele tomou um gole de café.

— Você sabe que sou sincero.

— Eu tô de ressaca.

— Em uma quinta-feira?

O prefeito parecia realmente chocado. Então "agir como uma adolescente" poderia ser riscado da lista dela?

— Sim. Logan e Jeanie acenderam uma fogueira ontem à noite.

— E as coisas saíram do controle?

Hazel deu uma risadinha enquanto tomava um gole do suco de laranja. As coisas não tinham saído do controle, ela só havia perdido a cabeça, se embebedado em um canteiro de mirtilos e agarrado um pescador. Hazel não sabia bem se aquele era o pontapé inicial que ela queria para os últimos meses dos seus vinte anos, mas sem dúvida tinha sido imprudente.

— Pode-se dizer que sim.

— Espero que você não tenha dirigido para casa embriagada.

Hazel se recusou a pensar no caminho de volta para casa, ou nos braços de Noah se flexionando ao volante, ou ainda na forma como ele a acompanhou até a porta de casa e a ajudou a entrar. Também não iria pensar no beijo que Noah deu em seu rosto ou na maneira como disse: "Boa noite, Haze." O apelido sussurrado naquela voz profunda provocou arrepios por todo o corpo dela. Não. Não, ela não iria pensar naquilo.

— É claro que não dirigi para casa bêbada.

— Só para ter certeza.

— Tenho vinte e nove anos, pai.

— E ainda assim continua sendo o meu bebê.

O pai dela era constrangedor, mas adorável, por isso Hazel deixou o comentário passar. Naquele dia, ele estava usando uma gravata com estampa de patinhos de borracha, uma camisa azul-celeste e os óculos que eram a sua marca registrada e que não paravam de escorregar pelo nariz. Era difícil ficar irritada com o pai.

— E o Frank? Como ele tá?

— Bem. Ele mandou um beijo pra você.

Frank era o marido do pai e o motivo por que eles tinham se mudado para Dream Harbor. Ele era um segundo pai para Hazel, mas ela provavelmente sempre o chamaria de Frank.

— E a mamãe?

— Está bem também, começando a se preparar para o ano letivo.

A mãe de Hazel tinha se mudado com eles para Dream Harbor e morava no andar de cima da casa que todos compartilhavam. Algumas pessoas achavam estranho, mas Hazel, não. Os pais nunca tinham se envolvido romanticamente. Eram apenas dois amigos que haviam decidido ter um bebê juntos e deu tudo certo.

Hazel não tinha irmãos, a não ser que contasse os dois buldogues franceses da mãe, Diego e Frida, e a mãe com certeza contava.

Ela dava aula de artes no ensino fundamental e era conhecida pelas esculturas escandalosas de pessoas nuas a que se dedicava no tempo livre.

— Alunos do ensino fundamental são tão mal-educados. Não sei como ela aguenta.

— A sua mãe adora um desafio.

— Humm. Acho que sim. — Hazel sorriu para a nova garçonete que estava colocando um prato cheio de panquecas na frente dela. — Obrigada.

— Prefeito Kelly — disse o pai, estendendo a mão para se apresentar, assim que a mulher pousou os pratos que trazia. — Acho que não nos conhecemos.

Ele abriu seu maior sorriso, e Hazel mordeu o lábio com aquele jeito antiquado do pai. A mulher devolveu o sorriso e apertou a mão dele.

— Maribel. É um prazer conhecer o senhor.

— Você é nova na cidade?

— Sou. Nos mudamos há algumas semanas.

— E como estão indo as coisas até agora?

— Muito bem, obrigada.

Hazel ignorou o discurso de boas-vindas do pai e continuou a tomar o café da manhã. Ela já sabia tudo sobre Dream Harbor. Mas Maribel parecia satisfeita com a conversa enquanto aproveitava para anotar o pedido de Dot e Norman, que estavam na mesa ao lado.

— Você sabe que é impossível conhecer todas as pessoas da cidade, certo?

O pai a encarou com um sorriso bondoso, enquanto cortava um pedaço da omelete que havia pedido.

— Mas posso tentar.

— Pai, você já se sentiu... sei lá... empacado?

Ele parou com uma garfada de omelete a meio caminho da boca. Então, abaixou o garfo.

— É claro. Acho que todo mundo se sente assim às vezes. Por quê? Tá tudo bem?

Hazel fez um gesto de "deixa pra lá".

— Não é nada sério. Só estou me sentindo, sei lá... inquieta.

O pai sorriu e voltou a comer.

— Parece que você só precisa de um verão divertido — falou, entre uma mordida e outra.

Um verão divertido.

Eu continuaria te beijando.

As palavras de Noah ecoaram em sua mente, como haviam feito a noite toda. Hazel sentiu o rosto enrubescer. Amava o pai, mas certamente não iria discutir aquele tipo de verão divertido com ele.

— Sim, você tem razão.

— É claro que tenho. Sou seu pai.

Hazel sorriu, enquanto comia a última panqueca.

— Verdade. Bom, tenho que ir trabalhar.

Ela se levantou e deu um beijo no rosto do pai.

— Amo você.

— Também amo você.

O pai acenou em despedida e, assim que Hazel chegou ao lado de fora, ele já tinha se juntado à vice-prefeita, Mindy, e à melhor amiga dela, Tammy, que estavam na mesa ao lado. Hazel sorriu para eles pela janela. O pai nunca se cansava de conversar com as pessoas.

Era uma manhã quente, mas ainda não estava calor demais, então Hazel decidiu aproveitar a sensação do sol da manhã no rosto. A caminhada até a livraria era curta e, mesmo com uma parada no café para pegar seu novo chá gelado favorito, de sidra de maçã, Hazel chegou cedo. A loja só seria aberta dali a meia hora, então encontrar certo pescador encostado na porta verde-esmeralda não era algo que ela esperava.

— Noah.

Ele abriu um sorriso lento e Hazel segurou o copo de chá gelado com mais força, como se fosse um escudo contra aquele sorriso.

— Ei — disse ele, o tom baixo e profundo.

O som daquela voz a cumprimentando fez com que ela esquecesse todo e qualquer pensamento coerente.

— O que você tá fazendo aqui? — perguntou.

— Só queria ver se você tava bem.

— É claro que eu tô bem.

Ela soou mais mal-humorada do que pretendia, mas porque ainda não estava preparada para lidar com Noah, não depois da noite anterior. Tinha a esperança de conseguir evitá-lo por pelo menos mais uma ou duas semanas. Ou quem sabe para sempre.

— Bem, ontem à noite você parecia...

— Eu tô bem. Só preciso trabalhar.

Hazel fez um gesto em direção à porta onde ele ainda estava encostado, bloqueando a entrada dela.

— Sim, desculpa, só pensei...

Ele saiu do caminho e Hazel destrancou a porta, mas não podia fechá-la na cara de Noah, então não teve escolha a não ser deixá-lo entrar.

— O nome desse lugar sempre foi Livraria Rolinho de Canela? — perguntou ele, a seguindo.

— Não.

— Por que mudou?

— A proprietária gosta de mudança.

— Então... tem rolinhos de canela? — insistiu Noah, com um tom de esperança em sua voz.

Hazel conteve um sorriso.

— Todo domingo de manhã.

Aquilo era o que Hazel mais gostava na mudança do nome: o cheiro de canela e açúcar todo domingo tornava prazeroso trabalhar no fim de semana.

— Como eu não sabia disso?

Hazel deu de ombros.

— É meio recente.

— Enfim, eu só queria ter certeza de que você tava bem — tentou ele mais uma vez, e Hazel se virou para encará-lo.

O sol da manhã realçava as mechas douradas do cabelo acobreado. O nariz e o rosto dele estavam queimados de sol, mas, de alguma forma, Noah parecia saudável e atraente, em vez de um crustáceo gigante, como ela ficava quando tomava sol demais. Mas ele tinha uma ruga de preocupação entre as sobrancelhas que não era comum.

Ela suspirou. Noah parecia genuinamente preocupado.

— Eu tô bem. Sério.

Ele a examinou de cima a baixo como se estivesse avaliando os danos, como se, de alguma forma, depois que saíra da casa dela na noite passada, Hazel pudesse ter caído em um poço ou algo parecido. Em sua primeira grande noite de impulsividade, Hazel já havia deixado duas pessoas preocupadas. E ela nem havia saído do jardim de Logan. Um sinal claro de que passara os últimos vinte e nove anos vivendo sem fazer nada minimamente arriscado.

Noah encontrou o olhar dela e assentiu, acreditando que estava mesmo tudo bem.

— Ótimo. — A expressão dele passou de preocupada para travessa. — Então, quando começamos com as pistas?

Hazel sentiu o rosto enrubescer ao se lembrar de tudo o que havia dito na noite anterior, tudo o que tinha pedido e confessado. Aquele beijo insano. Não tinha ficado tão bêbada assim, apenas soltinha o bastante para ser sincera. Para fazer o que realmente queria fazer.

— Você não precisa fazer isso. Foi uma ideia maluca.

O sorriso dele se apagou na mesma hora.

— Ah.

Eu continuaria te beijando.

O que ela estava fazendo? O homem à sua frente, aquele homem tão bonito, estava se oferecendo para passar o resto do verão com ela, e Hazel estava, o quê? Recusando? Não era exatamente isso que queria? Uma chance de passar os últimos dias dos seus vinte anos tendo aventuras imprudentes?

E olhando para Noah naquele momento, bronzeado e com o cabelo bagunçado pelo vento, os olhos castanhos fixos nela, a ideia parecia de fato muito imprudente. Passar mais tempo com Noah poderia dar errado de várias maneiras — desde ela cair do barco dele até nutrir sentimentos reais por aquele homem que não tinha motivos para permanecer em Dream Harbor e que poderia levantar âncora e partir a qualquer momento.

Mas Hazel estava oficialmente jogando a cautela, o bom senso e a praticidade pela janela. Pelos próximos dois meses. Naquela manhã, cem por cento sóbria e na luz forte do dia, Hazel estava tomando uma decisão. Faria aquilo por si mesma. Aceitaria a oferta de Noah. E qualquer outra coisa que aquele verão lhe trouxesse.

— E ainda não apareceu uma nova pista.

Ela apontou para as prateleiras organizadas atrás dele. O rosto de Noah voltou a se iluminar. Hazel estava aprendendo rapidamente que o belo rosto do pescador quase sempre expressava o que ele estava sentindo, e talvez os olhares e os sorrisos para ela significassem... que ele de fato estava a fim dela?

Ela estava se precipitando. Noah tinha se oferecido para ajudá-la a ter um verão divertido, não para ser a aventura de verão dela. Certo? Certo. Aquilo seria estranho. Não se pede para alguém ter *aquele* tipo de verão divertido com você.

Inferno. Até as orelhas dela deviam estar vermelhas àquela altura.

— Mas você vai me avisar quando aparecer?

— Hum, sim. Quer dizer, se aparecer. Nunca se sabe.

— Bem, se não aparecer, então a gente vai ter que criar a nossa própria diversão. — O sorriso dele ficou mais largo e, por sorte, o chá gelado de Hazel estava em uma caneca para viagem de metal, ou ela já teria amassado o copo. — Tenho um passeio hoje à tarde, mas me manda uma mensagem se encontrar alguma coisa.

Noah falou de forma muito casual. Como se Hazel não tivesse a sensação de ter acabado de fazer algum tipo de acordo suspeito com um pirata muito bonito.

Ela estava agindo como uma louca.

Noah era seu amigo. Eles eram apenas dois amigos que tinham decidido seguir as pistas deixadas na livraria onde ela trabalhava. Não, aquilo ainda era loucura.

— Tudo bem, claro.

Ela acenou em despedida enquanto Noah saía.

Hazel o observou passar pela frente da livraria e desaparecer rua abaixo. Noah era bonito demais para que aquilo acabasse bem, mas era tarde demais. Ela havia recrutado o pescador gostoso da cidade para ajudá-la a se aventurar no fim do verão/fim dos seus vinte anos, e de repente tinha a sensação de que se metera em uma situação muito além do seu controle.

Hazel suspirou e foi pendurar a bolsa no escritório nos fundos antes de abrir a loja. Ela não considerava aquela sala seu escritório, já que era onde todos guardavam os casacos e as bolsas, e onde ficava o sofá onde os funcionários almoçavam. Mas a mesa era dela.

E era o lugar perfeito para espairecer e pensar a respeito do que acabara de concordar em fazer.

CAPÍTULO SEIS

Quase uma semana se passou até Hazel encontrar a pista seguinte. Tempo suficiente para quase se esquecer daquilo, para acreditar que a coisa toda tinha sido apenas uma coincidência boba. Tempo suficiente para chegar à conclusão de que passar os próximos meses com Noah era, na verdade, uma péssima ideia.

Mesmo que ela ainda quisesse muito fazer aquilo.

Mas a verdadeira razão pela qual não tinha contado a Noah sobre a pista foi porque era, na verdade, bem banal. Ela poderia seguir sozinha. Na verdade, já estava planejando fazer isso de qualquer maneira. Portanto, não precisava de um guia ou de um companheiro de aventuras.

Por isso tinha ido sozinha ao supermercado comprar ingredientes para preparar milk-shake — e se escondido no corredor de alimentos congelados depois de ver Noah entrar. Agora ela estava tentando ir embora antes que ele a visse. O que era uma loucura. Ele não precisava saber que ela tinha encontrado outro livro marcado naquele dia com uma frase sobre tomar milk-shake de baunilha — como se a pessoa que deixava as pistas quisesse se certificar de que Hazel aproveitaria todos os seus sabores de verão favoritos antes que a estação acabasse. Ele não precisava saber que ela havia quebrado a promessa que fizera.

Mas Hazel podia muito bem estar só fazendo compras no supermercado. Como uma pessoa normal. O que, por acaso, ela era.

Certo. Sem problemas. Ela pegou uma caixa de sorvete de baunilha e a colocou na cesta ao lado do leite e dos granulados que havia escolhido para jogar por cima. E estava pronta para caminhar de maneira confiante até o caixa quando uma voz atrás dela a deteve.

— Hazel Kelly.

O tom baixo e profundo provocou sensações que ela preferia não explorar na seção de alimentos congelados. Ou em nenhum outro lugar.

Hazel se virou e viu Noah encostado nos freezers com um sorriso travesso no rosto.

— Que prazer encontrar você aqui — falou ele, se aproximando.

Hazel segurou a cesta com força junto ao corpo.

— Só estou fazendo algumas compras.

Noah examinou a cesta dela.

— Sorvete e granulado, que delícia.

— E leite.

Hazel apontou como se fosse importante mostrar que também estava comprando leite, como se aquilo a absolvesse de suas mentiras.

— Vai fazer milk-shake? — perguntou Noah, ainda sorrindo, como se soubesse o segredo dela.

— Eu estava com vontade de tomar, e a minha loja de milk-shake favorita fechou no ano passado, então pensei em fazer um.

Ela estava falando demais. Aquilo era absurdo. Noah não tinha o direito de deixá-la tão nervosa o tempo todo. Ele era apenas um ser humano comum. E Hazel se recusava a pensar no fato de que aquela era a segunda vez que ele aparecia na cena de uma das suas pistas. Mas era o supermercado. Havia muitas pessoas ali.

Afinal, não estava achando estranho ter acabado de encontrar Andy na seção de hortifrúti e Joe no corredor de artigos de confeitaria, também procurando por granulado. Dream Harbor era uma cidade pequena. Ou seja, era esperado que as pessoas se esbarrassem. Tudo aquilo era de se esperar, incluindo o homem bonito que a encarava naquele momento como se quisesse devorá-la, com um milk-shake para acompanhar.

Hazel engoliu em seco.

— Então... — Ela mudou a cesta para o outro braço.

— Então, aproveite o seu milk-shake, Haze.

Ele estava prestes a se despedir, mas ela não podia deixá-lo ir embora, afinal, ele estava ali. De novo. E, de qualquer forma, não queria beber o milk-shake sozinha. E havia prometido...

— Foi uma pista! — deixou escapar, em um rompante, e as sobrancelhas de Noah se ergueram. — Eu não contei pra você. Encontrei outra pista em um livro e era sobre milk-shakes, mas parecia sem graça, por isso não contei.

O sorriso de Noah ficou mais largo.

— Uma pista?

Hazel soltou um suspiro.

— "Milk-shakes de baunilha são obviamente os melhores. Mais frios e mais doces. Evie sorriu com o canudo na boca e tomou mais um gole." — Hazel citou a pista que tinha encontrado naquela manhã, o olhar fixo em algum lugar acima do ombro de Noah enquanto falava.

— Perfeito! — comemorou ele, como se ela tivesse acertado uma fala para a peça da escola.

— Perfeito?

— Sim, eu concordo plenamente. Milk-shakes de baunilha são os melhores.

— É verdade.

— E nós dois estamos aqui agora... então...

Hazel não conseguiu conter um sorriso diante do tom esperançoso de Noah.

— Você quer tomar um milk-shake comigo? — convidou ela.

— Não existe mais nada que eu prefira fazer.

Noah sustentou o olhar dela e Hazel acreditou nele. Ela também não conseguia pensar em nada que preferisse fazer.

— Desculpe ter quebrado a promessa.

— Eu perdoo você. — Ele deu o braço a ela e os dois seguiram pelo corredor de alimentos congelados. — Mas, só pra você saber, Haze, milk-shakes nunca são sem graça.

Hazel riu, sentindo-se inundada por uma mistura de alívio, felicidade e empolgação.

Muito bem, universo, ou quem quer que você seja, estou oficialmente parando de lutar contra essa história. Me mostre o caminho.

— Seu liquidificador ou o meu? — perguntou Noah, enquanto eles saíam para o ar quente da noite.

Hazel ainda não se sentia pronta para deixar Noah invadir o seu espaço. Aquilo parecia um passo grande demais.

— O seu — respondeu, e deixou aquele homem colocar as sacolas de compras no porta-malas do carro dela.

— Perfeito. Encontro você lá.

Só quando já estava indo embora é que Hazel se deu conta de que Noah não tinha comprado seja lá o que pretendia comprar no mercado.

Talvez ela também o tivesse deixado desnorteado?

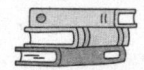

Noah deveria ter mencionado que não tinha liquidificador, mas Hazel tinha uma estranha capacidade de embaralhar os pensamentos dele.

Ainda assim, estava dando tudo certo.

Era uma noite calma no pub do Mac e o dono não pareceu se importar que eles fossem até o bar e usassem o liquidificador dele. Ou pelo menos não os expulsara. Ainda.

— Tem certeza de que a gente tem permissão para entrar aqui? — sussurrou Hazel, se aproximando dele na cozinha apertada.

— É claro que sim. Como o funcionário favorito do Mac...

Danny bufou alto o bastante para ser ouvido em meio ao barulho da máquina de lavar louça.

Noah pigarreou.

— Como um dos funcionários favoritos do Mac...

Hazel riu.

— Tenho certos privilégios — continuou Noah, enquanto pegava o liquidificador em uma prateleira de metal no alto.

Mac só usava aquele negócio em noites de margarita congelada. Noah colocou o liquidificador em cima da bancada, enquanto Hazel tirava o sorvete e o leite da sacola.

— Ah, é mesmo?

— Claro. Eu venho aqui toda hora pra fazer lanchinhos noturnos.

Hazel riu de novo, e seu olhar passou por cima do ombro dele.

— Jura? E Mac não se importa?

— O que os olhos não veem o coração não sente — respondeu Noah, com uma piscadela.

— Você sabe que nós temos câmeras de segurança, certo?

A voz de Mac assustou Noah o bastante para que ele levasse a mão ao peito.

— Jesus! Por que você é tão silencioso?

— Você não conseguiu me ouvir porque estava ocupado demais se gabando.

Mac ergueu uma sobrancelha escura e carrancuda.

— Oi, Hazel.

Hazel estava com o corpo dobrado de tanto rir, e Noah deixaria Mac tirar sarro dele o dia todo só para continuar ouvindo aquele som.

— Oi, Mac — cumprimentou Hazel, ainda sem fôlego.

— Você vai limpar tudo isso. — Mac indicou com a mão a bagunça que eles já estavam fazendo. — E vista uma roupa quando descer pra cozinha no meio da noite, caramba. Já tô cansado de ver essa sua bunda magra no vídeo.

Hazel riu tanto que grunhiu, o que a fez rir ainda mais.

Noah sorriu.

— Não é tão magra assim. Eu descreveria como musculosa.

Hazel enxugou os olhos com as costas da mão.

— Musculosa? — perguntou, a voz aguda por causa das gargalhadas que não cessavam.

— Ah, claro… — murmurou Mac, já a caminho do escritório nos fundos.

— Ele tá bravo? — perguntou Hazel, finalmente conseguindo controlar o riso.

Noah descartou a possibilidade com um gesto.

— Você conhece o Mac.

Hazel assentiu. É claro que ela conhecia Mac, pensou Noah. Hazel o conhecia desde pequena, assim como todo mundo naquela cidadezinha, e por um breve instante Noah quase sentiu ciúme. Ciúme de todas as pessoas que tinham passado muito mais tempo com Hazel do que ele.

Noah balançou a cabeça. Ela estava ali, sorrindo para ele, os olhos ainda brilhando de tanto rir.

— Pronta? — perguntou, pegando o sorvete.

— Prontíssima.

Eles encheram o liquidificador com bastante sorvete e a quantidade necessária de leite, então despejaram a mistura em tulipas de cerveja — as únicas coisas que conseguiram encontrar que faziam sentido para servir um milk-shake.

Hazel espalhou granulados em cima de cada um com um floreio.

— Pronto. Agora eles são especiais.

Noah conteve a vontade de dizer que os milk-shakes eram especiais porque ela estava ali e *ela* era especial. Ele já a havia encurralado no supermercado depois de ter jurado a si mesmo que não iria atrás dela. Já tinha sido invasivo o bastante por um dia.

Então, apenas tomou um gole do milk-shake, que mal conseguia passar pelo canudo. Estava espesso, frio e doce.

— Que gostoso... — falou Hazel com um gemido.

Noah se forçou a não imaginar Hazel gemendo aquelas palavras por um motivo muito diferente. Algo que envolvia ele entre as pernas dela.

— Obrigada — disse Hazel.

Noah a encarou, surpreso.

— Hum... pelo quê?

— Pelo milk-shake. Ficou muito melhor do que os que eu faço lá em casa.

— Deve ser o liquidificador chique.

Hazel sorriu, o canudo entre os dentes.

— Deve ser.
— Ou o fato de que somos uma boa equipe.

Ela inclinou a cabeça, examinando-o. Decidindo alguma coisa. Alguma coisa sobre ele. E aquele pareceu um momento muito importante. Mesmo que não tivesse motivo para isso. Mesmo que os dois estivessem só tomando milk-shake na cozinha do pub do Mac, com Danny lavando pratos a alguns metros de distância. Nada naquele momento era particularmente importante.

Ainda assim...

— É, acho que somos.

Ele não conseguiu evitar a sensação de que havia passado no teste.

CAPÍTULO SETE

— Alex?
— Sim? — perguntou Alex com aquela voz incrível para ler em voz alta, levantando os olhos de onde estava recolhendo giz de cera do carpete.

Além de ser, na opinião de Hazel, a pessoa mais competente da equipe de funcionários da livraria, Alex, com seu cabelo roxo e conhecimento enciclopédico da história de Dream Harbor, era também uma pessoa amada pelos clientes, independentemente da idade.

— Você viu alguém mexendo nessas prateleiras durante a hora da história?

Alex parou ao lado de Hazel, que estava olhando para a seção de romance.

— Se eu vi alguma criança bagunçando os livros de romance? Hum, não.

Hazel bufou.

— E os adultos?
— Algumas pessoas compraram livros enquanto estavam aqui. Não lembro bem se eram de romance ou não. Quer que eu verifique?

Alex apontou para o computador, mas Hazel balançou a cabeça.

— Não, não, tá tudo bem.

Ela já havia pegado na prateleira o livro virado para baixo e com uma página dobrada antes que qualquer pessoa pudesse fazer perguntas, mas ainda estava curiosa para saber se Alex tinha visto algo... suspeito. Porém não tinha como fazer mais perguntas sem ter que explicar tudo. E ainda não estava preparada para isso.

A hora da história para a pré-escola sempre estava lotada, e naquele dia não foi diferente. Todo mês, Hazel convidava um autor local para falar de seu livro mais recente e ler um de seus favoritos. A confeitaria de Annie mandava guloseimas, e os pais e os pequenos adoravam. Hazel também. Tinha andado tão ocupada que se esquecera por completo das pistas até a última criança sair, e foi então que viu um livro de cabeça para baixo.

A mente de Hazel estava a mil, tentando lembrar quem havia estado ali naquele dia. Isabel e os filhos, George e o sobrinho, Annie, é claro, para deixar os biscoitos, Tammy e a neta, e aquilo era só o começo. Tinha sido uma loucura. A lista de suspeitos de Hazel não havia diminuído nem um pouco.

Ela não sabia se aquilo realmente importava, mas queria saber quem estava deixando as mensagens. E, mesmo que tivesse os próprios motivos para segui-las, ainda queria saber por que alguém estava fazendo aquilo. Era tudo uma grande piada?

Ela não gostava de pensar que estavam tirando sarro da sua cara.

Alex havia voltado a limpar a livraria, raspando giz de cera pisoteado do carpete, e Hazel aproveitou para se abaixar atrás do balcão e espiar dentro do livro.

A descida da roda-gigante fez sua barriga se revirar de nervoso.

Hazel odiava rodas-gigantes. E tinha medo de altura.

Mas aquele obstáculo teria que esperar.

Havia giz de cera para raspar e superfícies para desinfetar. Crianças em idade pré-escolar eram selvagens.

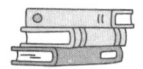

Noah tinha acabado de sair do barco quando recebeu uma mensagem. Era a foto da página de um livro. Uma página com uma linha destacada.

Ele sorriu.

Uma roda-gigante, hein?

Noah se encostou em um poste no cais, esperando a resposta dela. Não demorou muito para receber outra mensagem.

Tenho medo de altura.

> Parece que essa pessoa misteriosa quer que você enfrente seus medos.

Que besteira.

Ele riu alto, assustando uma gaivota próxima.

> Achei que você queria um verão imprudente...

Imprudente no sentido de divertido, não de assustador.

> Às vezes os dois andam juntos.

Depois daquilo, Hazel enviou apenas um emoji emburrado, então Noah continuou o caminho de volta até o carro, que estava no estacionamento da marina. Era uma marina pequena — o porto que dava nome a Dream Harbor não era muito mais do que uma enseada com uma costa rochosa. Além do barco de Noah, havia algumas poucas embarcações de pesca e outras de passeio atracadas ao lado.

Dream Harbor não era um grande destino turístico, pelo menos não em comparação a outras cidades ao longo do litoral. Além da velha pousada na colina e do novo e luxuoso spa e resort que tinham construído ali alguns anos antes, não havia muitos lugares para as pessoas se hospedarem, mas ainda assim a população crescia a cada verão, com turistas à procura de férias relaxantes. Noah estava convencido de que sua ideia de construir chalés na praia atrairia para a cidade pessoas em busca de um refúgio tranquilo à beira-mar, longe das praias cheias e dos restaurantes superlotados de outros destinos. E, como não eram muitas cabanas, mesmo uma rotatividade constante de hóspedes não aumentaria muito a população da cidade. Ele esperava que aquilo deixasse os moradores menos preocupados.

Sim, era uma boa ideia. Noah sabia que era, mesmo quando não acreditava muito que pudesse virar realidade. Só precisava entender como vendê-la ao conselho municipal, que fazia de tudo para manter a cidade pacata como sempre fora. Segundo Logan, tinham sido necessários anos, muitas discussões acaloradas e vários sonhos do prefeito Kelly para convencer os moradores de Dream Harbor de que construir um spa não destruiria a cidade inteira.

E, se não fosse pela pousada, Noah não teria um negócio. Não se pode levar pessoas de fora da cidade para excursões de pesca se elas não tiverem onde se hospedar depois. Mas ele tinha crescido em uma cidade turística e entendia por que Dream Harbor não queria se entregar completamente a isso.

No entanto, tinha certeza de que havia uma maneira de equilibrar os dois. Algum dia ele apresentaria a ideia. Talvez.

Noah entrou no carro e abriu as janelas. Apesar do que Annie tinha dito, ele sempre saía do barco fedendo a peixe, e estava ansioso para tomar um banho. Mandou mais uma mensagem para Hazel antes de partir.

> Parece que vamos ao parque de diversões nesse fim de semana.

Ela respondeu na mesma hora, e Noah não conseguiu conter um sorriso.

> Posso ir ao parque de diversões, mas nada de roda-gigante.

> Veremos...

NADA DE RODA-GIGANTE.

Ele riu e deixou o celular de lado. Não se importava nem um pouco se iriam em todos os brinquedos ou se ficariam apenas parados olhando ao redor. Tinha um encontro com Hazel Kelly. E para conseguir aquilo só precisara que algumas mensagens enigmáticas aparecessem nas páginas de um livro. Não era seu estilo usual, mas ele não iria reclamar.

Quando Noah saiu do banho e se jogou na cama, viu que tinha recebido mais três mensagens de Hazel.

A gente podia se encontrar lá no parque.
Por volta das oito.
E talvez seja melhor você não mencionar
essa coisa toda de pistas pra ninguém.

Noah franziu a testa.

Por quê?

Não sei, ainda me sinto meio ridícula
em relação a isso. Além disso, também
precisamos identificar alguns suspeitos.

Suspeitos?

É, tipo... quem está deixando as pistas e por quê.

Ele rolou de costas na cama, com um sorriso no rosto. Gostava de conversar com Hazel. Gostava de poder fazer aquilo.

Não sabia que solucionar mistérios
fazia parte desse acordo.

Não chame de acordo.
Soa esquisito.

Tudo bem. Como devo chamar?
Verão Incrível e Divertido de Hazel e Noah!

Não.

VIDHAN para abreviar.

Não, de jeito nenhum.

VIDHAN!!

De qualquer forma, o verão tá quase acabando.

Sim, mas "Os dois meses de diversão de Hazel e Noah antes do trigésimo aniversário dela" definitivamente não soa tão bem.

Ai, Jesus, onde foi que eu me meti?

No melhor verão que você já teve.

Ele estava fazendo grandes promessas ali, mas não tinha opção. Era tudo ou nada, certo? E, se aquela fosse a sua única chance com Hazel, ele com certeza iria aproveitá-la. Por mais bizarras que fossem as circunstâncias que os levaram até ali.

Ah, é?

Com certeza.

Uau.

Sou muito bom em me divertir, Hazel.

Ele pensou nos lábios com sabor de vinho de Hazel. Ela também era muito boa em se divertir, mesmo que não soubesse.

Eu acredito.

Ótimo, vejo você no parque de diversões.

Até lá, então.

VIDHAN!!

Para com isso.

Tudo bem. Tchau, Hazel.

Tchau, Noah.

Noah nunca tinha ido ao parque de diversões "Uma noite de verão", uma iniciativa da Associação de Pais e Mestres de Dream Harbor. Não parecia o tipo de lugar a que um homem solteiro deveria ir sozinho. Ele tinha imaginado que estaria cheio de crianças pequenas, arrastando os pais para mais um brinquedo, acordadas depois da hora de dormir. Um pequeno evento escolar para elas celebrarem o restinho de liberdade antes do início das aulas. Não era algo a que adultos fariam questão de ir.

Ele estava muito enganado.

Como a maioria das coisas em Dream Harbor, os moradores da cidade compareciam em peso. Adicione a isso o fluxo de turistas, e o lugar estava lotado. O parque era cheio de brinquedos. Xícaras malucas, balanços giratórios e uma pequena montanha-russa tinham brotado da noite para o dia. A roda-gigante iluminada pairava acima de tudo. A rua principal estava fechada para o tráfego e ocupada por barracas de jogos. Bichos de pelúcia gigantes pendurados em barraquinhas de madeira atraíam multidões de crianças e adultos tentando ganhar um. Havia ainda *food trucks* de todas as nacionalidades e culturas em que Noah conseguia pensar, estacionados lado a lado no parque e enchendo o ar do cheiro de massa frita, frango defumado e *gyro*. Ele salivava ao chegar à bilheteria.

— Oi, Noah. — Isabel sorriu quando ele se aproximou, ainda um pouco chocado com a coisa toda.

— Isso é incrível.

Isabel riu.

— Sim, a Associação de Pais e Mestres tem que ralar muito, mas isso aqui ajuda a financiar a maioria das atividades das crianças no próximo ano letivo, então vale a pena.

— É realmente impressionante.

Andy se sentou ao lado dela, distribuindo ingressos para um grupo de alunos do ensino fundamental agitados por causa do excesso de algodão-doce. Noah conseguia sentir a energia vibrando deles. Andy balançou a cabeça quando os alunos se afastaram.

— Oi, Noah.

Noah sorriu.

— Aceito tudo o que der por quarenta dólares.

Isabel pegou o dinheiro e Andy entregou a ele uma fileira dos clássicos tíquetes vermelhos.

— Obrigada pelo seu apoio! — disse ela, antes de se virar para a filha, Jane, que tinha vindo correndo lhe mostrar o cachorro de pelúcia que havia ganhado.

— E foram só vinte e cinco tentativas — disse Marc, o pai da menina, aos risos.

Isabel revirou os olhos.

— Pelo menos o dinheiro volta para a escola.

— Que cachorro legal — disse Noah, voltando a atenção para Jane. — Talvez eu ganhe um também.

Jane olhou para ele com uma expressão de pena.

— É muito difícil. Talvez você não ganhe.

Noah assentiu, contendo um sorriso.

— Entendi, obrigado. Vou me esforçar ao máximo.

— É o que você pode fazer. Dar o seu melhor. — A expressão no rosto da menina era solene enquanto ela dava o conselho, antes de correr na direção dos brinquedos.

Marc balançou a cabeça.

— Minha filha é muito melhor dando conselhos do que recebendo. Ela não iria sair daquela barraca até ganhar.

Noah riu e deu um tapinha de consolação no ombro de Marc.

— Boa sorte, cara.

— Vou precisar. — Ele deu um beijo no rosto de Isabel antes de sair correndo atrás da filha.

— Divirta-se! — disse Isabel a Noah com uma piscadela, e seus olhos se desviaram rapidamente para onde Hazel esperava por ele.

Noah não teve tempo de se perguntar quanto o clube do livro sabia sobre as pistas de Hazel antes que seu cérebro travasse ao vê-la.

Movimento, barulho, luzes e corpos giravam ao redor dela, mas Noah só conseguia ver Hazel. Era como se todo o resto estivesse borrado, e ela se destacasse.

A livreira estava parada ao lado da barraca de algodão-doce, onde o pai, o prefeito, manipulava grandes tufos de açúcar macio. Hazel estava usando short de novo, o que Noah achou extremamente desnorteante. As coxas dela pareciam um ataque pessoal. Ele voltou a atenção para o rosto de Hazel. Ela estava sorrindo. Para ele.

Se não houvesse uma fila crescente atrás dele, e se Isabel não estivesse encarando-o como se soubesse direitinho o que ele estava pensando, Noah poderia ter ficado parado ali para sempre. Mas precisava se mexer ou causaria um tumulto na bilheteria.

Hazel levantou a mão para cumprimentá-lo quando ele se aproximou.

— Oi.

— Oi.

Ótima maneira de começar. Ele era bom com mulheres, não era?

— Você conhece o meu pai.

— Noah, como vai? Como estão os negócios?

O prefeito Kelly sorria enquanto entregava um algodão-doce a uma criança. A porção era maior do que a cabeça dela.

— Vão bem.

— Fantástico, fantástico. — O homem continuou girando o açúcar nos palitos de papel enquanto falava. — Eu estava mesmo querendo falar com você...

— Eles não estão aqui para falar de negócios, meu bem.

— Tá certo, tá certo. Desculpe.

— Você conhece o Frank? — perguntou Hazel, a mão pousada no braço do outro homem. — Esse é o meu outro pai.

Frank olhou para Noah com um sorriso tímido.

— Prazer em conhecer você.

— O prazer é todo meu.

Noah teria estendido a mão para apertar a do homem, mas o prefeito Kelly já estava lhe entregando um palito gigante de algodão-doce azul.

— Divirtam-se, vocês dois!

O prefeito também tinha piscado para ele?

— Vamos. — Hazel o puxou pela mão para longe da barraca de algodão-doce antes que ele pudesse pensar muito a respeito. — Você não precisa comer isso — disse ela, quando eles estavam fora do alcance do pai.

— Por que eu não comeria?

Hazel franziu o nariz.

— Porque é nojento.

— Nojento?! Como assim?

Ela deixou escapar uma risadinha.

— É só ar com gosto de açúcar.

— E por que eu não iria querer ar açucarado? Na verdade, eu queria que todo o ar tivesse sabor de açúcar. Seria incrível.

— E grudento.

— Talvez.

Ele soltou a mão de Hazel para pegar um pouco da nuvem açucarada, que derreteu assim que tocou sua língua, fazendo a doçura disparar pelas veias. Noah lambeu o açúcar dos dedos e poderia jurar que Hazel prestou atenção no gesto antes de desviar o rosto.

— Então, o que você quer fazer primeiro?

— Bem... — Noah deixou o olhar vagar sugestivamente em direção à roda-gigante.

— Não. Ainda não tô pronta.

— Tudo bem, sem problema. — Ele olhou ao redor. — Que tal alguns jogos?

Hazel assentiu.

— Isso eu topo.

— Ótimo.

Ele puxou mais um punhado de algodão-doce, mas, antes que pudesse colocar na boca, Hazel segurou seu braço e redirecionou o doce para a própria boca. Os lábios dela envolveram de leve os dedos de Noah, que quase deixou cair tudo no chão. Ela soltou um suspiro baixo.

— Talvez não seja tão ruim quanto eu me lembrava.

Hazel saiu andando na frente dele, que se viu forçado a segui-la ou arriscar se perder dela na multidão.

Quem era aquela Hazel Kelly e o que ele faria com ela?

Noah ignorou a lista de ideias que imediatamente surgiram na sua cabeça, começando com lhe dar mais algodão-doce e terminando com ela nua em sua cama. Estavam em um evento de família. Aqueles pensamentos precisavam ser reprimidos junto aos outros que envolviam as coxas de Hazel, os ombros descobertos e toda aquela pele em que ele nunca tinha prestado atenção antes e que parecia não conseguir parar de fitar.

Hazel olhou por cima do ombro para se certificar de que ele ainda estava atrás dela e um sorriso travesso brincou em sua boca.

Se ela continuasse olhando para ele daquele jeito, Noah não teria mais como se responsabilizar pelo rumo de seus pensamentos. Aquela Hazel Kelly era encrenca.

E Noah gostava de uma boa encrenca.

CAPÍTULO OITO

Hazel evitava o parque de diversões como uma praga, e por isso já fazia anos que não ia ali. Provavelmente desde o ensino médio. Na verdade, tinha certeza de que a razão pela qual suava frio toda vez que olhava para a roda-gigante era porque uma vez tinha ficado presa lá no alto com Annie por quase uma hora durante uma tempestade de raios, certa de que morreria sem nunca ter sido beijada.

Annie tinha se oferecido, mas beijar a amiga não parecia a mesma coisa que beijar Heath Ryan, por quem Hazel tinha uma quedinha não correspondida na época. Por isso, recusara educadamente, mesmo que as duas estivessem agarradas, gritando a cada estrondo de trovão.

Quando os bombeiros chegaram, ela e Annie estavam encharcadas e apavoradas. Hazel nunca mais voltara ao parque de diversões, nem andara em uma roda-gigante. Mas aquele momento traumático não era o verdadeiro motivo pelo qual ela evitava o evento.

Hazel simplesmente achava que não era para ela.

Quente demais.

Lotado demais.

Barulhento, caótico, cheio de mosquitos e...

Ela não conseguiu se lembrar dos outros motivos, porque Noah tinha se aproximado da barraca de arremesso de argolas e a encarava com um sorriso arrogante, como se tivesse grandes planos de ganhar um bicho de pelúcia para ela. E como Hazel era uma mulher madura e adulta, não estava nem um pouco empolgada com aquela perspectiva.

Segurando o algodão-doce dele, ela enfiou mais um pedaço na boca. O açúcar disparou por sua corrente sanguínea, o que era obviamente o motivo de a barriga estar se revirando enquanto ela via Noah arremessar três argolas amarelas, uma de cada vez, em direção aos pinos de madeira. Ele errou todas as vezes.

Logo entregou mais bilhetes ao adolescente que tomava conta da barraca.

— Isso foi só o aquecimento.

— Aham. Claro, é importante aquecer.

Noah sorriu para ela, então voltou a se concentrar nas argolas. E errou de novo. Três vezes seguidas. Ele gemeu.

— Jane me avisou que era difícil.

Hazel riu.

— Ela disse pra eu me esforçar ao máximo.

— Um ótimo conselho.

— Criança inteligente.

Noah piscou para Hazel e lançou outra argola. Que girou no pino e caiu no chão. Ele abaixou a cabeça.

— Droga.

— Vamos embora, campeão. Talvez você tenha mais sorte no próximo jogo.

Hazel pousou a mão no braço dele para afastá-lo da barraca, mas seus dedos se demoraram nos músculos dos bíceps. O braço de Noah era tão... firme.

Ele se deixou ser levado e pegou a mão de Hazel antes que ela pudesse puxá-la de volta. A mão de Noah era grande e forte, assim como ele, e provavelmente conseguia fazer coisas muito mais interessantes do que lançar argolas. Ela pigarreou.

— Você sabe que, se a gente ficar andando de mãos dadas, até segunda-feira a cidade toda vai estar planejando nosso casamento.

Ele deu uma risada baixinha, só para ela, quando se inclinou para sussurrar em seu ouvido.

— Por mim, tudo bem.

Hazel o encarou com a testa franzida enquanto eles desviavam dos transeuntes.

— Ah, por favor, né?

— Ah, por favor, o quê?

Hazel bufou baixinho, descrente.

— A cidade inteira sabe que você não sai com a mesma mulher por mais de um verão. Dois meses, no máximo. Nesse ritmo, você estaria me largando no meu aniversário.

Ele ergueu as sobrancelhas cor de cobre.

— Ah, é mesmo? É isso que todo mundo pensa?

— É. Você gosta de turistas, hóspedes que ficam só por um tempo, forasteiras. Fiquei sabendo até de um boato de que passou um fim de semana muito interessante com todas as convidadas de uma despedida de solteira.

O rosto dela ficou vermelho ao pensar naquilo. Por que havia trazido o assunto à tona? Bem, uma coisa era... flertar durante um verão de diversão, mas fingir que era algo mais seria um absurdo.

Não achava que Noah realmente queria se casar com ela, mas a cidade iria começar a falar, a fazer suposições. E Hazel queria que Noah entendesse o que estava acontecendo ali.

Ela gostaria de entender o que estava acontecendo ali.

Hazel esperava que Noah sorrisse e fizesse algum tipo de piada sobre a despedida de solteira, mas em vez disso ele permaneceu calado.

— Desculpa, não quis ofender. Eu só... é só que... as pessoas vão fofocar. Sei que a gente só tá fazendo isso como amigos. Um verão de diversão...

Hazel se interrompeu quando o olhar de Noah encontrou o dela e a expressão em seus olhos dizia que ele queria ser algo mais do que só amigo. Ela perdeu um pouco o fôlego. Ah, droga.

— Não, não. Você tá certa. Eu não tenho relacionamentos sérios.

— Pois é.

— E não foram *todas* as convidadas da despedida de solteira.

— Ah.

— Mas sempre tem uma primeira vez pra tudo.

Noah piscou para ela, o sorriso de volta em seu rosto enquanto a puxava pela multidão. Uma primeira vez pra tudo? Espera... para todas as convidadas da despedida de solteira ou para a coisa do relacionamento sério?

Hazel estava prestes a fazer mais perguntas que não deveria, mas Noah já estava na barraca ao lado, entregando tíquetes para o adolescente animado que o atendia e garantindo a Hazel que acertar alvos com uma pistola de água era mais a praia dele. De qualquer forma, não importava. Porque ela não pretendia que rolasse nada sério entre eles naquele verão. Na verdade, sério era o oposto do que tinha em mente.

Uma campainha soou e os jogadores, sentados em banquinhos, começaram a atirar em seus alvos. Quanto mais a pessoa acertava, mais rápido o cavalinho de corrida avançava. Noah estava competindo contra duas crianças de oito anos e contra o carteiro, o sr. Prescott.

Luzes piscavam e uma música robótica saía dos alto-falantes. Mas Noah estava concentrado. Hazel não conseguiu conter um sorriso quando o viu se debruçar sobre a arma de brinquedo, com uma ruga de concentração marcando a testa. Tampouco conseguiu conter o grito de alegria que deixou escapar quando ele venceu.

— Pra você.

Noah lhe entregou um pinguim gigante, todo orgulhoso. O bicho de pelúcia tinha pelo menos um metro de altura e era recheado com um material que Hazel tinha quase certeza de que devia ser cancerígeno. A coisa toda parecia altamente inflamável e tóxica, mas ela segurou o pinguim contra o peito como uma criança no Natal.

— Eu amei.

Noah riu, os olhos se enrugando nos cantos.

— Imagine o que vão falar por aí agora — comentou.

— Noah e Hazel fogem para se casar na Antártida e trazem um novo animal de estimação para casa.

— Hazel dá à luz um bebê de smoking de um metro de altura.

Hazel dava risadinhas enquanto eles se afastavam da barraca, com o pinguim debaixo do braço. O algodão-doce já tinha sido devorado.

Ela sorriu para Noah. Talvez gostasse de parques de diversões, afinal.

— O irmão muito mais bonito de Noah vem à cidade e conquista Hazel.

Ele fingiu se ofender com aquilo.

— Ei. Mais bonito? Isso doeu, Haze.

— Você tem mesmo um irmão?

— Não. Duas irmãs. Mais velhas do que eu. Mais inteligentes e mais responsáveis também.

— Mas com certeza não mais bonitas.

Ele riu de novo e pegou a mão livre dela. Ela deixou. Os fofoqueiros de Dream Harbor podiam falar o que quisessem. Hazel não tinha medo deles.

— Com certeza não. Mas não conte a elas que eu disse isso.

— Jamais.

Eles seguiram lentamente em direção aos *food trucks*.

— Que tal a gente comer alguma coisa? Tipo… comida de verdade?

— Pode ser.

Depois de muito debate, decidiram por *gyros* de frango e uma limonada enorme para compartilhar. Sentaram-se a uma mesa de piquenique pegajosa, um de frente para o outro, enquanto crianças pequenas corriam e gritavam ao redor. A noite estava quente e úmida, e as coxas de Hazel grudavam no banco de metal, mas, por algum motivo, ela não parecia se importar tanto quanto de costume.

— Eu gostaria de conhecer elas.

— Conhecer quem? O grupo da despedida de solteira que eu supostamente corrompi? Moças encantadoras.

Hazel deu um tapa brincalhão no braço dele.

— Não! Suas irmãs.

— Sério?

— Sim, claro.

— Por quê?

— Não sei. Você é meio que um mistério por aqui.

— Um mistério? Bom saber. — Ele ergueu as sobrancelhas e deu outra mordida no seu *gyro*.

— Tô falando sério. Você simplesmente apareceu aqui um dia, e sinto que não sei muito sobre a sua vida.

— Acredite se quiser, Haze, mas há muitas cidades por aí onde as pessoas vêm e vão sem que ninguém perceba.

— Nossa, que triste.

Noah deu de ombros, mas não estava mais olhando para ela. O ar brincalhão se fora. Hazel se deu conta de que tinha conseguido acabar com a diversão. Droga.

— Tenho certeza de que muitas pessoas repararam quando você saiu da sua cidade e se mudou pra cá.

— Ah, com certeza repararam quando eu desisti do negócio da família.

— Ah.

— Não sou lá um grande mistério, sou mais um fracasso. Desculpa decepcionar você.

— Você não me decepcionou nem um pouco.

Noah encontrou mais uma vez o olhar dela, com uma expressão de surpresa no rosto. Mas logo disfarçou o espanto com um sorriso encantador.

— Acho que a gente precisa parar de se distrair.

— Precisa mesmo?

— Sim. Eu prometi uma noite divertida. VIDHAN, lembra? A gente não pode ficar aqui sentado falando sobre meus dramas familiares em uma noite do VIDHAN.

— Isso parece o nome de um primo do interior ou algo do tipo.

Noah riu, a diversão de volta aos seus olhos.

— E VIDHAN diz que chega de conversas sobre família. É hora da roda-gigante.

Hazel abraçou o pinguim com mais força.

— Acho que já me diverti o bastante. Talvez seja melhor eu ir pra casa dormir.

— Haze, são nove horas.
— Tô cansada.
— Haze, nove horas é o horário de dormir de uma senhorinha bem idosa.
— Eu sou uma senhorinha bem idosa.
— Não, você é jovem, animada e divertida. E gostosa.
Outra piscadela. Como ele fazia uma piscadela não ser esquisita?
— Gostosa?
— Absurdamente.
Hazel revirou os olhos, mas sentiu o rosto enrubescer mesmo assim. Noah, o homem que se envolveu com um grupo inteiro de uma despedida de solteira, achava que ela era gostosa. Aquilo fez sua cabeça girar.
— Tá certo, tudo bem. A gente pode andar na roda-gigante. Mas se eu vomitar em cima de você, a culpa é sua.
— Entendido. — Ele estendeu a mão e a ajudou a se levantar do banco grudento. — A gente deveria ter andado nos brinquedos antes de comer.
Hazel riu.
— Agora não tem mais volta.
Noah sustentou o olhar dela por um segundo, algo mais intenso presente ali, antes de puxá-la em direção aos brinquedos. *Não tem mais volta.*
A roda-gigante não poderia fazer nada com o estômago dela que o olhar de Noah já não estivesse fazendo.

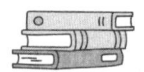

— Só aperte minha mão... ai... com um pouco menos de força.
— Desculpa.
Hazel afrouxou o aperto, mas não abriu os olhos. Ela estava espremida em um assento da roda-gigante com Noah e o pinguim, subindo devagar, mas não iria pensar naquilo. Ou no fato de que aquela roda-gigante tinha sido literalmente montada naquela manhã, e por

quem?! E se tivessem esquecido de apertar um parafuso ou alguma coisa parecida? Mas não iria pensar naquilo.

Estava concentrada nos dedos de Noah, que envolviam sua mão, e no corpo quente pressionado à lateral do dela, a voz profunda dele em seu ouvido. E, para ser sincera, tudo aquilo a estava deixando tonta por motivos totalmente diferentes.

— Você deveria abrir os olhos. É lindo aqui em cima.

— Por que estamos parando?

O coração de Hazel saltou no peito quando a roda-gigante parou.

— Para mais pessoas entrarem.

— Odeio isso.

— Que outras pessoas também possam andar no brinquedo?

Hazel teve que abrir os olhos para dar um tapa no ombro dele e o pegou sorrindo para ela.

— Não. É que eu fiquei presa no alto de uma roda-gigante uma vez.

— Por quanto tempo?

— Mais ou menos uma hora. Mas tava chovendo.

— Que merda, Hazel. Você não me contou que o seu medo era por conta de um trauma real.

Noah soltou a mão dela e passou o braço ao redor dos seus ombros. Hazel não se incomodou nem um pouco.

— Eu tô bem. Acho.

Ela olhou por cima da frente do carrinho e viu o parque de diversões iluminado lá embaixo. Música e risos chegavam com a brisa da noite, abafando a energia frenética da feira, fazendo tudo parecer efêmero. Fora do parque, as luzes cintilantes de Dream Harbor davam um ar aconchegante e distante para a cidade, como se fosse um outro mundo que ela estava tendo a oportunidade de vislumbrar apenas por um momento. Hazel conseguia até avistar a marina dali e as luzes no píer. Era tudo tão bonito que ela quase se esqueceu de ter medo.

— Alguma vontade de vomitar?

— Hum... não. Não no momento.

A roda-gigante voltou a girar e eles continuaram a descer. O estômago de Hazel se revirou e ela fechou os olhos novamente, enterrando o rosto no ombro de Noah. Brisa do mar, sol e sabonete. Ela respirou fundo. O braço de Noah permaneceu firme ao redor dos seus ombros quando eles alcançaram o chão e começaram a subir de novo. Daquela vez, Hazel foi de olhos abertos.

— Até que é divertido.
— Você parece surpresa.
— E estou mesmo.

Noah riu, e ela sentiu o sorriso no próprio rosto. A cabeça dos dois estava próxima, o assento era pequeno e o pinguim era grande. Eles não tinham muita escolha.

— Sabe o que pode ser ainda mais divertido? — perguntou ele.
— O quê?
— Se a gente se beijasse aqui em cima.

O sorriso de Noah dizia que ele estava brincando, mas os olhos diziam que estava falando sério. Ele se aproximou mais, o nariz encostando no rosto de Hazel, a testa contra a dela. E tudo aquilo parecia imprudente.

Hazel se inclinou para a frente.

Ela pressionou a boca na dele. Noah deixou escapar um som que ficava entre um gemido e um suspiro, então Hazel o beijou com mais vontade, invadindo a boca dele com a língua e sentindo o sabor de algodão-doce, limonada e verão. E foi *bom*.

Ela se afastou quando a roda-gigante os levou de volta para baixo e viu a expressão atordoada de Noah sob as luzes multicoloridas dos brinquedos.

— Caramba, Hazel Kelly — sussurrou ele.

E ela sorriu.

CAPÍTULO NOVE

Noah ainda não havia se recuperado do beijo de Hazel na noite anterior, e precisava de um café gelado antes do seu primeiro passeio do dia.

O ar frio do Café Pumpkin Spice o atingiu quando ele entrou. O lugar estava movimentado como sempre, com a correria da manhã de todos em busca da primeira dose de cafeína do dia.

Ele entrou na fila e se abaixou para fazer carinho em Gasparzinho quando o bichano se aproximou para cumprimentá-lo. O gatinho ronronou, feliz, então se afastou para se enrodilhar no colo de um universitário que estava sentado em uma cadeira confortável perto da janela.

— Noah! — Kaori surgiu atrás dele na fila, a bolsa de trabalho pendurada em um ombro. — E aí? O que fez ontem à noite? — perguntou ela, sorrindo.

Mas Noah morava ali há tempo o bastante para não se deixar enganar. Kaori estava jogando verde.

— Ah, você sabe, o de sempre. Visitei algumas repúblicas só para garotas da cidade, fiz novas amizades. E você? Leu alguma coisa boa ultimamente?

O sorriso de Kaori se alargou como o de um tubarão. De repente, Noah sentiu pena de todos que ela havia interrogado como advogada. Devia ser assustador encarar aquela mulher em um tribunal. E ela não estava se deixando enganar pelas mentiras de Noah. Mas ele não tinha medo do clube do livro.

— Ah, muitas. Acabei de terminar um livro sobre um ex-cafajeste.

— Ora, todo mundo ama um ex-cafajeste.

Noah piscou para ela e se virou para o balcão, enquanto Kaori gargalhava atrás dele.

— Oi, Noah.

Jeanie estava no caixa naquela manhã e sorria para ele como se soubesse de tudo — ou como se achasse que sabia de tudo.

— Oi, Jeanie.

— Como foi a sua noite?

Antes ou depois de Hazel beijá-lo e deixá-lo completamente atordoado?

— Foi boa, obrigado.

Jeanie ainda o encarava, as sobrancelhas escuras erguidas como se estivesse esperando-o continuar.

— Hum, vou querer um café com leite gelado.

— Sim, claro.

Jeanie passou o pedido para Joe, que estava preparando as bebidas naquela manhã enquanto ela cuidava do caixa.

— Hazel já passou por aqui?

O sorriso de Jeanie ficou mais largo.

— Não, ainda não.

— Então também vou querer um chá gelado de sidra de maçã.

— Você sabe que bebida ela pede.

Noah tinha certeza de que Kaori acabara de soltar um suspiro sonhador atrás dele, mas se recusou a se virar.

— Para de me olhar assim, Jeanie.

— Assim como?

Noah semicerrou os olhos.

— Assim. Eu e Hazel somos apenas amigos.

— Aham. Claro. Amigos. Entendi.

Ela entregou as bebidas a ele, e a expressão em seu rosto dizia que não acreditava em uma palavra do que Noah tinha dito, o que era justo, porque ele também não acreditava. Mas não estava disposto a debater sua situação com Hazel com metade de Dream Harbor, incluindo a presidente enxerida do clube do livro, que esperava na fila atrás dele.

— Até logo.

— Tchau, Noah.

— Tchau, Noah! — disse Kaori, o tom animado, enquanto se aproximava do balcão.

Noah não queria nem saber por que ela e Jeanie começaram a rir assim que ele lhes deu as costas.

Ele estava quase livre dos olhares insinuantes de Jeanie e do interrogatório de Kaori quando Logan entrou. Realmente precisava encontrar outro lugar onde comprar seu café.

— Noah.

— Oi, cara. Eu já tava de saída...

— O que aconteceu ontem à noite?

Santo Deus, aquela cidade.

— Eu me diverti bastante no parque de diversões. Aliás, onde você tava? Não quis ajudar a escola?

O pescoço e o rosto de Logan estavam ficando muito vermelhos.

— Jeanie colocou um vestidinho.

— Como assim?

— A gente não conseguiu sair de casa, tá bom?

As palavras saíram em um rompante, como se o estivessem sufocando, e Noah caiu na gargalhada.

— Uau. Devia ser um vestidinho e tanto.

— Era. Mas isso não vem ao caso.

— E o que vem ao caso exatamente?

— Ouvi dizer que você foi ao parque com a Hazel. Tipo... em um encontro.

— Sinceramente, você não pode acreditar em tudo o que as pessoas falam nessa cidade, cara. Você, mais do que ninguém, já deveria saber disso.

Noah abriu um sorriso largo para Logan antes de passar por ele e sair do café. Hazel não estava brincando quando disse que a cidade toda iria comentar sobre passeio dos dois. Mas os outros que fofocassem à vontade.

Ele tinha se divertido muito. Como nunca.

Na verdade, tinha sido tão bom que não conseguira dormir. Tinha se revirado na cama, lembrando do sabor doce da boca de Hazel e da sensação do cabelo macio dela no braço com que ele a envolvera pelos ombros.

E, acima de tudo, não conseguira parar de pensar no sorriso satisfeito no rosto de Hazel quando ela se afastou. Queria vê-lo mais vezes.

Ele andou até a loja ao lado, as bebidas na mão, com a súbita sensação de que precisava ver certa livreira antes de começar o dia.

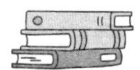

— Hazel, você tá aqui!

Hazel ergueu os olhos do notebook ao ouvir a voz de Annie. A amiga entrou pela porta dos fundos, como sempre fazia quando a livraria estava fechada.

— É claro que eu tô aqui. E você não deveria estar trabalhando também?

Annie ignorou o comentário com um gesto.

— Ouvi dizer que Noah saiu do parque de diversões ontem à noite carregando você nos ombros, depois de ganhar uns dez bichos de pelúcia.

Hazel encarou a amiga, surpresa.

— Hã? Não. Não foi isso que aconteceu.

Annie se jogou no sofá.

— Então o que aconteceu?

Hazel ainda não se sentia confortável para explicar toda a situação das pistas nos livros, do verão divertido, da atração incontrolável por Noah, então optou pela mentira mais simples.

— Noah me convidou pra ir com ele, então eu fui.

Annie arregalou os olhos.

— E...

— E é isso. Foi divertido.

— Divertido?

— Sim, divertido. Eu consigo me divertir, tá?

— É claro que consegue, Haze. Mas você detesta o parque de diversões. Ainda mais depois daquele dia horrível na roda-gigante.

— Acontece que rodas-gigantes podem ser até divertidas.

Annie analisou a amiga, o vinco em sua testa mais profundo.

— Você tem certeza de que tá bem?
— Tenho.
— E esse negócio com Noah é...
— Casual.
— Casual?
— É. Divertido e casual.

Annie soltou uma risadinha incrédula.

— O que foi?
— Haze, a gente se conhece há muito tempo, certo? E você nunca teve nada casual na vida.

Hazel abriu a boca para falar, mas logo voltou a fechá-la. Annie não estava errada. Hazel era uma monogâmica compulsiva. Havia tido exatos três namorados na vida, ficara cerca de um ou dois anos com cada um e depois a relação se esgotara de um jeito meio sem graça. Os términos não tinham sido dramáticos nem interessantes. Em todos os casos, havia sido uma separação amigável e os dois lados concordaram em continuar como amigos. Na verdade, Hazel ainda trocava e-mails com certa regularidade com o ex-namorado da faculdade, que havia se mudado de volta para o Japão. Era tudo muito... tedioso.

— Bem, agora eu tenho.

Annie examinou a amiga, então inclinou a cabeça para o lado, como se estivesse vendo Hazel de um ângulo diferente.

— Ah, eu apoio.
— Fico muito feliz com a sua aprovação... — retrucou Hazel, de forma irônica.

Annie deu um sorrisinho.

— Acho que isso pode ser bom pra você. Quer dizer, está na cara que Noah quer dormir com você.
— Não se empolgue. A gente só se beijou.
— Vocês se beijaram! — Annie quase pulou do sofá. — Você tava mesmo escondendo o jogo, Haze.

Ela balançou a cabeça para a amiga.

— Não é nada de mais.

— Com certeza é. — Annie se inclinou para a frente. — Como foi?

Hazel sentiu o rosto enrubescer.

— Foi... — *O melhor beijo de todos.* — Foi muito legal.

— Legal? Hazel, aquele homem é conhecido pelas proezas sexuais. Você precisa ir além de "legal".

— Pelo amor de Deus, Annie. Não fala assim dele.

Annie ergueu uma sobrancelha.

— Espera aí. Você não está gostando dele de verdade, né? Quer dizer, Noah é ótimo se você quiser um pouquinho de diversão, mas ele não é do tipo que tem relacionamentos sérios. Com ninguém. Você sabe que ele só dorme com turistas.

— Eu sei disso. E não quero algo sério dessa vez. Já tô cansada de coisas sérias.

Annie ainda encarava a amiga com uma expressão cética, mas assentiu.

— Tudo bem. Desde que você entre nisso com os olhos bem abertos.

Hazel arregalou os olhos por trás dos óculos.

— Estão bem abertos. Arregalados. Eu sei o que tô fazendo.

— Tá certo, meu bem. Acredito em você. Agora tenho que voltar. Deixei George enfiado até os cotovelos em massa de biscoito e abrimos em meia hora. Amo você.

— Também amo você. Vamos almoçar juntas?

— Com certeza. — Annie quase colidiu com Noah quando saía do escritório. — Ah, oi, Noah. Tudo bem?

A voz dela saiu alta e esquisita, e Noah olhou para Hazel por cima do ombro com uma expressão que dizia: "Qual é o problema dela?"

Hazel deu de ombros e não conseguiu conter um sorrisinho. Ela não esperava ver Noah naquele dia, mas já que ele estava ali, sentiu o friozinho na barriga de sempre.

— Eu tô bem. E você? — disse Noah, respondendo à pergunta de Annie.

— Bem. Muito bem. Tenho que ir!

Hazel balançou a cabeça enquanto Annie saía em disparada do escritório da livraria.
— Como você entrou? — perguntou.
— Porta dos fundos. Desculpa, tem problema?
— Bem, você trouxe meu chá gelado, então vou deixar essa passar.
O sorriso que iluminou o rosto de Noah a deixou sem fôlego. Ele colocou os copos em cima da mesa de Hazel e se sentou em frente a ela, girando os cubos de gelo na própria bebida. Noah olhava para ela daquele jeito de sempre, com os olhos escuros e um sorriso brincalhão.

Mesmo na penumbra do escritório, ele era deslumbrante. O cabelo acobreado e as tatuagens, a queimadura de sol que lentamente se transformava em um bronzeado, as pulseiras trançadas coloridas. Era como se ele tivesse levado a brisa do mar para o escritório dela.

Hazel respirou fundo o cheiro dele antes de falar.
— Então... o que você tá fazendo aqui? — perguntou, por fim, e ficou grata quando as palavras o fizeram desviar os olhos.
— Só vim trazer o seu chá. E queria ver você.
— Você queria me ver?
— É claro.
— Tá.

Ela também girou a própria bebida no copo e tomou um longo gole, evitando o olhar de Noah. Hazel o beijara na noite anterior. De propósito, cem por cento sóbria. E não sabia o que fazer a respeito. Ou a respeito de qualquer coisa relacionada àquilo. Os alertas de Annie ecoavam em sua cabeça.

— Escuta, Noah. Sobre ontem à noite...
— Eu me diverti. E você?
— Eu me diverti também, mas...
— Sem mas.
— O quê?
— Você me recrutou para ajudar com o seu verão, certo?
— Certo, mas...
Ele balançou a cabeça.

— Sem mas. A gente se divertiu. Missão cumprida.
— Mas o beijo...
— Foi divertido.
— Muito. Só não quero que as coisas fiquem esquisitas entre a gente, ou sei lá... confusas.

Ele se inclinou para a frente, os antebraços apoiados no joelho. Hazel contou cinco estrelas e duas grandes dálias no braço direito de Noah. Seu olhar voltou a encontrar o dele, e ela viu a preocupação se insinuando ali.

— Não quero fazer nada que você não queira, Hazel. Mas se você tá se divertindo, então vamos ver o que acontece. Tudo bem?

Hazel engoliu seus protestos. Era aquilo que ela queria. Por isso tinha pedido a Noah para ajudá-la. Queria ver aonde o verão a levaria. Queria mais beijos. Aquilo não tinha que ser confuso. Poderia ser dolorosamente simples.

— Tudo bem — concordou.

O sorriso dele ficou mais largo.

— Tudo bem, ótimo. Mais alguma pista?
— Duvido, mas ainda não cheguei.
— O que você tá esperando?

Noah já estava saindo do escritório antes mesmo que Hazel pudesse responder. Ele estava parado diante das prateleiras de romance quando ela o alcançou.

— Olha! Um torto.
— Humm.

Hazel tirou o livro da prateleira e encontrou a página marcada. O arquejo baixo de Noah chamou sua atenção. Ela levantou uma sobrancelha, questionando-o.

— Isso é emocionante.

Hazel riu e correu o dedo pela página.

— "Ela enfiou os dedos dos pés na areia fria e jogou a cabeça para trás, deixando o sol quente acariciar seu rosto." — Noah leu a frase destacada em voz alta, naquele tom baixo e profundo dele, e Hazel reprimiu um arrepio.

— Parece que vamos à praia — disse ele, ainda perto o bastante para que seu hálito agitasse os cachos ao redor do rosto dela.

Hazel suspirou.

— Por favor, não me diga que você não gosta de praia.

Uma expressão sofrida cruzou o rosto de Noah, como se Hazel tivesse acabado de insultar a mãe dele.

— Eu sempre me queimo no sol e fico cheia de areia. E, da última vez, uma gaivota fez cocô bem no meu sanduíche.

Hazel podia ver que Noah estava se esforçando para controlar uma gargalhada.

— Eu prometo que dessa vez nenhum animal vai fazer cocô no seu lanche.

— Acho que não dá pra prometer esse tipo de coisa.

— Palavra de pescador.

Ela tentou franzir a testa, tentou ficar mal-humorada por causa da areia, do cocô errante dos pássaros e da inevitável queimadura de sol, mas não foi possível. Não com Noah quase cintilando de empolgação.

— Tudo bem.

— VIDHAN. — Ele pegou o livro das mãos dela. *Enseada da sedução*, dizia o título. — Também vou levar esse.

Hazel deu uma risadinha debochada.

— Não vai, não.

— Eu pago.

— Você não quer ler isso.

— É óbvio que eu quero. — Noah sorriu para ela, já se dirigindo ao caixa. — Parece educativo.

Hazel conteve uma risada.

— Você é ridículo.

— Foi para isso que me contratou, não foi?

O sorriso de Noah ainda estava firme no rosto, mas uma sombra de dúvida escureceu seus olhos.

— Definitivamente não foi por isso. E eu não contratei você.

— Tá certo. Tô brincando.

Hazel deu a volta até o outro lado do balcão e pegou o livro das mãos dele.

— Quero fazer isso com você porque gosto de você.

— Ah.

— E você é bom nisso.

Uma nova mistura de emoções passou pelo rosto de Noah, mas Hazel não conseguiu decifrá-las antes que ele sorrisse mais uma vez.

Ela queria dizer mais. Queria dizer que ele era uma lufada de ar fresco em sua vida sem graça; que aos poucos ele estava fazendo com que ela se lembrasse de como se soltar; que a estava acordando como o sol após um longo inverno. Mas nada daquilo parecia casual.

E aquela história entre eles era muito casual.

Alguns meses de empolgação e flerte, e nada mais.

Mesmo que ele olhasse para ela daquele jeito.

CAPÍTULO DEZ

Noah insistiu para que Hazel o deixasse planejar o passeio. Assim, ela se viu descendo até a praia com uma bolsa de palha no ombro e sem saber o que o dia lhe reservava. O tempo havia mudado de novo e, apesar do sol forte de agosto, estava frio e ventando. Hazel usava seu moletom favorito por cima da blusa e, dessa vez, preferira encher a caneca térmica de chá quente, em vez de gelado.

Era uma manhã de terça-feira, seu dia de folga, e, como Noah também estava livre, eles tinham combinado de aproveitar para seguir a pista do livro. Ele dissera a Hazel para encontrá-lo no final de uma das muitas ruazinhas laterais de Dream Harbor que davam na orla. Mas aquela não era a praia de areia clarinha com a barraca de lanches. Hazel estava parada ao lado da encosta rochosa que separava a calçada da areia grossa.

Ela nunca tinha frequentado aquela parte da praia, nem durante o ensino médio, quando todos se reuniam ali nos fins de semana. Não era surpresa que nunca tivesse se juntado a eles. Mas Hazel conseguia entender por que aquele era um ponto de encontro disputado. A praia ficava logo atrás da encosta, praticamente escondida. Era um lugar tranquilo e isolado. E, em uma manhã de terça-feira, não havia adolescentes festeiros à vista.

— Ei, você chegou.

A cabeça de Noah apareceu acima das pedras, com o sorriso de sempre no rosto.

— Oi.

— Venha por aqui, tem um caminho mais fácil.

Ele a guiou pelo que antes era uma trilha, mas que virara basicamente concreto esfarelado. Hazel deu a mão a Noah enquanto ele a levava pelo terreno acidentado.

— Você achou mesmo que esse era o melhor lugar para me convencer a gostar de praia?

Noah sorriu.

— Sim. — Ele não tinha soltado a mão dela, e Hazel gostou da sensação dos dedos dos dois entrelaçados, então não se desvencilhou. — Esse lugar é como se fosse a nossa própria praia particular.

Hazel franziu a testa, os olhos na faixa estreita de areia. Cerca de cem metros abaixo, uma mãe construía um castelo de areia com o filho pequeno. Toda vez que a mulher virava o balde, mostrando o castelo, o garoto o destruía e ria loucamente.

— Bem, quase particular. — Noah a levou até onde havia estendido uma canga. Ao lado, um cooler e os chinelos que já havia tirado. — Isso é pra você.

Ele pegou o grande chapéu de palha que estava em cima da canga e o colocou na cabeça de Hazel com um floreio.

Era enorme e caía por cima de um de seus olhos.

— Por que eu usaria isso?

Noah a encarou por baixo da aba.

— Pra se proteger do sol.

Hazel quis protestar. O chapéu era grande e feio, mas... estava fazendo uma boa sombra ao redor dela. Não havia como o sol passar por aquela coisa. Isso sem falar no jeito como Noah estava olhando para ela, esperando sua aprovação.

— E aí, gostou?

— É uma boa sombra, pelo menos.

— Ótimo! — Noah alargou o sorriso enquanto enfiava mais o chapéu na cabeça de Hazel e ajustava a fita abaixo do queixo. — Meu avô sempre dizia que não existe tempo ruim, apenas equipamento ruim.

Hazel soltou uma risadinha. A questão era que, para ela, um dia ensolarado era "tempo ruim", mas aquele chapéu grande e bobo parecia estar funcionando.

— Muito bem, próxima coisa.

Noah bateu as mãos e foi procurar algo na mochila que havia deixado ao lado do cooler. Ele pegou uma lata de spray e sacudiu.

— O que é isso?
— Repelente.
— Você trouxe repelente?
— Trouxe, fecha a boca.

Hazel prendeu a respiração enquanto Noah borrifava o repelente em suas pernas e braços.

— Reparei que você tinha muitas picadas de mosquito pelo corpo.
— Hum, sim...

Noah enrubesceu quando disse aquilo. Tinha acabado de deixar claro que reparara nas pernas dela. Na verdade, ele havia reparado em muita coisa, e levara tudo aquilo para deixá-la confortável durante o passeio. Hazel sentiu um frio na barriga diferente. Era uma sensação agradável e feliz.

— Obrigada.
— Imagina. — Ele deu de ombros e jogou o repelente de volta na mochila. — Muito bem, agora a parte divertida.

Hazel ergueu uma sobrancelha, embora tivesse certeza de que ele não conseguia ver seu rosto direito por baixo da aba do chapéu.

— A parte divertida?
— Bem, existem várias partes divertidas, então vou deixar você escolher o que quer fazer primeiro.
— Tá bom.

Um sorriso se insinuava no rosto de Hazel, o sorriso que ela parecia não conseguir conter sempre que Noah estava por perto.

— A gente pode construir um castelo de areia.

Hazel olhou para o ponto mais adiante na praia, onde a criança começara a chorar porque as ondas tinham derrubado a sua obra de arte.

— Hum, quais são as outras opções?
— A gente pode jogar frisbee.

Ela soltou uma risadinha sarcástica.

— Eu pareço o tipo de garota que joga frisbee na praia?

Noah riu.

— Tudo bem, que tal uma caça ao tesouro?
— Caça ao tesouro?

— É. — Ele piscou para ela. — Vamos.

Noah entrelaçou mais uma vez os dedos nos dela e a puxou pela areia.

— Então, que tipo de tesouro estamos procurando exatamente? — perguntou Hazel enquanto caminhavam.

As ondas alcançaram seus pés e o choque da água fria deixou os dedos dormentes, mas de um jeito que não a incomodava.

Pedrinhas que margeavam a costa rolavam para dentro e para fora da arrebentação, produzindo um sussurro suave, e até mesmo o grasnar dos pássaros ao longe trazia paz. Naquele momento, Hazel percebeu como era absurdo não ir à praia com mais frequência. Como era sortuda de ter algo tão lindo a poucos quarteirões de casa.

Ela ainda estava de mãos dadas com Noah, que ele balançava com delicadeza enquanto caminhavam.

— A gente não vai saber que é um tesouro até ver.

— Humm. — Hazel puxou o braço dele para que parassem. — Que tal isso?

Ela se agachou para pegar seu achado. Uma concha minúscula, muito branca, que colocou na palma da mão.

— Uma vieira. Uma das minhas favoritas.

— Então... tesouro?

— Com certeza.

Noah sorriu e Hazel guardou a concha no bolso do moletom.

Eles continuaram andando juntos. Noah parava a cada poucos metros para pegar uma "pedra perfeitamente redonda" ou qualquer pedrinha que parecesse uma jujuba ou, então, conchas brancas por fora e roxas por dentro. Hazel guardou tudo nos bolsos até senti-los arenosos, úmidos e pesados. As conchas e as pedras batiam umas nas outras enquanto eles caminhavam.

— Eu meio que achei que o tesouro seria... sei lá, a experiência de estar aqui ou algo metafórico assim.

Noah olhou para ela, um sorriso provocador em sua boca.

— Não sou uma pessoa tão profunda, Haze. E gosto de tesouros.

Hazel soltou uma risadinha, e o sorriso de Noah se alargou. O dia estava esquentando aos poucos, mas não era aquilo que deixava o rosto dela vermelho. Era ele. Era aquele sorriso que se abria só para ela. Hazel abaixou a cabeça para que a aba do enorme chapéu bloqueasse Noah de sua visão.

— Olha!

O menor caranguejo que ela já tinha visto emergiu da areia molhada e passou apressado pelos pés dela. Assim que a sombra de Hazel pairou acima do bichinho, ele ficou paralisado.

— O caranguejinho acha que você vai comer ele.

Hazel franziu o nariz.

— Você tá seguro comigo.

Ela se afastou e, quando se viu de novo sob a luz do sol, o caranguejinho deslizou entre as pedras.

— De qualquer forma, ele era pequeno demais para virar almoço — comentou Noah, e Hazel conseguia imaginá-lo falando do mesmo jeito com os clientes dos passeios de pesca.

Pequeno demais, camarada. Pode jogar de volta ao mar.

— Falando em almoço...

— Você tá com fome?

— Bem, tô curiosa pra saber o que você trouxe naquele cooler, mas ainda não confio nessas gaivotas.

Ela olhou para cima e viu várias delas circulando no alto. Ainda bem que seu amiguinho caranguejo tinha encontrado abrigo entre as pedras.

Noah passou um braço por cima do ombro dela enquanto eles se viravam para andar de volta até a canga.

— Confia em mim. Prometi que nada de mau aconteceria com o seu lanche, lembra?

— Lembro. Mas elas parecem prontas pra atacar.

Noah riu.

— Sou um homem de palavra, você vai conseguir comer.

Hazel se permitiu relaxar ao lado dele no caminho de volta. Noah era quente e firme, e o corpo dela parecia derreter junto ao dele, sem dar a menor importância ao que seu cérebro pensava a respeito da situação. O cérebro dela não tinha por que estar ali. Não durante aquelas aventuras divertidas e imprudentes com Noah.

A maré voltava a baixar, deixando expostas ainda mais pedras e conchas. Filetes de água escoavam pela areia em direção ao mar. Os dedos do pé de Hazel já haviam se acostumado à água fria e ela não se importava em pisar nas pequenas ondas. Hazel avistou mais caranguejos, mas aqueles não pararam para conversar. Todo aquele ar salgado a deixara com fome.

O cooler estava esperando por eles bem onde o haviam deixado, e Hazel se sentou na canga ao lado dele. Ela jogou o chapéu gigante para o lado.

— Uau, resolveu ser descuidada com o sol, hein, Haze.

Ela mostrou a língua e Noah riu.

— Estou usando protetor. E estou sendo um pouco imprudente, lembra?

— Ah, se lembro.

Ele disse aquilo como se não tivesse esquecido de como o beijo na roda-gigante havia sido imprudente e quisesse repetir a dose. Noah sustentou o olhar dela e, por um segundo, Hazel achou que ele poderia diminuir a distância entre os dois, mas, em vez disso, ele se virou e começou a mexer no cooler.

— Sanduíche de peito de peru com bacon, alface e tomate, ou de queijo com presunto?

Hazel talvez tivesse ficado decepcionada por ele não ter tentado repetir o beijo se sua barriga não estivesse roncando.

— O de peito de peru.

— Boa escolha.

Noah jogou o sanduíche para ela. Um movimento muito arriscado da parte dele, mas milagrosamente ela conseguiu pegar.

— Foi você que fez os sanduíches?

— Não. Peguei na delicatéssen ao lado do pub do Mac.
— Hummm!

Hazel amava aquela delicatéssen, em especial a pasta fagioli, a sopa italiana com macarrão que serviam no inverno. Ela desembrulhou o sanduíche e eles comeram tranquilos por algum tempo, se esquecendo da ameaça iminente de excrementos de aves marinhas. Até Noah se levantar em um pulo e se afastar correndo.

— Noah, o que...

Antes que ela pudesse terminar a frase, ele já estava longe, correndo pela praia, fazendo um grupo de gaivotas alçarem voo gritando furiosamente. Hazel tapou a boca com a mão. Noah estava enxotando pássaros por ela. Ele correu, levantando areia e agitando os braços, até os pássaros estarem a uma distância segura da canga. Hazel conteve as risadas que ameaçavam escapar.

Noah voltou ofegante para o seu lado, com um brilho de triunfo nos olhos.

— Pronto. — Ele se sentou esparramado, com o sanduíche no colo. — Não vão incomodar você tão cedo.

Hazel não conseguiu dizer a ele que as gaivotas já tinham começado a se aproximar de novo. Estava ocupada demais sorrindo que nem uma idiota, como se Noah tivesse matado dragões por ela, em vez de apenas afugentado alguns pássaros irritantes.

O que importava era a intenção, não era?

— Obrigada. Já me sinto muito melhor.

Ele olhou para ela, usando uma das mãos para bloquear o sol.

— Já passou a gostar de praia?

Com você, eu gosto.

— Talvez um pouquinho. — Ela colocou o chapéu gigante na cabeça dele. — Acho que é a sua vez de usar o chapéu.

— Obrigado — falou Noah, e deu uma grande mordida no sanduíche. — Então, andei pensando sobre as pistas.

— É mesmo?

— Sobre suspeitos.

— Sério? Quem você acha que tá fazendo isso?

Hazel tinha esquecido por completo de que queria descobrir quem estava fazendo aquilo, mas achava bonitinho que Noah tivesse pensado a respeito. Ele esticou as pernas.

— O que você acha da Annie?

— Annie? Não, acho que não.

— Ela tá o tempo todo na livraria. E conhece você muito bem. Ou seja, saberia quais pistas deixar.

— Hum. É, acho que é verdade. — Annie faria uma caça ao tesouro de pistas para ela? Talvez. Mas a amiga também era péssima em guardar segredos. — Só não acredito que ela conseguiria fazer isso sem me contar.

— Tudo bem, e os seus pais?

Hazel fez uma pausa, considerando aquela possibilidade.

— Nenhum dos dois vai à livraria já faz algum tempo.

— Então, quem você acha que tá fazendo isso? — perguntou Noah, dobrando a embalagem do sanduíche e o guardando de volta no cooler.

— Não sei. Pensei que talvez pudesse ser Alex, que tem acesso aos livros, mas não sei qual seria a motivação.

Noah riu.

— A motivação, hein? Isso tá ficando sério.

Hazel jogou a própria embalagem amassada na cabeça dele, mas Noah conseguiu pegar antes que o atingisse.

— É claro que é sério.

— Claro, claro, muito sério — afirmou ele, com um sorriso provocador.

Noah pegou um saco de batata frita. Hazel estava mesmo começando a gostar de toda aquela experiência de piquenique na praia.

— Bem, seja quem for, esta pista não foi uma ideia tão ruim.

Noah bateu de leve com o ombro no dela.

— Ufa. Eu odiaria que seu dia na praia fosse ruim.

Hazel se deixou inclinar mais para perto do corpo dele. Com certeza não estava ruim. Quando descobrisse quem tinha deixado as pistas, precisava se lembrar de agradecer.

Eles terminaram de comer sem mais ataques de gaivotas. Hazel enfiou os dedos do pé na areia e deixou o sol aquecer seu rosto. Uma brisa fresca soprava do mar, tornando o clima agradável em vez de quente demais, e Hazel quase podia sentir o outono vindo em sua direção.

A mudança viria em breve.

Hazel respirou o ar salgado e se sentiu um pouquinho mais livre. Ali estava ela, na praia, em plena terça-feira, com o bolso cheio de tesouros. Não era um dia ruim do VIDHAN.

— Ei, você leu aquele livro? Aquele onde estava a pista da praia? — perguntou.

Noah sorriu para ela de onde estava deitado na canga. O chapéu gigante cobria seus olhos e ele não se deu ao trabalho de afastá-lo, então Hazel se viu livre para observar a boca dele enquanto falava. Era uma bela boca. Suave e doce. Sempre pronta para um sorriso. Hazel tinha ficado bastante apegada àquela boca. De um jeito casual, óbvio.

— É claro que li.

— E?

— E é bom. — O sorriso dele se alargou. — Muito educativo, bem como imaginei que seria.

Era bom que os olhos de Noah ainda estivessem cobertos, assim ele não poderia ver as bochechas de Hazel ficando vermelhas, o que ela tinha certeza de que estava acontecendo. Não deveria ter mencionado o livro, mas antes que pudesse se repreender por isso, Noah a puxou mais para perto.

— Agora a gente tira um cochilo — murmurou ele, e sua voz profunda provocou sensações em Hazel que não tinham a ver com sono. — Cochilos na praia são os melhores.

Era impossível argumentar contra aquilo, então Hazel fechou os olhos e deixou a respiração de Noah e o som das ondas embalá-la para dormir.

CAPÍTULO ONZE

Hazel estava deitada na canga ao lado dele, a cabeça apoiada nos braços cruzados. Ela havia colocado o capuz do casaco e parecia uma criatura marinha espiando para fora da concha. Noah estava deitado de lado, de frente para ela, e se viu memorizando todos os traços delicados do seu rosto. Ela havia tirado os óculos, e ele conseguia ver que o castanho quente de sua íris tinha um toque de prateado ao redor da pupila. Noah se deu conta de que nunca havia reparado nos olhos de uma mulher, a não ser se eram claros ou escuros, se mostravam interesse por ele ou não.

Os cachos dela escapavam do capuz e emolduravam o rosto redondo. A boca de Hazel... bem, Noah não conseguia passar muito tempo olhando para a boca de Hazel sem querer cobri-la com a dele, mas, naquele momento, a boca parecia macia e relaxada, curvada de leve para cima. Ela parecia feliz, em paz.

— Me conta alguma coisa que mais ninguém sabe — pediu Hazel, o sol do fim de tarde refletindo em seu rosto.

Eles tinham cochilado por um tempo, e acordar ao lado de uma Hazel sonolenta e quentinha era algo de que Noah havia gostado um pouco demais.

— Detesto picles.

Hazel franziu o nariz, nem um pouco satisfeita com a resposta dele.

— Não, algo importante. Um segredo.

Um segredo? *Eu gosto de você muito mais do que deveria, Hazel Kelly.* Que tal aquele segredo?

— Só se você me contar um em troca.

— Eu não tenho segredos.

— Todo mundo tem segredos.

Hazel fez uma pausa, os olhos muito abertos, examinando-o.

— Tudo bem, combinado.

Ele poderia ter inventado alguma coisa, contado a ela uma de suas muitas histórias que ninguém da cidade conhecia, mas se viu desejando compartilhar um segredo real. Noah não sabia se era a preguiça pós-cochilo ou as linhas suaves do rosto de Hazel, mas a verdade era que queria saber o que ela pensaria dele se lhe contasse algo sério.

— Eu não cheguei a me formar no ensino médio.

A praia estava silenciosa. A mãe e o filho pequeno tinham ido para casa, as gaivotas dormiam com as cabeças enfiadas nos corpos brancos. Até a maré tinha baixado o bastante para que o som das ondas fosse apenas um sussurro fraco.

As palavras de Noah pairaram no silêncio entre os dois.

Hazel piscou, surpresa. Uma, duas vezes.

— Bem, isso faz sentido.

O quê? Aquela com certeza não era a resposta que Noah esperava. Talvez um "por que não?" ou o sempre temido "você poderia voltar e terminar". Mas não um "faz sentido" curto e seco.

— Faz? Uau, não achei que a minha incapacidade de resolver equações de segundo grau fosse tão óbvia.

Ele soou mais sarcástico do que pretendia, sentindo velhas feridas se abrindo e ameaçando arruinar a tarde deles.

Hazel balançou ligeiramente a cabeça, pressionando o rosto nos braços.

— Não, não foi isso que eu quis dizer. Faz sentido agora por que você tá sempre menosprezando a própria inteligência.

Noah sentiu vontade de rir daquele comentário, mas... ele fazia mesmo aquilo?

— Eu faço isso?

— Faz. Volta e meia você solta algum comentário sobre não ser inteligente. Hoje mesmo você me disse que não é "uma pessoa tão profunda". Lembra?

Hum. Ele vinha expondo, do seu jeito, aquilo que sempre considerara um segredo vergonhoso?

— Acho que não me dei conta.

— Então, isso incomoda você? Não ter se formado?

Será que o incomodava? Ele nunca se dera bem na escola. Detestava ficar sentado o dia todo dentro de um lugar fechado. Era algo que o deixava inquieto, irritado. Era mais feliz no mar. Por isso, no começo do último ano do ensino médio, decidira se jogar no que fazia de melhor. Parecera lógico, na época, apesar de os pais terem ficado furiosos. O pai havia lhe dito, sem meias palavras, que ele arruinara a própria vida. E só se acalmou depois que o filho prometeu começar a trabalhar em tempo integral na empresa de frutos do mar da família. Até que Noah também estragou aquilo. Mas em vez de confessar qualquer uma dessas coisas, disse a Hazel:

— Na verdade, não.

Ela levantou uma sobrancelha, cética.

Noah suspirou.

— Só não gosto de ficar falando sobre esse assunto por aí.

— E foi por esse motivo que você deixou as suas irmãs administrarem os negócios da família. Porque não se acha inteligente o bastante para isso?

— Caramba, Haze, esse interrogatório não é uma conversa lá muito divertida.

Claro que não se achava inteligente o bastante. Afinal, o que ele sabia sobre administrar uma empresa multimilionária? Não tinha conseguido passar nem em matemática. E havia tentado. De verdade. Trabalhara com o pai todos os dias por um ano depois de largar o colégio. Tinha ficado sentado naquele escritório, tentando entender as planilhas de inventário, os cronogramas de entrega e os contratos com restaurantes. E nunca se sentira tão infeliz.

Então, um dia, Noah simplesmente foi embora. Pegou um dos barcos velhos da família, rabiscou um cheque para o pai como pagamento pela embarcação e abandonou tudo. Foi um jeito horrível de partir, mas ele não conseguiria encarar a decepção no rosto do pai mais uma vez. Por isso raramente ia para casa, raramente falava com o pai, raramente via as lindas sobrinhas.

Mas Noah não tinha intenção de falar sobre a família naquele dia. Uma ferida aberta já era o bastante.

Hazel se encolheu, constrangida.

— Desculpa. Tenho o péssimo hábito de fazer isso.

— Fazer o quê?

— Estragar a diversão.

Noah se aproximou um pouco mais e passou um dedo pela ponta ainda franzida do nariz dela.

— Você não estraga a diversão.

— Acabei de transformar um joguinho bobo de contar segredos em uma sessão de terapia horrorosa, então...

— Então... me conta, o seu segredo e eu vou psicanalisar você. Vai ser divertido.

Noah abriu um sorriso e Hazel deu uma risadinha.

— Bem, eu já contei tudo sobre o meu medo de fazer trinta anos...

— Deve ter mais alguma coisa. Algum segredo profundo e obscuro... alguma coisa que nem mesmo Annie sabe.

Hazel arregalou os olhos ao ouvir aquilo. Era óbvio que ela contava tudo para a melhor amiga, mas Noah queria um pedacinho de Hazel Kelly que ninguém mais tinha. Um pequeno tesouro que poderia colocar no bolso no final daquele dia e guardar com ele quando ela decidisse que não precisava mais dos seus serviços.

Hazel soltou um longo suspiro, como se estivesse tomando coragem.

— Tudo bem, tem uma coisa que eu nunca contei a ninguém.

Noah apoiou o peso do corpo no cotovelo, cada vez mais curioso, mesmo que o rosto de Hazel permanecesse protegido pelo capuz.

— Eu não... eu não acredito de verdade que o meu pai seja vidente.

— O quê?

— Sei que muitas pessoas na cidade acreditam nos sonhos do meu pai, acham que eles têm algum significado ou algo do tipo. E sei que meu pai também acredita nisso, mas eu simplesmente não consigo... sei lá... eu acho que os sonhos dele são apenas aleatórios e as decisões que ele toma com base nesses sonhos por acaso são boas para a cidade.

Hazel parecia genuinamente abalada, como se tivesse confessado a pior coisa do mundo. Noah ficou encarando-a por um instante antes de se deitar de costas, às gargalhadas.

— Haze — disse ele em um arquejo, ainda rindo. — Você tá brincando?

Noah tinha comparecido a um bom número de reuniões de moradores e sabia que o prefeito Kelly adorava falar sobre os seus sonhos, mas achava sinceramente que todos fingiam acreditar para agradar o homem. A cidade *realmente* achava que o pai de Hazel tinha premonições? Aquele lugar ficava cada vez mais esquisito. Noah amava aquilo.

Hazel se apoiou no cotovelo e o encarou com uma ruga entre as sobrancelhas.

— É claro que eu tô falando sério.

Ele ofegou, a barriga doendo de tanto rir.

— Pelo jeito que você agiu, achei que fosse me dizer que tinha matado alguém ou que tinha algum fetiche.

— A cidade leva esses sonhos muito a sério!

Noah enxugou as lágrimas de riso com as costas da mão.

— Achei que todo mundo tava só brincando!

Hazel balançou a cabeça.

— Não. Eles acreditam de verdade.

O riso começou a morrer quando Noah viu a expressão séria no rosto dela. Ele colocou um cacho solto atrás da orelha de Hazel e deixou as costas da mão acariciarem seu rosto.

— Então, no que você acredita?

— Como assim?

— Bom, se você não acredita que seu pai recebe mensagens do universo por meio dos sonhos, então no que acredita? O que faz o mundo ter sentido pra você?

Hazel desviou os olhos para a praia, o vinco entre as sobrancelhas se aprofundando, e ele percebeu que ela estava pensando a respeito antes de responder. Noah gostava daquilo em Hazel: ela nunca dizia algo em que não acreditasse. O que tornava tudo o que dizia muito mais importante.

— Em bons livros — respondeu Hazel, depois de um instante, o olhar retornando ao dele. — Bons amigos. Boa comida.

Noah sorriu para ela.

— E do que mais a gente precisa?

— Exatamente. — Ela sorriu de volta. — E você?

— Humm. — Noah franziu a boca enquanto pensava, amando o jeito como Hazel mantinha os olhos fixos nela. — No amor de uma boa mulher.

Hazel soltou uma gargalhada e empurrou o ombro dele de brincadeira. Noah segurou-a pelo pulso e puxou-a até ela estar em cima dele, com o rosto a um suspiro de distância.

— Eu tava falando sério — insistiu Noah, com um sorriso provocante.

— Aposto que sim.

Hazel não se mexeu nem se afastou. Em vez disso, deixou o peso do corpo sobre o dele. Noah podia sentir cada contorno dela, cada declive e vale que Hazel vinha escondendo sob o moletom volumoso o dia todo.

— No que mais eu poderia acreditar além do amor?

Ele ainda estava provocando, ainda se esforçando para seduzi-la, mas queria mesmo saber mais sobre ela. Hazel Kelly era o único assunto que ele tinha vontade de estudar em anos.

— Você já se apaixonou? — perguntou ela, apoiando as mãos no peito dele e pousando o queixo em cima delas.

— Não. A menos que a *Ginger* conte.

— Ginger?

— Meu barco.

Hazel riu e Noah sentiu a vibração em seu peito.

— *Ginger* não conta.

— Bem, então, não. E você?

— Não exatamente.

— Não exatamente?

— Quer dizer, eu acho que não...

— Haze...

— Hã?

— Tenho certeza de que você saberia. Quer dizer, acho que deve ser óbvio.

Ela franziu o nariz de novo.

— Acho que você tá certo. Só tenho a impressão de que deveria ter me apaixonado. Tive alguns relacionamentos longos e me sentia... confortável, eu acho. Ao menos por um tempo. Depois era sempre como se eu tivesse seguido um rumo diferente, ou como se nós dois tivéssemos seguido rumos diferentes.

— Humm, é, faz sentido.

— Faz?

— Na verdade, não. Só tô tentando ser legal.

Hazel riu.

— Ei, Haze?

— Eu?

— Tem certeza de que não tem um fetiche estranho que queira confessar? Sou muito mente aberta.

Noah ergueu e abaixou as sobrancelhas, e a risada dela reverberou mais uma vez pelo corpo dele.

Hazel o encarava, sorrindo, o corpo ainda pressionado contra o dele, e Noah pensou que talvez *ela* fosse o seu fetiche estranho. Tipo... toda ela. Mas não do jeito que geralmente acontecia, como quando via uma mulher no bar e sabia que iria se divertir com ela por um fim de semana ou dois e não queria saber muito mais do que o nome dela e o que a faria gozar.

Hazel era diferente. Noah queria Hazel na cama e fora dela. Sua vontade era ficar deitado ali, conversando com ela o dia todo, em seguida levá-la para casa e fazer tudo, menos conversar. Queria saber o que Hazel amava e também que gosto ela tinha.

Mas *ela* não queria aquilo.

Hazel só o queria para um momento de diversão. Uma aventura. Uma distração. Ela morava em Dream Harbor, mas ele precisava se lembrar de pensar nela como se fosse qualquer outra turista. Hazel Kelly estava de passagem pela vida dele e Noah sabia que precisava deixar para trás todos aqueles sentimentos sem sentido que o invadiam. Precisava parar de reparar na cor dos olhos dela.

— Tenho certeza de que você é muito mente aberta, mas não tenho nada desse tipo para confessar.

— A gente pode dar um jeito nisso, se você quiser mesmo elevar o nível desse verão de imprudência.

Ele havia deixado aquela conversa ficar muito profunda. Era a hora de voltar para o que ele fazia de melhor. Flertar. Seduzir. Divertir.

Era aquilo que Hazel queria. Não um cara triste suspirando por ela.

Hazel riu de novo, mas de alguma forma tinha se aproximado mais e seu hálito soprou tentador na boca dele.

— Que tal a gente começar só se agarrando na praia?

Aquele brilho travesso estava de volta aos olhos dela, aquele brilho que Noah torcia, de um jeito muito egoísta, para que só ele conseguisse ver. Mesmo que não devesse. Mesmo que tudo aquilo fosse temporário. Mas guardaria consigo aquela imagem de Hazel em cima dele, o cabelo bagunçado pelo vento e já um pouco bronzeada. Outro pequeno tesouro.

— Com certeza — respondeu ele.

Noah segurou o rosto dela entre as mãos e levou a boca de Hazel até a dele. O suspiro suave que ela deixou escapar ricocheteou por todo o seu corpo. Hazel Kelly ainda iria acabar com ele. Noah a deitou de costas, sentindo uma súbita necessidade de tomar as rédeas da situação. Ela o pegara de surpresa nos outros beijos, o deixara zonzo, fora de si. Daquela vez, ele assumiria o controle.

Ao menos, era o que achava. A sensação dos braços de Hazel ao redor do seu pescoço e os sons baixos e ofegantes que ela deixava escapar contra a sua boca fizeram Noah perder todo o autocontrole mais uma vez. Ele beijou o pescoço de Hazel, que arqueou o corpo em sua direção. De repente, Noah se pegou odiando aquele maldito moletom que ela estava usando. Ele chupou um ponto particularmente sensível do pescoço dela, que gemeu.

Ah, Deus, ele queria mais daquilo.

Noah deixou uma das mãos vagar pelo quadril de Hazel, os dedos deslizando logo acima da cintura. Macia, quente. Ele foi mais além, acompanhando a curva suave do abdômen, a cintura. A boca de Noah buscou a de Hazel de novo, o beijo ficando mais profundo, mais urgente. E o jeito como ela começou a contorcer o corpo contra o dele deixava claro que se sentia da mesma forma, tão desesperada quanto ele... Tão...

— Espera — disse ela, apertando o pulso de Noah. Os dois estavam respirando com esforço, e Hazel o encarou com os olhos escuros de desejo. — Alguém consegue ver a gente?

Noah piscou algumas vezes. Certo. Eles estavam ao ar livre, na praia, e ele a estava tocando em lugares não tão apropriados. Ou pelo menos estava prestes a fazer aquilo. Noah desviou os olhos para a praia, em todas as direções. Vazia. E voltou a encarar Hazel, sorrindo.

— Ninguém por perto. — Ele abaixou a cabeça e voltou a beijá-la. Várias vezes, suavemente. Beijinhos rápidos na boca e no maxilar, subindo até o ponto atrás da orelha onde ela cheirava ao protetor solar com aroma de coco. — Mas a gente pode parar se você quiser.

Exibicionismo não era parte da pista.

Hazel se contorceu um pouco enquanto ele deixava a boca descer por seu pescoço, as mãos vagando pelas costas dele, a pressão suave das unhas dela através da camisa provocando reações mais intensas do que deveria.

— Bem... ainda estamos vestidos... então acho que não estamos infringindo nenhuma lei.

As palavras foram intercaladas com suspiros, e Noah não pôde deixar de sorrir contra a pele dela.

— Bem lembrado. VIDHAN é uma iniciativa que respeita as leis.

Hazel começou a rir, mas a mão dele havia retomado as atividades sob a sua blusa e a risada acabou se transformando em um gemido baixo. A pele dela estava quente e um pouco pegajosa por causa da maresia, e Noah sabia que se a lambesse sentiria gosto de sal. Ele queria poder ver mais do corpo de Hazel, mas teve que se contentar com senti-lo sob os dedos.

Noah enfiou ainda mais a mão por baixo da blusa dela e encontrou o sutiã. Era de algodão macio, sem qualquer enchimento bloqueando o bico do seio. Hazel arquejou quando o polegar dele traçou o contorno do mamilo. Ele sorriu contra a boca dela.

— Estou começando a gostar ainda mais da praia — sussurrou Hazel enquanto Noah envolvia o seu seio, o polegar passando de um lado e para o outro sobre o mamilo.

Ele soltou uma risadinha abafada.

— É, sem dúvida você está pegando o jeito.

Ele empurrou o sutiã dela para cima e deu um jeito de envolver o seio descoberto de Hazel com a mão. Mesmo por baixo do moletom volumoso, aquele foi o momento mais erótico da vida de Noah.

Ele gemeu e pressionou a testa contra o ombro dela.

— Você tá bem? — perguntou Hazel, a voz ofegante e tensa.

— Tô. Só tô tentando não gozar dentro da bermuda.

A risada de surpresa dela o fez sorrir, embora fosse verdade. Ele estava duro demais, mesmo que os dois ainda estivessem completamente vestidos. Noah brincou com o mamilo dela entre os dedos e Hazel arquejou de novo, curvando o corpo em direção ao dele.

— Noah — falou ela, com um gemido, e ele quase perdeu o controle ali mesmo.

Como continuaria a viver normalmente depois de ouvir Hazel Kelly gemer seu nome? Noah não sabia, mas não tinha tempo para pensar a respeito naquele momento.

— O que você quer? — perguntou Noah, roçando a boca na dela.

Ele faria qualquer coisa. Tiraria a roupa ali mesmo e transaria com ela em cima daquela canga, apesar de se incomodar com a ideia de ter areia em lugares desagradáveis e do risco de serem multados por atentado ao pudor.

— Eu quero... — Ela soltou um gemido frustrado, a cintura se movendo por conta própria contra a dele. Então suspirou. — A gente não pode.

Noah abaixou os olhos para ela e viu seu rosto ruborizado de desejo.

— Bem... a gente pode... — Ele afastou a mão do seio dela e a deslizou de novo para o abdômen, parando no cós do short que Hazel usava. — Deixe eu fazer você gozar.

Hazel arregalou os olhos.

— Aqui? Na praia?

Ela parecia realmente escandalizada, mas também... interessada. E mesmo se tudo aquilo fosse parte do plano dela de "viver os últimos meses de seus vinte anos como uma adolescente imprudente", Noah estava ali para ajudar.

— É, aqui na praia. — Ele desviou os olhos dos dela para examinar mais uma vez os arredores de cima a baixo, mas ninguém estava lá. — Você quer gozar, Hazel?

O desejo cintilou nos olhos dela e o vermelho em seu rosto ficou mais profundo. Ela hesitou.

— Tá bem.

— Tá bem? Vou precisar de um consentimento mais entusiasmado do que isso — disse Noah, com um sorriso provocante, os dedos ainda correndo pelo cós do short dela.

Hazel bufou.

— Sim. Por favor. Um sim enorme e entusiasmado.

Ele capturou a palavra da boca dela com um beijo e abriu o botão do short com uma das mãos. O zíper desceu com a mesma facilidade. Ele mergulhou a mão sob a calcinha de Hazel, sem perder tempo. Estava louco para saber de que cor era, mas podia sentir que era uma peça simples e de algodão, sem renda ou babados, e por algum motivo aquilo o deixou ainda mais excitado. Aquele não era um encontro casual. Hazel não era uma garota qualquer que ele tinha conhecido no bar.

Os dedos de Noah roçaram os pelos púbicos macios e mergulharam mais fundo no calor úmido de Hazel.

Ela se agitou embaixo dele, gemendo contra a boca de Noah.

— Caramba, Noah.

Ele a acariciou, descobrindo do que ela gostava, deixando seus suspiros e gemidos o guiarem. Noah a beijou, deixando a língua acompanhar o ritmo da mão. Ele se forçou a permanecer concentrado no momento, a não pensar em tudo que queria fazer com ela, em todos os outros lugares que queria tocar, saborear.

Porque ali, naquele momento, tinha Hazel nos braços, gemendo seu nome enquanto ele acelerava o movimento dos dedos, diminuindo e aumentando o ritmo, até Hazel ficar sem fôlego.

— Noah, por favor.

Ele queria se demorar mais, não queria que o momento acabasse, mas eles estavam ao ar livre, em público. A praia estava vazia, por ora, mas a qualquer momento poderia aparecer alguém. A última coisa que Noah queria era constranger Hazel ou causar um escândalo na cidade. Aparecerem juntos no parque de diversões era uma coisa, sexo em público era outra muito diferente.

Os dedos de Noah passaram a trabalhar com mais rapidez até Hazel arquejar alto e cravar as unhas nos ombros dele. Ela fechou os olhos com força e um arrepio percorreu todo o seu corpo.

— Eu vou... Noah... eu vou... — Hazel se interrompeu quando o corpo foi dominado pelo orgasmo, e Noah pôde senti-la pulsando sob os dedos.

Os movimentos dele ficaram mais lentos e ele deixou a mão permanecer lá por mais um instante, dentro dela, antes de retirá-la.

Hazel o fitou com uma expressão atordoada.

— Isso foi...

— Bom? Eu espero.

Noah se apoiou em um cotovelo para olhar para ela.

— Bom não chega nem perto do que aconteceu aqui. Isso foi explosivo... transcendental...

Noah riu.

— Eu nunca ouvi alguém chamar um orgasmo de transcendental antes.

Hazel sorriu.

— Pois deveriam. Isso foi incrível.

Ela estava abotoando o short e seu olhar se fixou na ereção furiosa que ainda fazia volume na frente da bermuda de Noah.

— Hum... Acho que não tem um jeito de eu retribuir que seja tão discreto — falou Hazel.

— Não precisa. Eu tô bem.

— Tem certeza?

— Cuido disso mais tarde.

A declaração pareceu capturar a atenção dela, o rosto ficando vermelho de novo.

— É mesmo?

Noah encarou-a enquanto curvava a boca em um sorriso lento. Ele gostava daquela Hazel, uma Hazel ousada e sexy.

— Isso deixa você excitada, Haze? Pensar em mim me masturbando mais tarde?

Ela arregalou os olhos como se estivesse chocada com as palavras, mas umedeceu o lábio inferior com a língua.

— Talvez...

— Talvez? — Ele ergueu uma sobrancelha. — E se eu dissesse que vou estar pensando em você quando fizer isso?

Ela engoliu em seco.

— Você vai?

O sorriso de Noah ficou mais largo.

— Vou ficar pensando em você gozando para mim, gemendo meu nome, e na sensação do seu corpo nas minhas mãos.

A respiração dela voltou a ficar arquejante, os olhos mais escuros. Deus, o que ele estava fazendo além de torturar os dois? Mas não conseguia se conter. Não com Hazel olhando para ele daquele jeito.

— Vou ficar pensando em todas as coisas que quero fazer com você da próxima vez.

— Como o quê? — perguntou ela em um sussurro.

Ele afastou o cabelo do rosto de Hazel, que fechou os olhos.

— Da próxima vez, quero lamber entre suas coxas e provar você. — Hazel estremeceu contra ele. — Quero você sem roupa nenhuma para que eu possa ver como é linda. Quero chupar seus peitos, seus mamilos. Quero fazer você gozar de novo e de novo até você me implorar pra parar.

— Porra, Noah. — Hazel deixou escapar um longo suspiro e abriu os olhos de novo.

— Sim.

Ele pigarreou e pressionou a ereção dolorida com uma das mãos. Aquela tinha sido mesmo uma má ideia.

— Isso foi excitante. — Hazel sorriu para ele.

— No fim das contas, você é, sim, um pouco pervertida, Hazel Kelly — disse ele com uma piscadela, ciente de que precisava levar os dois de volta a um terreno mais seguro antes que acabasse gozando na bermuda no meio da praia.

Ela se sentou enquanto ria, e ele também. O sol baixara mais no céu, pintando o mar de dourado. Estava esfriando, mas o que os dois fizeram o havia mantido aquecido. Naquele momento, porém, com o sangue concentrado em um único lugar do corpo, Noah estava sentindo o ar frio. Hazel o cutucou com o ombro.

— O dia hoje foi muito divertido.

Noah a observou pelo canto do olho. A brisa do mar soprava em seus cachos, jogando-os ao redor dos ombros. Arrepios subiam e desciam pelas pernas dela.

— Foi mesmo muito divertido.

Noah pegou a metade de trás da canga e colocou ao redor dos ombros deles. Hazel se aproximou mais, e ele passou um braço ao redor dela para que os dois ficassem aconchegados ali enquanto olhavam para o mar.

— Quer dizer... mesmo antes dessa última parte — acrescentou ela.

— Eu também me diverti. Acho que você é melhor nisso do que imagina.

Ele pôde senti-la dando de ombros.

— Talvez. Acho que você desperta isso em mim.

— É um prazer ajudar.

Noah se virou e deu um beijo no alto da cabeça dela. E foi aquele toque, aquele beijo, que o atingiu mais fundo do que qualquer outra coisa que tinham acabado de fazer. Aquele exato momento, ele e Hazel aninhados sob a velha canga dele... Era aquilo que o assombraria.

Noah sabia lidar com sexo casual. Era o que fazia o tempo todo. Mas aquilo era diferente. Hazel era diferente.

— Muito obrigada mesmo por me ajudar com essa minha crisezinha dos trinta anos. Você me ajuda a não ficar pensando demais. Não levo tudo tão a sério quando você está por perto. É legal.

Hazel apoiou a cabeça no ombro dele, e Noah sabia que ela havia falado aquilo como um elogio. Que significava que estava se divertindo. Que estava fazendo coisas que não estava acostumada a fazer. Ele gostava de ajudá-la com aquilo, de verdade.

Mas ele também estava fazendo coisas que não estava acostumado a fazer.

Estava se apaixonando perdidamente por Hazel Kelly.

E não foi exatamente o que ela disse, mas suas palavras se distorceram na mente de Noah até ele se convencer de que ela também não o levaria a sério. Que não o via daquela forma. Que não *conseguia* vê-lo daquela forma. Noah era seu guia de aventuras até ela completar trinta anos.

E depois?

O que mais Noah poderia oferecer além de orgasmos na praia? Com certeza não o que uma garota como Hazel merecia. Ela era inteligente, doce e merecia um cara com mais do que um barco velho e uma ideia qualquer de reformar algumas cabanas de pesca antigas. Seria melhor se ele não se esquecesse daquilo. Aquela história com Hazel era temporária.

Ele apertou o corpo dela com carinho.

— Estou aqui pra isso.

CAPÍTULO DOZE

— O que você acha, Hazel?

A pergunta de Jacob, gritada da frente da livraria, tirou Hazel do seu devaneio. Ela piscou algumas vezes, voltando à realidade. Estava sonhando com algo totalmente inapropriado. Bem, não era bem um sonho, mas a lembrança vívida e incessante de Noah fazendo-a gozar na praia, no dia anterior.

— Hum... o que eu acho sobre o quê?

Os membros do clube do livro sorriram para ela dos seus assentos ao redor da mesinha de centro que Hazel havia arrumado no canto de leitura. Eles estavam acomodados em várias cadeiras que haviam puxado de outros cantos da loja para fazer a reunião semanal, com os exemplares e os cafés de cada em cima da mesinha. O pessoal do clube já estava ali havia quase uma hora discutindo a última leitura. Aquele livro do pirata.

Pelo jeito que os olhos de todos estavam iluminados, e os rostos, vermelhos de animação, Hazel sabia que o que quer que estivessem lhe perguntando também era totalmente inapropriado para uma manhã de quarta-feira.

Ela saiu de trás do balcão e caminhou apressada até o grupo, antes que Jacob tivesse a chance de repetir a pergunta aos berros.

— Estávamos pensando... — disse ele, abrindo um sorriso quase maléfico. — O que você acha de fazer sexo em uma rede? Ao meu ver, o material não seria resistente o bastante, sabe... para as investidas.

Ela sentiu o rosto arder. A Hazel da praia, a que beijou Noah e que deixou que ele a tocasse em uma praia pública, não estava ali. Aquela Hazel parecia surgir apenas quando Noah estava por perto.

— Mas acho que o balanço da rede pode ser gostoso — argumentou Linda, ignorando o constrangimento crescente de Hazel.

Linda sorriu para a esposa, Nancy, e Hazel teve certeza de que as duas estavam compartilhando em silêncio algum tipo de lembrança que ela preferia não ouvir em pleno local de trabalho.

— Eu já avisei que vocês não podem falar coisas inapropriadas na livraria.

Hazel olhou para a seção infantil, onde uma mãe estava comprando livros com o filho pequeno. Ela cumprimentou os dois com um breve aceno e se virou para o grupo risonho à sua frente.

— Desculpa, Hazel — disse Jeanie, o romance pirata colado ao peito. — Vamos moderar o tom.

— Não vamos, não — retrucou Kaori, rindo. — Mas vamos falar mais baixo.

— Obrigada — falou Hazel, assentindo, já pronta para voltar ao seu lugar seguro atrás do balcão, quando se deteve. — Na verdade, eu queria perguntar uma coisa a vocês.

— Sobre redes? — perguntou Jacob, rindo.

— Não, de jeito nenhum.

Hazel pigarreou, determinada a conseguir algumas respostas para o seu mistério. Os principais suspeitos de quem vinha mexendo na seção de romance estavam todos sentados bem na frente dela. Apesar das sugestões de Noah, Hazel ainda achava que o clube do livro era o culpado mais provável.

Por mais que ela estivesse se divertindo seguindo as pistas, estava começando a se perguntar se aquilo era uma pegadinha. Ou pior, algum plano de Dream Harbor para animar a pobre Hazel e sua vida chata. O rosto dela voltou a ficar vermelho, mas com um tipo diferente de constrangimento: aquele de quando a pessoa se pergunta o que os outros pensam dela e sabe que não é algo bom.

Não que achasse que os amigos e os vizinhos não gostassem dela, mas e se a vissem de uma forma tão lamentável quanto ela se via? Ou pior, e se nem pensassem nela e aquelas pistas fossem destinadas a outra pessoa e Hazel estivesse apenas se metendo em uma história que não tinha nada a ver com ela? E se estivesse roubando a aventura de outra pessoa?

Seria vergonhoso.

— Vocês repararam em alguma coisa estranha na seção de livros de romance ultimamente?

Isabel tamborilou com a caneta no queixo.

— Mais estranho do que homens-mariposa com línguas que vibram, ou alienígenas azuis gigantes, ou minotauros doando seus...

Hazel ergueu a mão para impedi-la de continuar naquele rumo. O que aquelas pessoas andavam lendo? Embora a língua que vibrava parecesse interessante... Não. Ela balançou a cabeça. Não era hora de pensar naquilo.

— É porque eu encontrei alguns livros danificados.

Várias cabeças se levantaram ao ouvir aquilo, todos os olhos fixos nela.

— Alguém andou destruindo livros de romance? — perguntou Kaori, como se estivesse se preparando para uma batalha e pretendesse defender a seção de romance com a própria vida.

Hazel tinha que admirar a dedicação deles ao gênero.

— Não, não. Nada tão grave. Só reparei que alguns livros estavam... marcados.

— Que estranho — comentou Jeanie. — Por que alguém faria isso?

— Não faço ideia. Mas eu não sabia se vocês estavam fazendo algum tipo de... sei lá, alguma brincadeira secreta...

— Alguma brincadeira secreta? — perguntou Isabel, e entregou outro giz de cera a Mateo. O garotinho estava sentado aos pés da mãe, rabiscando em uma folha de colorir. — Não sei bem o que você quer dizer com isso, Hazel, mas agora até me deu vontade de fazer alguma coisa assim!

— Ah, a gente poderia fazer um encontro às cegas com um livro! — sugeriu Jacob.

— E como isso funcionaria exatamente? — perguntou Kaori, inclinando-se para a frente, já esquecendo o crime dos livros danificados.

— É, seria como um amigo oculto, onde nos presenteamos com um livro secreto? — Jeanie tinha comprado a ideia e já fazia anotações em seu caderno.

E, em um piscar de olhos, o clube do livro tinha deixado de lado o mistério de Hazel e estava concentrado em organizar um amigo oculto, deixando-a com as mesmas dúvidas que tinha no início da manhã. Apesar disso, Nancy e Linda ficaram estranhamente quietas quando Hazel comentara sobre os livros danificados e, mesmo naquele momento, continuavam a evitar o olhar de Hazel.

Será que as duas participantes mais velhas do clube estavam mexendo com os livros dela? Será que estavam mexendo com a *vida* dela? Nancy levantou o rosto e sorriu para Hazel, antes de se juntar à conversa do grupo.

Talvez Hazel estivesse imaginando coisas.

Talvez aquele orgasmo na praia tivesse mexido com ela.

Talvez devesse apenas ficar feliz, já que as pistas estavam trazendo surpresas agradáveis, por enquanto.

Jeanie segurou a mão de Hazel antes que ela pudesse se afastar e a puxou para baixo.

— A gente te avisa se reparar em alguma coisa — sussurrou enquanto o restante do grupo continuava a conversa. — Não podemos permitir que as pessoas estraguem seus livros.

Hazel sorriu para a amiga.

— Obrigada, Jeanie.

— Talvez seja um fantasma — comentou a mulher, com um sorriso.

Hazel riu.

— Acho que o Gasparzinho não consegue segurar um marca-texto.

Jeanie não teve tempo de responder, porque seu celular começou a vibrar em cima da mesa.

— Desculpa, desculpa!

Ela pegou o aparelho, mas não antes de Jacob ver quem estava ligando.

— É o Bennett! — disse ele, batendo palmas. — Atende!

Jeanie revirou os olhos, mas atendeu. O rosto do irmão dela preencheu a tela. Ele se parecia muito com Jeanie — o mesmo cabelo escuro, as mesmas sobrancelhas expressivas —, mas tinha olhos azul-claros, quase cinza, enquanto os de Jeanie eram castanho-escuros, e uma barba escura. Se Hazel não estivesse caidinha por um certo pescador ruivo, provavelmente acharia o irmão de Jeanie muito interessante. Mas já tinha problemas o bastante.

— Oi, Ben, estou com o clube do livro.
— Oi, Bennett! — cumprimentou Jacob.

Jeanie revirou os olhos, rindo.

— Oi, clube do livro.
— Oi, Bennett! — ecoaram os outros membros.

Ben alargou o sorriso.

— Quando você vem visitar a gente? — continuou Jacob, chegando mais perto de Jeanie para que os dois rostos compartilhassem a tela.

Hazel teve que rir da expressão confusa no rosto de Bennett. Ao que parecia, o irmão de Jeanie havia se tornado um membro honorário e à distância do clube do livro, embora Hazel não fizesse ideia se ele de fato lia os livros.

— Na verdade — interrompeu Jeanie, antes que o irmão pudesse responder —, estou tentando convencer Bennett a vir passar as festas de fim de ano aqui.

Os olhos de Jacob cintilaram.

— Você com certeza deveria vir! É tão lindo aqui em dezembro, e você vai poder conhecer o meu novo namorado.
— Namorado, hein? Espero que esse esteja tratando você melhor.

Jeanie balançou a mão.

— Vocês dois podem conversar mais tarde. E então, pensou na minha ideia, Ben?
— Pensei.
— E?
— Jeanie, um mês longe é muito tempo.
— Mas você pode trabalhar de casa!
— Eu tenho os cachorros…

— Traz eles!

Um cachorro latiu em algum lugar do lado de Bennett, como se concordasse com ela, e Jeanie sorriu.

— Tá vendo? Eles também querem tirar férias.

Bennett revirou os olhos, mas Hazel percebeu que ele estava hesitante.

— A gente pode sair pra comprar uma árvore de Natal, pode ir patinar no gelo e fazer todas as atividades de inverno que você nunca mais conseguiu fazer!

Jeanie estava animada, e se levantou para terminar a ligação longe do grupo.

— Diga a ele que vamos escolher uma leitura leve de fim de ano para não ferir a sensibilidade delicada dele! — gritou Isabel, enquanto ela se afastava.

Hazel torceu para que Ben aceitasse o convite. Jeanie sentia falta dele e Hazel adoraria conhecer o irmão da amiga. Mas pensar nas festas de fim de ano também lhe provocou uma sensação de pânico, uma sensação de já estar perdendo alguma coisa. De estar perdendo *alguém*.

Como estaria a relação dela e de Noah no fim do ano? Seriam amigos? Passariam a se tratar apenas como conhecidos? Como se volta a conversar casualmente e trocar sorrisos amigáveis com alguém que já colocou a mão dentro da sua calcinha?

Era por esse motivo que Hazel não tinha relacionamentos casuais. Ela não sabia como.

Mas Noah sabia. Ele a ensinaria, certo? Mostraria a ela como encerrar aquela coisa entre eles, assim como encerrara todos os outros casos de verão. Hazel o escolhera como parceiro para o verão da diversão por um motivo. Ela poderia aprender a ser imprudente e ele poderia saciar a queda que tinha por ela — depois do dia na praia, Hazel não podia mais negar que Noah de fato estava a fim dela. Mas não duraria. Eles não faziam sentido juntos. Noah precisava de uma garota que fosse escalar com ele, ou andar de jet ski, ou... ou... fazer qualquer outra coisa aventureira do tipo. E ele com certeza não ficaria satisfeito em passar o fim de semana na cama lendo e fazendo as palavras cruzadas do jornal de domingo. Certo? Certo. Manter uma relação casual era o melhor para todos.

Mas, por algum motivo, pensar assim não estava ajudando a conter o medo que revirava suas entranhas. Hazel não queria pensar nas festas de fim de ano ou em como estaria a sua vida até lá. Será que continuaria a ser a mesma pessoa, mas sem Noah no seu dia a dia?

Era um pensamento deprimente, e Hazel se esforçou para logo afastá-lo.

Ela estava vivendo em dois meses as aventuras loucas que deveria ter vivido nos seus vinte anos. E se recusava a pensar demais naquilo.

A reunião do clube do livro estava acabando, então Hazel se levantou e voltou para o balcão, a fim de ajeitar uma pilha de exemplares na mesa de lançamentos. Os últimos romances temáticos de outono estavam vendendo rápido, e ela teria que encomendar mais em breve. O clube do livro não estava errado em relação ao que as pessoas gostavam de ler. Pelo menos a chefe dela ficaria feliz.

Melinda Church era a atual dona da Livraria Rolinho de Canela, mas só aparecia ali uma vez a cada trimestre ou algo assim. Seu pai rico tinha chegado à cidade cerca de dez anos antes e lhe dado o estabelecimento de presente quando Melinda tinha apenas dezoito anos. A cidade inteira entrara em pânico, achando que ele mudaria tudo na livraria pitoresca, ou pior, que simplesmente acabaria com ela. Mas a loja era um presente e ele deixou a filha fazer o que quisesse com o lugar.

Depois dos primeiros anos em que Melinda enlouqueceu com escolhas de decoração bizarras (uma parede inteira ainda estava coberta de tinta de quadro-negro, mas Hazel havia levado a seção infantil para lá, assim as crianças podiam rabiscar o quanto quisessem) e pedidos questionáveis de livros (por alguns meses eles tiveram apenas títulos de autoajuda e *thrillers* psicológicos que não ajudavam a melhorar a saúde mental de ninguém), ela se cansou. Então, deu uma promoção e um aumento a Hazel e a deixou no comando da loja. Melinda aparece na cidade quatro vezes por ano para garantir que o lugar ainda estava de pé e para mudar o nome da livraria quando estava entediada.

Hazel não se importava. O acordo funcionava bem para ela.

Ela terminou de arrumar os exemplares e voltou para trás do balcão enquanto o clube do livro ia embora aos poucos. Administrar a livraria era um bom trabalho. Ela amava, mas não conseguia deixar de se perguntar o que poderia ter feito se não tivesse sido promovida a gerente tão cedo. Seu plano fora trabalhar ali para sempre?

Hazel não conseguia se lembrar.

Jeanie entrou de novo, depois de encerrar a ligação com o irmão, e se despediu dos colegas do clube do livro. Então, foi até o balcão.

— E aí, conseguiu convencer o seu irmão? — perguntou Hazel, indicando o celular da amiga com um gesto.

Jeanie deu de ombros.

— Talvez. Ben ainda não tem certeza, mas acho que seria bom pra ele.

— E pra você também.

A amiga sorriu.

— E pra mim. Sinto falta do Ben. Ele poderia ficar no meu apartamento em cima da loja e eu, na casa do Logan.

Hazel ergueu as sobrancelhas.

— Então... você vai morar com o Logan?

Jeanie enrubesceu.

— Poderia ser um bom teste.

— Sim, e você já passa o tempo todo lá, de qualquer maneira.

— É verdade... mas me mudar oficialmente parece uma coisa mais séria.

Hazel deu de ombros.

— Ele adora você.

Jeanie sorriu ainda mais com o comentário de Hazel.

— Eu sei.

— E ele não se importa quando você deixa suas meias sujas espalhadas pela casa.

— Ei! Logan falou isso com você?

Hazel riu.

— Ele falou como se achasse fofo!

Jeanie fez uma careta e foi pegar o caderno e o livro que tinha deixado no cantinho de leitura.

— Tenho que voltar para o café e depois vou dizer ao Logan pra parar de lavar nossa roupa suja em público.

— Seu segredo está seguro comigo — garantiu Hazel, com um sorriso.

Jeanie tentou parecer irritada, mas estava feliz demais para ser convincente.

— Ah, e os livros danificados? Foram só rabiscados ou o quê?

— Ah... hum...

Hazel ajeitou os óculos no nariz, sentindo uma súbita necessidade de proteger suas pistas. Não fazia sentido, mas ela não estava pronta para compartilhá-las, para compartilhar todo aquele verão bizarro. Não estava pronta para que todos achassem que era tão patética que tinha se agarrado a algumas frases destacadas aleatoriamente e baseado os últimos dois meses dos seus vinte anos nelas.

— Sim, parece que são apenas alguns rabiscos aleatórios. Provavelmente uma criança ou coisa do gênero.

— Humm. Estranho.

— Vou ficar de olho. Tenho certeza de que não vai acontecer de novo.

Mas, apesar de dizer aquilo, Hazel torcia para que não se tornasse realidade. Se as pistas parassem, que desculpa teria para continuar saindo com Noah?

Naquele momento, a imagem do rosto dele acima dela enquanto ela gozava, do céu azul atrás do cabelo acobreado, voltou à mente de Hazel. Certo. Aquela talvez fosse uma razão boa o bastante. Ao menos pelas próximas semanas.

— Tudo bem, me avisa se precisar de alguma coisa!

— Obrigada, Jeanie.

— Até mais!

Hazel ficou observando Jeanie passar pelas grandes vitrines da loja antes de voltar ao trabalho. Tinha pedidos a fazer para o mês seguinte e toda a conversa sobre Bennett passar o Natal na cidade a fizera se lembrar de que precisava encomendar os livros com temática de fim de ano o mais rápido possível. Ainda podia parecer verão lá fora, mas a estação mais aconchegante se aproximava rapidamente.

Ao mesmo tempo, Hazel tinha se sentido muito confortável no dia anterior, aconchegada sob a canga de Noah até o fim da tarde. Ela voltara para casa um pouco queimada de sol, com o cabelo bagunçado pelo vento e mais do que um pouco... feliz.

Para o bem ou para o mal, Noah e as pistas a estavam deixando feliz.

E, como um presente de aniversário para si mesma, Hazel se recusava a pensar em como aquilo poderia dar muito, muito errado.

CAPÍTULO TREZE

Noah deu uma olhada no celular pela décima segunda vez num intervalo de meia hora. Nada. Nenhuma palavra de Hazel. Ele fez uma careta e voltou a guardar o aparelho no bolso.

Mac o estava observando quando ele olhou para cima.

— Esperando uma ligação? — perguntou o dono do bar, com uma sobrancelha escura erguida.

— Hum... não... não é bem isso.

Noah voltou a limpar o balcão para ter algo para fazer com as mãos que não envolvesse pegar de novo o celular. Como não tinha passeios de pesca marcados para aquele dia, resolvera ir trabalhar no bar, mas o lugar estava vazio, para sua decepção. Fazia sentido para uma quarta-feira à noite, mas Noah precisava de uma distração.

Mac não insistiu, mas Noah sentiu que o amigo ainda o observava antes de voltar para a cozinha. O cozinheiro-chefe estava gripado e Mac tinha ficado responsável pela grelha naquela noite — ele era dono do bar, mas parecia capaz de fazer tudo o que fosse necessário por lá. Noah nunca o vira à toa.

Amber se aproximou do balcão com a bandeja e um pedido de uma rodada de cervejas para a mesa barulhenta no canto.

— Eles são o seu passeio de amanhã — disse ela, pousando a bandeja no balcão e afastando os cachos cor de mel do ombro.

Noah fez uma careta.

— Parecem divertidos.

— Ah, com certeza. Deve render uma boa pescaria.

Noah olhou de relance para a mesa onde os caras estavam debatendo em voz alta a diferença entre um imediato e um capitão. Amber riu, os olhos verdes cintilando. Ela usava o uniforme habitual de garçonete, uma regata justa e short, e Noah não pôde deixar de apreciar a pele exposta. Ele sabia que ela também era linda sem roupa, mas não ficava com Amber desde o verão anterior, e não tinha a menor intenção de fazer aquilo no momento, apesar do sorriso cúmplice que a garota lhe dirigia.

— Continua determinado a não se envolver com mulheres da cidade? — perguntou ela, inclinando-se por cima da bancada do bar, enquanto Noah servia as bebidas.

Ele deu de ombros, tentando parecer despreocupado, embora todos os seus pensamentos tivessem se voltado para Hazel.

— Regras são regras.

Amber riu.

— Me avise quando sentir vontade de quebrá-las de novo.

Ela piscou para ele antes de se afastar, e Noah estaria mentindo se dissesse que não se sentia tentado. Não só porque Amber era sexy, o que era verdade, mas porque as coisas com ela eram simples. Sexo e nada mais. Os dois haviam deixado aquilo claro desde o primeiro dia. E quando o que aconteceu entre eles acabou, ninguém ficou magoado.

E lá estava ele, checando o celular a cada dois minutos, como um adolescente, à espera de uma mensagem de Hazel. Já estava magoado. Por que ela não havia entrado em contato? Ele deveria mandar uma mensagem? Não queria parecer invasivo. Talvez devesse esperar até surgir a próxima pista? Noah não sabia mais as regras do jogo.

Mas só conseguia pensar em Hazel. No gosto dela. Nos suspiros baixos e gemidos que deixava escapar, na forma como ela o agarrara enquanto gozava e na sensação da cabeça dela descansando em seu ombro...

Ele queria mais daquilo, queria mais de Hazel.

Noah tentou se distrair com o trabalho e, felizmente, conforme a noite avançava, mais pessoas apareceram para o jantar, lhe dando mais o que fazer, mais em que pensar que não em uma livreira específica.

Cliff e Marty se aproximaram do bar. Os dois velhos pescadores já haviam salvado Noah de uma ou duas enrascadas desde que ele se mudara para a cidade, como na vez em que estava com um grupo grande de despedida de solteiro a bordo e ficou sem combustível. Não era a melhor maneira de começar um novo negócio. Mas os dois pescadores foram muito gentis e conseguiram combustível para ele, depois riram muito de como Noah tinha sido burro. Era um... relacionamento complexo.

— O que posso servir a vocês, cavalheiros? — perguntou Noah.

— Pra mim, uma cerveja — disse Cliff.

Noah não precisou perguntar qual. Até porque Cliff responderia apenas "a de sempre".

— Uma Coca-Cola, por favor.

Marty não bebia havia quase uma década, mas continuava frequentando o bar toda quarta-feira com o amigo para sair do pé da esposa, como ele dizia, e para implicar com Noah.

Noah serviu as bebidas e pousou-as no balcão sob o olhar atento dos homens.

— Como vão os negócios? — perguntou Marty.

— Nada mal. Foi um verão muito bom, apesar de toda a chuva.

Cliff bufou ao ouvir a menção à chuva, como se não chovesse em sua época ou como se ele não permitisse que aquilo o atrapalhasse.

— E como vai com as garotas? — perguntou Marty com uma piscadela.

— Eu não saberia dizer.

Os dois homens caíram na gargalhada e Noah só riu com eles. Não havia como revelar àqueles dois o que nutria por Hazel no momento. A não ser que quisesse se tornar motivo de chacota da cidade inteira.

Ele tinha quase conseguido parar de pensar nela por mais de cinco minutos quando a porta se abriu e o ar no salão mudou.

De repente, lá estava ela, e Noah poderia jurar que tudo ficou mais lento, mais embaçado, congelado no tempo. Tudo, menos ela. Hazel encontrou o olhar dele e acenou brevemente antes de se aproximar do bar.

— Oi — disse ela.

— Oi.

Noah tentou parecer descontraído, mas sabia que não tinha conseguido. Seu sorriso foi largo demais, seu "oi" excessivamente entusiasmado. Mas Hazel também estava sorrindo, então talvez estivesse tudo bem.

— Ah, agora eu entendi — comentou Cliff do seu lugar mais adiante no balcão.

— Sempre gostei de garotas de óculos. Gosto das inteligentes — acrescentou Marty.

Hazel olhou para os homens com um sorriso confuso, mas Noah dispensou os comentários com um aceno, esperando que os velhos pescadores fizessem a gentileza de ficar calados.

— Só vim comer alguma coisa.

Noah piscou, agitado.

— Sim, claro, claro. Precisa do cardápio?

— Não, vou querer os tacos de peixe.

Mac tinha acrescentado o prato no verão anterior, quando Noah se oferecera para fornecer qualquer peixe branco que conseguisse pescar em seu tempo livre. Naquela noite, os tacos estavam sendo feitos com bacalhau frito, e Noah se sentiu orgulhoso por Hazel tê-los pedido. Como se ele próprio tivesse inventado os tacos de peixe.

— É claro. Vou pegar pra você.

— Obrigada.

Ela se acomodou em um banco diante do balcão do bar e Noah correu para fazer o pedido a Mac. Então, o destino conspirou contra ele. Um grupo de despedida de solteira entrou para a primeira noite dos cinco dias planejados para o evento. Outro grupo apareceu para comemorar um aniversário de vinte e um anos. E pelo menos quatro famílias chegaram com crianças a tiracolo para o jantar. De repente, Noah estava sobrecarregado, servindo bebidas na mesma rapidez com que Amber lhe entregava os pedidos. Mac estava fechado na cozinha com dois cozinheiros, e o pobre Danny quase se afogava em pratos sujos.

Duas horas se passaram até que Noah tivesse tempo de olhar novamente para o balcão do bar e encontrar Hazel ainda empoleirada em sua banqueta. Ela estava debruçada sobre o balcão, os olhos fixos no livro à frente. Hazel tinha levado um livro para o pub. É claro que tinha feito aquilo.

Noah não conseguiu conter um sorriso enquanto ia até ela.

Hazel levantou o rosto assim que ele parou à sua frente.

— Você ainda tá aqui.

Ela corou um pouco.

— Eu ia ler só mais um capítulo. — Hazel deu de ombros e indicou o livro com um gesto. — Acho que li um pouco mais do que isso.

— Você trouxe um livro.

— É claro que sim.

Ele sentiu a própria boca se curvar, incapaz de resistir ao sorrisinho no rosto dela.

— É claro que sim.

— Eu sempre trago um livro, vai que...

— Vai que o quê?

— Vai que o cara que eu queria ver fique ocupado demais com o trabalho e eu tenha que esperar pra falar com ele.

Noah se inclinou em direção a ela, pousando os cotovelos no balcão. *Ela queria vê-lo.*

— É sério?

— É. Tudo bem?

A expressão dela ganhara um tom de preocupação por trás dos óculos, e Noah teve vontade de afastar a tensão em sua boca com um beijo, mas como estavam em público e ele ainda não compreendia direito as regras entre os dois, se contentou em passar o dedo pelo nariz franzido dela.

— Tudo, tudo ótimo.

— Que bom.

Hazel voltou a sorrir.

— A propósito, os tacos estavam deliciosos.

— Vou dizer ao Mac.

— Então — falou ela, inclinando a cabeça para a frente, mais para perto dele. — Interroguei o clube do livro hoje.

— Ah, é? Sobre o quê?

— Sobre as pistas!

— Sim. Claro. E...

Hazel balançou a cabeça de leve, os cachos deslizando por cima do ombro. Noah sentiu vontade de tocá-los, mas manteve as mãos firmes no balcão.

— E eles pareceram não fazer a menor ideia do que eu estava falando.

— Então não são eles?

— Não sei. Acho que não. Mas agora eu não consigo imaginar quem mais poderia estar fazendo isso. Talvez você esteja certo sobre a Annie, mesmo que eu ainda ache que ela não tem capacidade de ser tão sorrateira.

— Mas quem tá por trás das pistas importa?

Hazel deu de ombros, mas desviou os olhos dos dele.

— Eu me sentiria meio... boba... se as pistas não estivessem sendo deixadas pra mim. Ou se fosse tudo alguma espécie de... piada.

— Haze.

— Sim?

Ela se virou para encará-lo e estava perto o bastante para que Noah conseguisse ver o toque de prateado ao redor de suas pupilas.

— E se for uma piada?

Noah manteve a voz suave, porque não queria dar a impressão de que achava que as preocupações dela não eram válidas, só queria entender por que Hazel estava tão preocupada com a origem das pistas.

Ela deu de ombros mais uma vez e franziu a testa.

— É meio vergonhoso quando todo mundo entende a piada menos você.

— Tenho a impressão de que a gente não tá mais falando sobre as pistas.

Noah endireitou o corpo e secou as mãos no pano de prato que mantinha atrás do balcão. O salão esvaziara e, além de alguns poucos clientes, só restavam ele e Hazel ali. Marty e Cliff já tinham ido embora havia muito tempo, graças a Deus. Não precisava dos dois se metendo na conversa com comentários inconvenientes sobre ele e Hazel. Noah serviu mais uma taça de vinho a ela.

— Essa é uma daquelas táticas de barman pra me fazer despejar todos os meus dramas em você?

— Ah, qual é — falou Noah com um sorriso sedutor. — Eu contei o meu drama pra você.

Hazel soltou uma risada baixa.

— Não é um trauma antigo nem nada parecido, é só que minha família se mudou pra cá quando eu estava no começo do ensino médio e todo mundo na escola já se conhecia há muito tempo, e sei lá... Eu só me senti meio excluída. Como se não pertencesse de verdade a esse lugar. — Ela suspirou. — Às vezes, ainda tenho a sensação de... não sei. De que não estou entendendo alguma coisa. Ou de que posso acabar cometendo alguma gafe para os padrões de Dream Harbor. Quase fui expulsa do ensino médio por não me arrumar para a semana de integração escolar. Qualquer coisa que não fosse estar com o rosto pintado com as cores da escola era considerado um crime contra a cidade. Se Annie não tivesse me adotado, eu provavelmente não seria a mulher bem-versada em Dream Harbor que você conhece hoje. — Hazel encarou Noah com um sorriso autodepreciativo.

— Então, na pior das hipóteses... — Noah se encostou no balcão atrás dele, os braços cruzados diante do peito. — Nós nos metemos na brincadeira de outra pessoa e agora estamos tendo o melhor verão de todos. Mesmo que os dreamharborianos...

— Os moradores da cidade são chamados de dreamers.

— Ok, dreamers. Mesmo que os dreamers considerem você alguma espécie de... de ladra de pistas... isso não me parece tão ruim.

— Você não acha constrangedor?

— Não.

— Noah, você nunca se preocupa com o que as outras pessoas pensam sobre você?

— Muito raramente.

Hazel ergueu as sobrancelhas como se não acreditasse nele, mas pegou o copo e tomou um gole em vez de retrucar. Talvez ele se importasse com o que algumas pessoas pensavam a seu respeito, mas certamente não com a opinião geral dos moradores de Dream Harbor.

— Você não se importou que todo mundo visse a gente junto no parque de diversões — lembrou Noah, por razões que não conseguia entender.

Ele estava tentando fazer Hazel voltar atrás em querer ser vista com ele? *Que jogada inteligente...*

— Aquilo não foi constrangedor.

"Não ser constrangedor" já era alguma coisa.

— Mas — continuou Hazel — ser a louca dos livros da cidade, que acha que os livros estão falando com ela e então planeja os últimos dois meses dos seus vinte anos em torno do que eles supostamente dizem... isso com certeza é constrangedor.

— Você tem que parar de pensar essas coisas, Haze. — Ela estreitou os olhos para ele, mas não parecia aborrecida. — Não existe espaço para constrangimento no VIDHAN.

A boca dela se curvou em um sorriso, apesar dos esforços óbvios para contê-lo.

— A gente tá se divertindo... lembra? — argumentou Noah com uma piscadela e viu, com prazer, que Hazel ficou com as bochechas vermelhas. Ela se lembrava. — Falando nisso, você encontrou mais alguma pista hoje?

— Não. — A voz de Hazel estava tensa e ela pigarreou antes de continuar. — Nada de pistas hoje. — Ele sentiu que estava fazendo a mesma expressão de decepção que via no rosto dela. — Talvez tenham acabado?

Não podia ter acabado.

Noah balançou a cabeça.

— Não, não até o seu aniversário. — Ele forçou um sorriso. — Por mim a gente pode continuar, se você quiser. Tenho certeza de que podemos encontrar maneiras de nos aventurar por conta própria...

Hazel assentiu, o sorriso mais largo.

— Combinado, eu quero. — Ela olhou ao redor do salão quase vazio. — Mas agora preciso ir.

— Espera, deixa só eu me despedir do Mac e acompanho você até em casa.

— Tem certeza?

— Tenho, claro.

Noah não tinha um expediente definido no pub e Mac geralmente só ficava grato pela ajuda extra. Como a correria do jantar havia acabado, Amber e Isaac, o outro garçom regular, poderiam dar conta sozinhos.

Ele se despediu de Mac e acertou suas gorjetas antes de encontrar Hazel do lado de fora. Ela estava parada sob o poste, a luz suave deixando seus cachos dourados. Usava a roupa de trabalho de sempre, calça bege de algodão com uma camisa de botão para dentro. A camisa parecia macia e soltinha e Noah, mais de uma vez, já havia sonhado em desabotoar devagar cada botão...

— Pronta? — perguntou Noah, pigarreando.

— Hum... sim. Pronta.

Ele a seguiu pela rua principal, e os dois pararam brevemente em frente ao pet shop para que Hazel pudesse dar uma olhada no gatinho que queria adotar, mas não podia por ser alérgica, e continuaram a caminhar, passando pelas várias lojas da rua principal.

A cidade havia substituído os modernos postes de luz fluorescentes por outros que pareciam antiquados e enchido o canteiro central da rua com flores. Noah não conseguia identificar a maioria delas, mas sabia que à luz do dia a rua estava tomada pelas cores do fim do verão.

Um aglomerado de girassóis erguia-se particularmente alto, as cabeças gigantescas parecendo quase assustadoras no escuro.

A mão de Hazel encostou na de Noah, que aproveitou para entrelaçar os dedos dos dois. Ela se inclinou contra ele, e seu toque fez com que o corpo de Noah se acendesse como as estrelas. O suspiro suave de Hazel acariciou a pele dele.

— Acho que gosto dessa época do ano — disse ela enquanto caminhavam.

— Você parece surpresa.

— E estou.

Noah riu. A noite estava fria, o cricrilar dos grilos ecoando enquanto eles seguiam em direção ao lado mais residencial da cidade, com gramados bem cuidados e jardins. Ele tinha ido à casa de Hazel apenas uma vez, quando a deixara lá depois da noite na casa de Logan.

— Eu sempre gostei do verão.

— É mesmo? Por quê?

— Férias — respondeu Noah com uma risada. — Eu gostava de ficar ao ar livre. Inverno pra mim significava minha mãe brigando comigo para eu parar de pular nos móveis e os meus professores brigando comigo por não prestar atenção.

— Humm.

Ele deu de ombros.

— Eu gostava de passear nos barcos do meu pai. Então... o verão era tudo pra mim.

— Eu com certeza estou começando a gostar do verão. Mesmo que ainda me identifique como uma garota que prefere estações do ano mais aconchegantes.

Noah apertou a mão de Hazel, que se virou para ele com um breve sorriso.

— É claro, cardigãs, meias de tricô e um monte de... coisas com sabor de abóbora... — A voz dele foi abafada pela risada dela.

— Sim, você acertou em cheio. Muito aconchegante.

— Ei, eu gosto do outono tanto quanto qualquer um. Desde que ninguém me obrigue a fazer dever de casa, estou dentro.

Hazel cutucou o ombro dele.

— Você lê todos os livros que compra lá na livraria?

— Eu *sei* ler, Haze.

— Não foi isso que eu quis dizer! É só que... você gosta deles?

— Gosto. Gosto muito. São bem melhores do que *A letra escarlate* ou aquele outro com as crianças se matando... Qual era esse?

— *Senhor das moscas*.

— É, muito melhor do que esse.

— Concordo. Não sei por que ainda fazem as crianças e adolescentes lerem coisas tão horríveis quando tem tanta história infantojuvenil incrível por aí.

— Pois é.

Noah queria que Hazel falasse mais sobre livros porque adorava quando ela tocava no assunto. Ainda mais em momentos aleatórios, como no meio de uma noite de quiz no pub do Mac ou quando havia uma longa fila no Pumpkin Spice e ela puxava conversa com a pessoa atrás. Hazel nunca parecia constrangida quando falava sobre sua última leitura com os moradores de Dream Harbor. Talvez ele devesse lembrá-la daquilo. Mas naquele momento eles tinham chegado ao chalezinho dela no fim de uma rua tranquila.

— Esse é o meu.

— Eu lembro.

— Ah. Claro.

Eles ficaram parados um na frente do outro, meio sem jeito, no final do caminho curto que levava à porta dela. Noah sabia que deveria ir embora. Com certeza deveria ir embora, em vez de ficar parado ali, na frente da casa de Hazel, como se quisesse lhe dar um beijo de boa-noite, como se aquilo fosse alguma espécie de encontro romântico, porque não era.

Hazel o encarou, a luz da rua refletida nos óculos.

— Quer entrar?

Noah quase soltou um gemido. Era óbvio que ele queria entrar. Hazel sabia o peso que aquela pergunta inocente tinha? Sabia que se ele entrasse, iria querer fazer muitas outras coisas também? Era o que ela queria?

— É claro. — Noah se viu respondendo antes que seu cérebro pudesse interferir e arrumar uma desculpa.

E talvez aquilo fosse bom. Se teria dois meses com Hazel, talvez devesse aproveitar ao máximo o tempo que tinha, certo? Vai que, por alguma razão, ele tivesse desenvolvido alguma espécie de tara por livreiras gostosas e só precisasse satisfazer seu desejo? Então, no final daquele tempo, eles poderiam voltar ao normal. *Ele* poderia voltar ao normal. Portanto, sim, ia entrar na casa dela e fazer qualquer outra coisa que ela quisesse. E talvez, por fim, conseguisse tirar Hazel Kelly da cabeça.

Noah a seguiu até a porta da frente, reparando que o gramado estava um pouco alto e se perguntando quem o cortava, porque ele não conseguia imaginá-la fazendo aquilo, com a sua suposta aversão ao ar livre. Ele reparou que estava tamborilando nervosamente com os dedos na coxa.

Espere, ele estava nervoso?

A resposta foi um "sim" alto e retumbante que o deixara desnorteado.

Não sabia como fazer aquilo. Estava à deriva e, de repente, só o que desejava fazer era voltar para a sua pequena ilha segura de sexo casual com estranhas.

Hazel se virou para ele e sorriu daquele jeito travesso que lhe dizia que ela estava prestes a deixá-lo ainda mais à deriva.

CAPÍTULO CATORZE

Noah estava na casa dela.

Ela o convidara, é claro, e lá estava ele. Parado ali, enorme e irresistível, e Hazel não conseguia se lembrar por que tinha feito o convite. Noah tinha, mais uma vez, deixado-a desnorteada.

— Gosto das suas plantas.

Do quê? Ah, sim. Das plantas.

— Obrigada.

A janela da frente estava cheia de plantas, os bebês de Hazel. Ela não podia ter animais de estimação porque era alérgica — embora Gasparzinho nunca a tivesse feito espirrar, então talvez fosse a hora de checar aquilo de novo —, mas podia ter quantas plantas quisesse. E tinha muitas. Àquela altura, a situação já saíra um pouco de controle, e Hazel mal conseguia ver qualquer coisa pela janela por causa das várias trepadeiras penduradas e arvorezinhas em vasos.

— Achei que você não gostasse de natureza.

Hazel balançou a cabeça.

— Não é isso. Eu só não gosto de mosquito, calor e terra.

Noah indicou as plantas com um gesto.

— Elas estão plantadas na terra.

— Sim, mas eu não preciso me sentar nela.

Noah riu, e o som baixo e profundo preencheu a casa.

— Hum... Quer beber alguma coisa?

— Claro. O que você tem aí?

O que ela não tinha? Desde que conseguia se lembrar, Hazel associava o número de bebidas disponíveis em uma casa com o quanto seus moradores eram modernos e interessantes. Se houvesse uma geladeira de bebidas em algum porão ou parte da garagem, aí, sim, aquela casa era de longe a mais descolada. Quando ela se mudara para Dream Harbor, seus pais só compravam leite e suco de laranja. E aquele com certeza não era o tipo de bebida que Hazel gostaria de oferecer aos amigos.

Então, ela listou os vários tipos de cerveja que mantinha na geladeira para Logan, os vinhos preferidos dela, além dos favoritos de Annie, vários chás, cafés, diversas opções de água saborizada e água com gás. Noah a encarava como se ele nunca a tivesse visto antes.

— Você vai abrir seu próprio bar, Haze?

Sentiu o rosto enrubescer, mas algo no jeito como Noah implicava com ela nunca a deixava constrangida de verdade.

— Gosto que as pessoas tenham opções.

— Vou aceitar uma daquelas cervejas artesanais que o Logan gosta.

Hazel assentiu e desceu os poucos degraus até o porão para pegar a cerveja. Quando voltou, Noah estava na cozinha, admirando as conchas que ela havia colocado no parapeito da janelinha acima da pia.

— Você guardou o tesouro — comentou ele, um sorriso secreto brincando em sua boca.

— Deveria ter enterrado?

Noah soltou outra gargalhada e se virou para encará-la, os olhos cintilando.

— Não, é aí que todos os problemas começam.

Ele se encostou na bancada, os braços cruzados, e o olhar de Hazel se voltou mais uma vez para as tatuagens em sua pele.

— Por que a sereia? — perguntou ela.

Noah flexionou o braço e a mulher pareceu ondular.

— Parecia certo para um pescador, eu acho. Fiz no mesmo dia em que saí de casa com *Ginger*.

— Então, todos as suas tatuagens significam alguma coisa pra você?

Ele deu de ombros.

— Algumas mais do que outras. Acho que são como lembranças. De diferentes momentos da minha vida.

— Você só tem vinte e cinco anos. — Hazel estremeceu com o pensamento, um lembrete de como era imprudente se sentir atraída por ele. — Vai acabar ficando sem espaço.

— Ainda tenho muitas partes do corpo sobrando. — Noah piscou para ela quando disse aquilo, e Hazel sentiu o rosto enrubescer de novo.

Ela precisava mesmo passar mais tempo ao ar livre. Talvez, se estivesse um pouco bronzeada, não ficasse vermelha com cada palavra que Noah dizia.

Mas naquele momento, apertada com ele na cozinha pequena, Hazel só conseguia pensar nas *outras* partes do corpo de Noah. Era melhor voltar para um assunto mais seguro.

— Por que você sempre me olha desse jeito? — perguntou ela, fazendo exatamente o oposto do que acabara de pensar e conduzindo o navio direto para as pedras de uma conversa constrangedora.

— De que jeito? — Ele sorriu. — Como se eu quisesse desabotoar todos os botões dessas blusas que você adora usar?

Hazel engoliu em seco.

— É isso que esse olhar significa? — A voz dela saiu aguda, o que só a deixou mais constrangida.

Noah assentiu.

— Ah. — O som foi mais um suspiro ofegante do que uma palavra real.

Hazel teve medo de cair dura ali mesmo quando o olhar de Noah se voltou para os botões.

Quando os olhos dele tornaram a encontrar os dela, Hazel parecia não estar mais pensando direito, porque as próximas palavras que saíram de sua boca não eram algo que teria dito se ainda estivesse em seu juízo perfeito.

— Talvez a gente devesse transar.

Noah se engasgou com a cerveja.

— Oi?

— Ah, meu Deus, ah, não. Desculpa. Eu só achei... talvez eu tenha interpretado mal a situação... mas achei que você talvez pudesse querer... Droga. Estraguei tudo.

Ele se afastou da bancada e se aproximou dela. A cozinha era realmente pequena. Na verdade, era do tamanho exato para apenas uma pessoa cozinhar, e em geral atendia bem às necessidades dela. Mas, naquele momento, enquanto Noah chegava perto e Hazel sentia as costas pressionadas contra outro conjunto de armários, a mesma cozinha pareceu encolher.

Ele segurou o queixo dela entre os dedos e inclinou seu rosto para cima.

— Para de dizer isso.

— De dizer o quê?

— Que você está estragando as coisas. Você não estraga nada, Hazel.

Ela arregalou os olhos ao ouvir aquilo, mas não conseguiu responder antes que Noah abrisse um sorriso malicioso.

— E, caramba, eu quero transar com você.

— Quer?

Noah suspirou como se Hazel o estivesse deixando frustrado com o comentário, então deu um beijo na testa dela antes de soltá-la.

— Eu já te falei. Você. É. Gostosa. É claro que eu quero transar com você.

— Ah. Tá. Ótimo... quer dizer, tá... então...

— Qual é o problema? Você parece uma máquina dando defeito.

— Acho que tô dando defeito mesmo.

Hazel balançou a cabeça, mal acreditando no rumo que a noite havia tomado. Só saíra para jantar, e queria vê-lo. Só...

— Me mostra como você faz.

Noah arregalou os olhos.

— Mostrar a você como... transar?

Ah, céus, ela estava estragando aquilo de tantas maneiras diferentes que já tinha até perdido a conta. Por isso só dormia com alguém quando tinha certeza de que o relacionamento era sério. Não havia o que explicar quando se queria transar com seu namorado. Os dois simplesmente encaixavam aquilo na agenda. Certo? Certo?! Ah, caramba, qual era o problema dela?

— Não, não. Não como transar. Quer dizer, eu sei fazer isso. — Embora naquele momento estivesse duvidando de literalmente cada vez que dormira com alguém. — Quer dizer, eu quero que isso seja casual.

Noah pareceu prestes a protestar, mas Hazel continuou. Ela não queria tornar aquela situação constrangedora para ele. Não queria que achasse que ela nutria alguma expectativa em relação àquilo. Mas se Noah sentia vontade de desabotoar a camisa dela, e se ela queria mesmo uma reprise do que acontecera no dia anterior, então ela talvez devesse tentar.

Sexo casual com Noah se encaixava direitinho em seu projeto de aventuras. Então...

— Eu sei que você não tem relacionamentos sérios, e isso é perfeito, porque é óbvio que seria esquisito nós dois ficarmos juntos, e nunca daria certo, e...

Noah estava encarando-a novamente.

— Espera, por que seria estranho?

— Ah. Hum. Bem, sei lá. A gente tem muitos amigos em comum, e não tem como não se esbarrar nessa cidade, então se não desse certo seria constrangedor.

— E por que não daria certo?

Hazel bufou e fez um gesto indicando os dois.

— A gente não faz sentido como casal.

Noah continuou a encará-la sem entender.

— Ah, tá.

Espera, ela o magoara? Droga. Era oficial: tratava-se da pior tentativa de sedução do mundo.

— Eu só quis dizer... você não tem relacionamentos sérios e não é como se eu estivesse procurando um namorado, de qualquer forma. Então, achei que, como a gente está mesmo se divertindo juntos, poderíamos acrescentar esse... componente, mas dá pra ver que sou péssima nisso, então... a gente pode só esquecer a ideia.

— De jeito nenhum.

As palavras de Noah saíram rápidas e afiadas, e Hazel ergueu o olhar, que até então estava fixo nos pés para evitar encontrar o dele.

— De jeito nenhum?
— De jeito nenhum a gente vai esquecer isso.
Noah abriu um sorriso lento e Hazel prendeu o ar.
— Eu posso te ensinar.
— Ah.

Ela sentiu o calor subindo pelo pescoço, mas não era apenas o rosto que estava quente, era o corpo todo. O calor se concentrou em seu abdômen e entre as coxas. Um único olhar de Noah a deixara mais excitada do que todos os namorados que já tivera juntos.

— Quando a gente começa? — perguntou ele, dando mais um passo em direção a Hazel até ela conseguir sentir o movimento do peito dele contra o dela.

— Hum... o mais rápido possível, eu diria. A menos que... — As palavras ficaram presas na garganta de Hazel quando ela sentiu o toque suave da mão de Noah em seu peito. — A menos que você esteja ocupado.

Noah soltou uma risadinha enquanto desabotoava o botão de cima da camisa dela.

— Não estou nem um pouco ocupado.
— Certo. — Outro botão desabotoado. — Ótimo. — Mais um.

Noah parou no quarto botão, os olhos fixos no decote. Graças a Deus ela havia escolhido um sutiã bonito naquela manhã, e não um surrado que mal dava para usar.

Noah se inclinou e afastou o cabelo dela do pescoço. Hazel sentiu o hálito dele acariciando sua pele antes que ele beijasse o contorno de seu maxilar.

— Isso vai ser divertido — sussurrou ele, provocando arrepios pelo corpo de Hazel.

Ela não tinha a menor dúvida daquilo.

Os dedos de Noah continuaram a percorrer a frente da blusa dela, um botão por vez, em uma lentidão torturante, enquanto beijava e chupava seu pescoço. Noah puxou a blusa de Hazel para fora da calça para chegar ao último botão e, depois disso, se afastou do pescoço dela e recuou.

Hazel estava atordoada, tão excitada que não sabia mais o que fazer consigo mesma. Sentia a pele delicada do pescoço formigando onde a boca de Noah e a barba por fazer haviam estado. A blusa dela estava aberta, e o movimento do seu peito com a respiração acelerada fez com que se abrisse ainda mais.

— Muito melhor assim — comentou Noah.

O sorriso dele era triunfante, os olhos escuros e vorazes, e, pela primeira vez na vida, Hazel entendeu como era ser desejada.

E a sensação era boa demais.

Ela agarrou a camiseta preta justa de Noah e o puxou para a frente. Queria mais daquilo. Queria mais dele. Mais daquela sensação gostosa.

— Faz ideia de quantas vezes eu imaginei você assim? — murmurou ele junto à pele dela enquanto beijava seu pescoço.

Noah traçou o contorno do peito de Hazel com a boca, então com a língua, e ela gemeu.

Ele a ergueu pela cintura, e Hazel se viu em cima da bancada antes que pudesse se dar conta do que ele estava fazendo.

— Toda maldita vez que eu entrava naquela livraria e via você atrás do caixa, com essa camisa toda abotoada. Toda certinha e comportada.

— Eu não sou certinha.

Hazel arquejou quando a língua de Noah entrou pelo sutiã e encontrou seu mamilo. Ela passou as pernas ao redor da cintura dele e puxou-o mais para perto.

Noah riu, o hálito quente provocando arrepios nos lugares que ele tinha acabado de lamber.

— Bem, agora eu sei disso. Mas quando eu via você na livraria, minha vontade era rasgar essa maldita camisa e...

Ele demonstrou com precisão o que queria fazer, enterrando o rosto entre os peitos de Hazel, envolvendo-os e apertando-os com as mãos. Hazel arqueou o corpo na direção dele, querendo mais, precisando de mais. Ela terminou de despir a camisa, deixando-a cair na bancada.

As mãos de Noah alcançaram o fecho do sutiã. Ele se afastou, então, como se estivesse desembrulhando-a e quisesse ver logo o presente. Por um instante, Hazel se sentiu insegura. Era uma sensação inebriante saber que alguém vinha sonhando com você, mas e se não estivesse à altura da fantasia?

Ela encontrou o olhar voraz de Noah. Tá, talvez ela estivesse se saindo muito bem.

— Tão perfeita... — disse ele, com um gemido, envolvendo um dos peitos descobertos com a mão. Noah passou o polegar sobre o mamilo e Hazel não conseguiu conter um arquejo profundo. Ele sorriu. — Você é gostosa pra cacete, Hazel Kelly.

Hazel talvez estivesse começando a acreditar naquilo. Pelo jeito como Noah a observava, tocando-a como se não conseguisse parar. Seria muito idiota se não acreditasse.

Noah abaixou a cabeça e capturou o mamilo com a boca. Então, começou a chupá-lo, e Hazel jogou a cabeça para trás. Ela a bateu com força nos armários da cozinha, mas nem sentiu. As únicas coisas que sentia eram a boca de Noah em seu corpo e o latejar crescente entre as pernas.

— Você tá bem? — perguntou ele, lambendo o mamilo entre uma palavra e outra.

Hazel gemeu.

— Tô. Muito bem.

Ela podia sentir o sorriso dele junto ao seu peito.

— Quer que eu continue?

— Quero, por favor.

Ele riu, então passou a língua pelo outro mamilo. Hazel voltou a arquear o corpo na direção dele. Já não estava mais no controle. Aquele era um novo corpo. Um corpo que desejava e era desejado. Um corpo atraente e desejável e, mesmo que aqueles sentimentos ainda não tivessem sido assimilados por completo pela mente de Hazel, a pele dela conseguia absorvê-los.

Noah alternou entre chupar e passar a língua pelos mamilos sensíveis até Hazel começar a se perguntar se ela poderia gozar apenas com aquilo. Será que era possível? Como havia chegado na sua idade e ainda sabia tão pouco sobre o próprio corpo?

E por que os antigos namorados haviam dado tão pouca atenção aos seus peitos? Eles estavam bem ali!

Hazel se agarrou com força à borda da bancada, como se corresse o risco de flutuar para longe caso não se segurasse. Ela cravou os calcanhares na base das costas de Noah e abaixou os olhos até onde ele venerava seu corpo.

Hazel gemeu ao ver a boca dele envolvendo seu peito. Os olhos de Noah encontraram os dela e foi como se suas veias estivessem pegando fogo. Ele a lambeu uma última vez, depois levantou a cabeça para beijá-la, a boca quente e macia.

— Quer que eu continue? — perguntou Noah, entre beijos.

— Quero. — A voz de Hazel saiu ofegante, para seu constrangimento, mas ela não conseguia evitar. — Não precisa continuar perguntando, eu tô bem.

Ele se afastou, com um vinco entre as sobrancelhas.

— É claro que eu tenho que continuar perguntando, Haze.

— Ah. Eu só quis dizer... Não quero que você se preocupe comigo nem nada assim.

Ele voltou a beijar o pescoço dela.

— Quero que isso seja bom pra você. Toda vez. Sempre vou perguntar.

Ela soltou a bancada e deixou os dedos correrem pela ampla extensão das costas de Noah. E sentiu um arrepio percorrer o corpo inteiro ao se dar conta de que tinha permissão para tocá-lo.

— Tá. Também quero que isso seja bom pra você.

Noah beijou o rosto dela, esbarrando nos óculos com o nariz.

— Obrigado. Até agora estou me divertindo muito.

Hazel deixou escapar uma risadinha abafada enquanto ele beijava a ponta do seu nariz.

— Posso? — perguntou Noah, antes de tirar os óculos do rosto dela.

Hazel assentiu e ele deixou os óculos ao lado dela na bancada. Então a beijou de um jeito demorado, lento e profundo.

— Quero fazer você gozar na minha boca.

As palavras foram como um estrondo baixo no ouvido de Hazel, e só ouvi-lo dizer aquilo em voz alta já a fez estremecer.

— Posso?

— Aham — concordou ela, a voz abafada. Então pigarreou. — Com certeza.

Noah sorriu e deu mais um beijo demorado em Hazel enquanto desabotoava a calça dela. Hazel levantou o quadril para que ele pudesse se desvencilhar da calça, deixando-a apenas de calcinha em cima da bancada da cozinha.

Ela nunca experienciara algo tão excitante em toda a sua vida, o que dizia muito sobre ela, pensou Hazel. Mas era exatamente o que estava tentando consertar, certo? E Noah ajoelhado entre suas pernas parecia a forma certa de fazer aquilo.

Ele colocou as mãos no quadril dela e puxou-a para a frente, deixando o traseiro de Hazel bem na beira da bancada.

— Meu Deus, você tá me matando, Hazel — disse Noah com um gemido, passando um dedo pela frente da calcinha dela.

O toque foi leve, mal dava para sentir, mas, ainda assim, Hazel se tensionou, como se todo o seu corpo estivesse concentrado naquele único toque, naquele dedo.

— Matando você como? — A voz dela não era dela, parecia ofegante e distante.

— Essa calcinha de algodão. Não sai da minha cabeça desde que a gente foi na praia.

Merda. Será que ela deveria estar usando uma calcinha rendada ou coisa parecida? Hazel tinha uma única, que usara apenas uma vez para um aniversário de namoro. Joel, seu namorado na época, tinha dado uma rápida olhada na peça antes de jogá-la de lado. Lingeries extravagantes não pareceram valer muito a pena depois daquilo. E não eram muito confortáveis.

Hazel olhou para baixo. Mas quando viu Noah observando sua calcinha de algodão, estampada com bolinhas, sentiu toda a confiança se esvaindo de seu corpo, deixando-a insegura.

Até que Noah se inclinou para a frente e passou a língua por cima do tecido da calcinha.

Ele gemeu e o som vibrou por todo o seu corpo. Talvez fosse possível recuperar a intensidade do momento, afinal.

— Eu posso... — Ela se adiantou para tirar a calcinha, mas Noah a segurou pelos pulsos, detendo-a.

— Não. — A voz dele era quase um grunhido. — Deixe ela aí.

— Você... gosta dela?

Noah encarou-a com uma mistura de exasperação e choque.

— Eu não parei de pensar nessa calcinha nas últimas vinte e quatro horas. Bem, na calcinha e em ver você nela. Desde ontem, tudo o que eu mais queria era ver você só de calcinha, e mais nada. — Ele sorriu. — E olha só. Sonhos realmente se tornam realidade.

A risada de Hazel morreu assim que Noah deixou outro dedo correr pelo tecido. Ela tinha certeza de que a calcinha já estava encharcada, mas se forçou a não ficar envergonhada com aquilo, a não fechar as pernas.

Em vez disso, jogou a cabeça para trás, mais devagar daquela vez, encostando-a nos armários atrás de si, e deixou Noah provocá-la com os dedos e com a boca. Quando ele finalmente afastou a calcinha para o lado e a lambeu sem a barreira do tecido, Hazel já estava tão perto de gozar que ficou surpresa por não ter perdido o controle após o primeiro movimento da língua de Noah.

— Tão perfeita — murmurou ele, fazendo Hazel estremecer.

Noah reproduziu a mesma atenção que dera aos peitos dela, alternando-se entre lambidas e chupões até Hazel começar a achar que a boca daquele homem deveria ser algum tipo de tesouro nacional. Que talvez devesse haver um feriado em homenagem a ela.

Hazel se sentia cada vez mais quente. Seu corpo ardia, latejava, pulsava. Deixava escapar sons em que não queria pensar muito ou ficaria horrorizada. Sons guturais e profundos arrancados dela pelo prazer que tomava conta de seu corpo. Os dedos de Noah se cravaram no quadril dela, segurando-a no lugar enquanto ele a levava ao limite.

Então, Noah a soltou para colocar um polegar em seu clitóris, fazendo uma pressão constante naquele ponto tão sensível do corpo dela. Um prazer incandescente disparou pelas veias de Hazel.

Ela viu toda a sua vida passar diante dos olhos.

Não, não a vida toda, apenas todo o sexo medíocre que tinha feito até aquele exato momento. Nenhum som escapou dos seus lábios — Hazel estava sem fôlego.

Noah voltou a usar a boca, chupando-a de maneira implacável.

Hazel não aguentou mais.

Seu corpo estremeceu, e um gemido baixo e agudo acabou escapando. Ele continuou até ela finalmente afastar um pouco o corpo, incapaz de aguentar mais um segundo que fosse. Era demais. O corpo inteiro tremia, a garganta estava dolorida por conta dos sons que escapuliam. Por sorte, as janelas estavam fechadas, ou os vizinhos provavelmente já teriam chamado a polícia.

Cacete. Aquele homem merecia dois feriados, um desfile e uma estátua na praça da cidade.

Noah espalhou beijos delicados ao longo da parte interna das coxas de Hazel antes de se levantar. Ela se inclinou para a frente e pressionou a cabeça no peito de Noah, que a envolveu com os braços e acariciou a pele nua das costas dela.

Noah ainda estava completamente vestido, mas os braços dele ao seu redor faziam com que Hazel se sentisse segura, em vez de exposta.

O coração de Noah batia forte sob a testa dela. Hazel sabia que deveria fazer algo. Que tinha que retribuir o favor. Só precisava de um minuto para recuperar o fôlego.

— Você... quer dizer, você gostou? — perguntou ele.

Hazel se afastou e o encarou, incrédula.

— Se eu gostei? Noah, isso foi...

— Transcendental? — perguntou ele, o sorriso lento retornando ao rosto.

— Mais do que isso.

— Ótimo. — Ele deu um beijo na testa dela. — Agora preciso ir.
— Espera, o quê? Você não pode ir.
Como ele podia pensar em ir embora? Depois... daquilo? A satisfação pós-orgasmo de Hazel estava ameaçando desaparecer.
— Tá ficando tarde.
— Mas você... mas eu não cheguei a...
Ele a encarou com uma expressão um pouco melancólica.
— Haze, tá tudo bem. Dessa vez foi só pra você.
— Não. Agora as coisas estão desiguais entre a gente.
— Não estão, não, pode confiar em mim. Isso foi incrível.
Hazel passou a mão pela frente da calça jeans dele, ao longo do volume rígido da ereção. Noah arquejou.
— Mas quero que você se sinta tão bem quanto eu me sinto agora.
Noah gemeu e encostou a testa na dela.
— Obrigado por isso, mesmo. Mas eu não trouxe camisinha.
Ela não tinha chegado a pensar naquilo. Na verdade, não tinha nem planejado convidá-lo para entrar.
— Eu também não tenho.
— Então é melhor eu ir.
— Não!
— Hazel...
— A gente pode... quer dizer... eu vou...
— Hazel, tá tudo bem, sério. Já sou adulto. Consigo...
— Eu quero fazer você gozar na minha boca também — disse ela em um rompante, interrompendo-o.
Noah arregalou os olhos, que escureceram. E Hazel reparou no breve gemido que ele deixou escapar. E gostou daquilo. Seu sorriso ficou mais largo.
— Eu quero chupar você, Noah. Posso?
Hazel passou a língua pelo lábio inferior e o gemido de Noah reverberou pela cozinha.
— Vou precisar de um sim entusiasmado antes de poder continuar — provocou ela.

Noah mordiscou o lábio inferior dela, e Hazel deixou escapar um gritinho.

— Sim — disse ele, sustentando seu olhar. — Sim, eu quero que você me faça gozar na sua boca.

CAPÍTULO QUINZE

Era possível que Noah estivesse tendo algum tipo de delírio febril. Mas, se fosse o caso, com certeza não queria acordar.

Não naquele momento. Não com Hazel só de calcinha, de joelhos na frente dele. Deveria ter ido embora. Pretendia ir embora, ser um cavalheiro, fazer Hazel gozar, então seguir seu caminho. Não queria pressioná-la e com certeza não queria que ela achasse que esperava alguma coisa dela.

Mas então ela pedira, Hazel Kelly pedira permissão para fazer ele gozar na boca dela, e aquela foi a coisa mais excitante que já tinha acontecido com Noah.

Bem, a coisa mais excitante antes de Hazel desabotoar a calça dele e descer da bancada. E lá estava ela, os olhos suaves fixos nos dele, ajoelhada a seus pés e... cacete, Noah não sabia o que fazer. Ele não tinha estrutura para lidar com aquilo. Aquela era *Hazel*. Não uma garota aleatória que ele tinha conhecido no bar. Era a doce e inteligente Hazel da livraria. A mesma Hazel em quem ele não parara de pensar o ano inteiro. A Hazel que ele gostava de achar que aos poucos estava se tornando sua amiga.

E ela estava lá, só de calcinha, e ele sabia qual era o gosto dela e os sons que ela fazia quando gozava, e...

E se ele a magoasse?

E se ela se arrependesse?

E se uma vez não fosse o bastante?

E se um verão não fosse o bastante?

Hazel deixou a língua correr ao longo do pau dele e os questionamentos de Noah pararam. O mundo parou. O coração dele parou.

— Você tem que me dizer se eu tô fazendo certo, tá? — falou ela, se afastando. Ela estava com a testa franzida de novo. — Tipo, me avisa se você estiver gostando.

— Meu Deus, Haze. Já tá tão bom... eu mal tô aguentando.

Ela abriu um sorrisinho satisfeito e Noah quase perdeu o controle de vez.

— Tá, ótimo.

Hazel agarrou a base do pau dele e deslizou a boca para baixo, envolvendo-o. Noah não conseguiu conter um gemido longo e fraco. Ele segurou firme na bancada. Queria agarrar os cachos de Hazel, mas não sabia se ela iria gostar disso. Ele poderia perguntar, mas as únicas palavras que conseguia falar no momento eram "ah, meu Deus" e "cacete", então manteve as mãos onde estavam.

Hazel continuou os movimentos para cima e para baixo e Noah estremeceu. Ela devia ter notado, porque seus olhos encontraram os dele, buscando a confirmação de que ele estava gostando.

— Tá tão bom. Isso, assim.

Hazel voltou ao que estava fazendo, usando a mão onde a boca não alcançava e a língua para acariciar a ponta quando se afastava. Noah estava vendo estrelas. *Transcendental.*

Ele não conseguiu mais se conter. Agarrou o cabelo dela, e o gemido baixo que Hazel deixou escapar vibrou por ele, como um ronronar. Aqueles cachos eram tão macios...

— Tá bom pra você? — perguntou Noah, a voz fraca, e Hazel gemeu de novo. Se ela fizesse isso mais uma vez, ele gozaria com certeza. — Tô quase lá.

Ela acelerou os movimentos, a boca indo mais fundo a cada vez, e Noah sentiu uma onda de prazer percorrer seu corpo. Ele abaixou os olhos, e ver Hazel ali, fazendo coisas que ele nunca tinha se permitido fantasiar, combinado com a sensação da boca dela, tão quente e doce, o fizeram chegar ao limite. Ele se afastou bem a tempo e gozou na própria mão, não querendo fazer algo com que Hazel não concordasse. Noah se sentia completamente perdido, como se aquela fosse a primeira vez que uma mulher o fazia gozar.

— Hazel.

O nome dela parecia ser a única palavra que ele conseguia pronunciar no momento. Ela se levantou e lhe entregou uma toalha. Noah limpou as mãos e puxou-a mais para perto.

— Foi bom? — perguntou Hazel.

A respiração dele ainda estava irregular quando respondeu:

— Meu Deus, foi, sim.

Ele mais ouviu do que viu o sorriso dela.

— Que bom.

— Muito bom.

— Então, acho que deu certo... Quer dizer, foi uma boa primeira... hum... experiência.

— Hazel, por favor, me diz que você já tinha feito isso antes.

— Já. Só não com muita frequência... Deu pra notar?

Ele deu uma risada abafada.

— Não, não deu.

— Eu estava me referindo a uma primeira experiência entre nós dois... Quer dizer, como parte da nossa... diversão.

— Claro.

Por que doía ser lembrado de que tudo aquilo tinha acontecido apenas porque Hazel estava decidida a ser mais aventureira nos dois meses seguintes? Ele era apenas parte da era imprudente da vida dela.

Noah afastou aqueles pensamentos. Aquilo era bom para ele também. Aí poderia tirar Hazel da cabeça e seguir em frente com a própria vida.

— É sempre tão bom assim? — perguntou ela, baixinho.

Noah não conseguiu evitar se perguntar mais uma vez a respeito das relações anteriores dela. Quem eram os idiotas que não tinham cuidado direito daquela mulher? Mas, para falar a verdade, raramente era *tão* bom.

— Não... isso foi além do esperado.

— Você quer passar a noite aqui?

A pergunta o pegou desprevenido. Ele ainda estava tentando entender por que tudo o que tinha acabado de acontecer era muito melhor do que as suas transas habituais. E, desesperado, tentava ignorar a resposta que a vozinha em sua cabeça gritava para ele.

— Hum...

— Você não precisa, se não quiser.

Hazel já estava se afastando e Noah se viu puxando-a de volta, aconchegando seu corpo quente e macio ao dele. Se viu dizendo a ela que sim, que queria ficar.

E descobriu que era verdade.

Noah ignorou a vozinha em sua cabeça que o alertava de que aquilo era uma má ideia e seguiu a calcinha de bolinhas de Hazel até o quarto dela — porque, se ela estava disposta a ser imprudente, ele também estava.

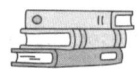

Era de manhã e Hazel estava apoiada no cotovelo olhando para ele. Os dois estavam na cama dela. Ele estava na cama de Hazel. Nunca ousara se imaginar ali, mas estava muito empolgado.

Era uma cama macia e aconchegante e tinha tantos travesseiros quanto era de se esperar que ela tivesse, ou seja, muitos. O sol se infiltrava pelas cortinas transparentes e, embora o quarto não tivesse tantas plantas quanto a sala de estar, ainda havia algumas no parapeito da janela, cactos e pequenas suculentas, e ele só sabia o que eram porque Hazel lhe contara na noite anterior, enquanto os dois conversavam à luz do luar.

Então eles apenas dormiram.

E tinha sido bom demais.

Hazel tinha até expulsado o sapo de pelúcia da cama e o colocado para dormir com o pinguim gigante que Noah havia ganhado para ela, e que estava empoleirado em uma poltrona no canto.

— Dormiu bem?

Hazel estava usando a camiseta de Yale com um buldogue feio na frente com a qual tinha dormido e uma calcinha de algodão nova que o estava deixando obcecado, de um jeito inexplicável.

— Dormi muito bem.

Noah cruzou os braços atrás da cabeça e sorriu para ela. Ele não estava usando nada além da cueca e adorou o modo como o olhar de Hazel se aqueceu quando a atenção dela se voltou para o torso nu dele.

O cabelo dela estava caído sobre o rosto, e Noah não conseguiu resistir e o afastou.

— Posso beijar você?

Ela cobriu a boca com a mão.

— Não escovei os dentes.

— Não me importo.

Ela franziu o nariz.

— Jura?

— Hazel, quem você namorou antes... disso?

— Alguns caras, por quê?

Ele se sentou rapidamente e recostou o corpo na cabeceira da cama.

— Eles eram legais? Quer dizer, tratavam você bem?

Hazel deu de ombros.

— Eles eram ok.

— Ok?

Ela enrolou um cacho de cabelo no dedo, evitando o olhar de Noah por algum tempo antes de voltar a encará-lo. Hazel ainda estava sem óculos, e ele conseguia ver o toque de prateado ao redor das suas pupilas sob a luz da manhã.

— Eu nunca senti que... sei lá... que eles sentiam tesão por mim. Ninguém nunca me chamou de gostosa antes... antes de você. — Ela foi ficando vermelha enquanto falava.

Hazel também havia se sentado, e Noah a puxou mais para perto, abraçando-a pela cintura.

— Não conheço esses caras, Haze, mas, na minha opinião, eles eram uns idiotas.

— Na verdade, eram todos muito inteligentes.

Noah bufou.

— Então como não conseguiram ver o que estava bem na frente deles?

Ela deu de ombros junto ao corpo dele.

— Talvez o problema fosse eu? Eu não me achava muito sexy... quer dizer, nunca me senti assim.

Noah girou para ficar em cima dela, que soltou um gritinho de surpresa. Ele apoiou um braço de cada lado do corpo dela.

— E como você se sente agora?

Hazel deu aquele sorriso travesso em que ele era viciado.

— Gostosa.

Noah abaixou a cabeça e beijou o seu pescoço.

— Ótimo.

Ele chupou a pele delicada ali, e Hazel arqueou o corpo para cima e passou as pernas ao redor do quadril de Noah, que se amaldiçoou por não ter saído correndo para comprar preservativos na noite anterior.

Mas, de qualquer forma, o momento não durou muito.

O celular dele vibrou na mesa de cabeceira, onde o deixara à noite.

— Você precisa atender? — perguntou Hazel, enquanto Noah continuava a se dedicar ao seu pescoço.

Sim, ele precisava atender. Tocava um negócio sozinho. Poderia ser alguém querendo reservar um passeio, e, com o verão quase no fim, Noah precisava aceitar todo trabalho que conseguisse.

Mas Hazel estava tão quentinha e não estava usando sutiã... Ele podia sentir os mamilos rígidos contra o peito.

O celular parou de tocar, mas logo começou de novo. Ele gemeu e se afastou daquele corpo aconchegante.

— Desculpa.

— Tudo bem.

Noah checou a tela. Era uma chamada de vídeo do número da irmã dele. Droga. Ele vestiu a camisa antes de atender. Só podia ser uma pessoa, bem, duas, na verdade, e ele nunca ignorava as ligações delas. Ele lançou um olhar culpado para Hazel, se desculpando mais uma vez, antes de atender.

Dois rostinhos preencheram a tela.

— Tio Noah! Você não atendeu! — A voz de Ivy estava cheia da indignação de uma criança de seis anos.

— Oi, tio Noah! — Cece era a mais tolerante das duas.

Cada uma das irmãs de Noah tinha dado à luz uma menina, com apenas uma semana de diferença, e as primas eram inseparáveis, a menos que estivessem brigando, aí se tornavam inimigas. Até deixarem de ser. Mais ou menos como acontecia com as irmãs dele desde pequenas. E Noah tinha sido o irmãozinho que elas adoravam. Até ele abandoná-las.

Noah pigarreou.

— Caramba, desculpa, meninas. Eu tava... ocupado.

— Você disse que nunca estaria ocupado demais pra gente.

Aquela garota sabia ir direto no ponto fraco.

Cece cutucou a prima.

— Talvez ele estivesse fazendo cocô — sugeriu ela, e as duas caíram na gargalhada.

Noah ergueu os olhos e viu Hazel tapando a boca com a mão, abafando o próprio riso. Ele revirou os olhos.

— Por que vocês duas estão me ligando, suas encrenqueirazinhas? Hoje não é dia da nossa conversa de sempre.

Na mesma hora, as duas sobrinhas pareceram culpadas. Noah tinha tentado ensinar às duas a manter a expressão impassível, mas falhara.

— Bem, a mamãe não sabe que a gente pegou o telefone dela.

— Ivy...

— Era uma emergência! — protestou a menina.

Só então Noah percebeu que as meninas estavam enfiadas embaixo do que parecia ser uma manta azul que deixava seus rostos azulados.

— Tá tudo bem?

Cece franziu o rosto como se estivesse tentando não chorar e Ivy passou um braço ao redor da prima, para confortá-la. O coração de Noah acelerou.

— Meninas, o que tá acontecendo?

— A mamãe vai ter outro bebê! — choramingou Cece. — E eu não quero!

Ivy assentiu.

— Bebês choram o tempo todo e fazem cocô na calça — declarou ela com a profunda sabedoria que só uma criança de seis anos tem.

A menção ao cocô fez Cece começar a rir de novo, e Noah achou que as sobrinhas iriam acabar enlouquecendo-o.

— Ei, espera aí! — Ivy apontou pra tela. — Essa não é a sua casa! Onde você tá, tio Noah?

A incapacidade das meninas de permanecerem no mesmo assunto estava deixando Noah zonzo, como sempre acontecia, só que naquela manhã ele não estava preparado para aquilo. Ainda não tinha nem tomado café!

Quando levantou os olhos, viu Hazel saindo da cama, como se ela precisasse se esconder na própria casa. E Noah detestou aquilo. Mas ele nunca tinha apresentado as mulheres com quem... dormia para a família. Certamente não para as sobrinhas. E como iria explicar a situação?

— Estou na casa de uma amiga — falou.

— Você tava em uma festa do pijama? — perguntou Cece. — A mamãe disse que eu só posso ir a uma dessas quando estiver mais velha. Só com a Ivy. — Ela revirou os olhos.

— Acho que é uma boa ideia.

A verdade era que Noah não fazia ideia de qual era a idade apropriada para festas do pijama, mas sabia que a irmã mais velha era extremamente superprotetora com Cece. E ela iria ter outro bebê. Será que era para ele saber? Não podia negar que o fato de ninguém ter lhe dado a notícia o magoava, não que fosse admitir aquilo.

Ivy arregalou os olhos e seu rostinho se afastou da tela.

— Ô-ô a gente precisa ir...

A manta foi arrancada da cabeça das meninas e elas começaram a gritar como se estivessem sendo esquartejadas.

— Me dê aqui. — O tom da irmã de Noah não deixava espaço para discussão.

— Tchau, tio Noah! — gritaram as meninas quando o rosto de Kristen apareceu.
— Oi, desculpa por isso.
— Oi, Kris. — Ela ergueu as sobrancelhas enquanto observava o cenário do outro lado da tela, mas não perguntou onde o irmão estava. — Espero que as meninas não tenham interrompido nada.
— Não, na verdade, não.
— Você não precisa atender sempre que elas ligam.
— Eu gosto.

As sobrinhas eram a única parte da família dele que não parecia complicada. O amor dele por elas e o delas por ele era simples e incondicional. Noah sempre atendia quando ligavam.

Kristen assentiu, examinando-o daquele jeito característico das irmãs mais velhas. Noah nunca sabia o que ela estava procurando, mas sempre ficava com a sensação de que não conseguira encontrar. Noah, o irmão mais novo, com quem não se podia contar, que não tinha se formado no ensino médio, o eterno fracassado.

— Você vem pra casa para as festas de fim de ano?

Noah ergueu os olhos do celular. Hazel tinha saído. Ter aquela conversa era a última coisa que ele gostaria de fazer no quarto dela. Não ia para a casa dos pais nas festas de fim de ano havia anos, e naquele ano pretendia continuar não indo.

Hazel tinha dito que ele era um bom tio. Ela não sabia que Noah só vira as sobrinhas pessoalmente um total de três vezes.

Noah engoliu em seco, e a lembrança dos corpinhos das meninas colidindo com ele em abraços de pura alegria, na última vez que estivera em casa, trouxe emoções indesejadas à tona.

— Não sei ainda.
— Noah...
— Não posso falar agora, Kris.
— Tá, tudo bem. Mas eu só... todo mundo quer ver você. Só isso.

Noah engoliu em seco mais uma vez. Ele sabia que a irmã estava sendo sincera, mas também sabia que não era tão simples. Ir para casa significava ter que encarar as perguntas, as expectativas. *O que você vai fazer da sua vida, Noah?* Na última vez que ele fora para lá, nem sequer passara na casa dos pais. Não tinha condições de ter aquela conversa com o pai de novo.

Ele tinha ido embora.

E não poderia voltar até ter algo para mostrar. Não poderia se sentar à mesa com o pai até ter um plano de vida que envolvesse algo além de passeios de barco e bicos como barman, algo que provasse que ter abandonado a escola e o negócio da família tinha sido a coisa certa a fazer.

E não poderia conversar a respeito daquilo com a irmã enquanto estava ali, só de cueca, na cama de Hazel.

— Eu tenho que ir.

Kristen suspirou.

— Tá certo, amo você.

Noah fitou o rosto preocupado da irmã. Ela sempre olhava para ele daquele jeito. Como se estivesse se perguntando como o irmão conseguia sobreviver no mundo sem todos eles. Como conseguia se alimentar sem ter as irmãs mais velhas ou o negócio dos pais como rede de apoio?

Noah tinha certeza de que Kris não fazia aquilo de propósito. Mas também conseguia sentir a falta de confiança da irmã. Ele estava errado por querer voltar para casa só quando pudesse dizer que tinha conseguido ser bem-sucedido? Que tinha ido embora e construído uma boa vida para si mesmo?

Talvez.

Talvez ele só fosse um idiota teimoso.

— Também amo você, Kris.

CAPÍTULO DEZESSEIS

Hazel estava sentada no sofá com uma xícara de chá nas mãos e debaixo de uma manta — já que não tinha pensado em pegar uma calça —, tentando agir como se soubesse o que fazer depois de uma noite de sexo casual.

O que, é claro, estava longe de saber. Ela ajeitou a manta, tomou um gole do chá quente demais e voltou a olhar na direção do quarto.

Provavelmente já havia estragado tudo quando pedira a Noah para passar a noite ali, mas estava se sentindo trêmula, vulnerável e tão embriagada pelo orgasmo que as palavras saíram de sua boca antes que pudesse considerar as consequências. E ele ficara. E tinha sido muito bom. Tipo... muito *mesmo*. Dormir aconchegada nos braços de Noah tinha sido tão perfeito quanto ela imaginara que seria.

E acordar com um homem gostoso na cama aumentava, e muito, a autoestima de uma garota.

No entanto, aquilo era certo? Ela deveria mesmo se sentir toda derretida por dentro por aquele homem? Mas como não se sentir assim depois de ele ter atendido uma ligação das sobrinhas fofas na frente dela e conversado com elas como se fossem mesmo muito importantes? Ainda mais após todas as coisas alucinantes e ardentes que ele fizera com Hazel na cozinha na noite anterior. Qualquer pessoa racional estaria pensando o mesmo que ela naquele momento. Não era sua culpa.

— Ei, desculpa por isso.

Noah saiu do quarto dela usando só a cueca boxer, passando a mão pelo cabelo acobreado e parecendo constrangido de um jeito tão fofo que Hazel precisou desviar o olhar ou poderia acabar pedindo, sem querer, para adicionar mais uma coisinha àquele acordo maluco dos dois. Como casamento. Ou ser a mãe dos filhos dele.

Hazel pigarreou.

— Sem problema. Suas sobrinhas estão bem?

— Estão. Hum... café?

— Na cozinha.

Hazel respirou fundo algumas vezes enquanto Noah se servia e tentou controlar a libido que parecia por fim ter decidido acordar depois de quase trinta anos adormecida. Não adiantou. Ainda mais depois que Noah voltou para a sala e se sentou no sofá ao lado dela, com cuidado, para não derramar o café.

Hazel se forçou a virar para ele.

Noah fitou-a com um sorriso preguiçoso por cima da caneca.

— Então, o que a gente faz agora? — perguntou ela, de repente, e viu as sobrancelhas de Noah se erguerem em resposta.

— Bem, ainda não temos camisinhas, mas eu posso...

— Não! — Ela sentiu o rosto ficar vermelho. — Não foi isso que eu quis dizer.

Noah riu.

— Eu sei.

— Idiota. — Hazel deu um tapa brincalhão no ombro dele.

— Agora, a gente faz exatamente o que tem feito, Haze. — Ele deu de ombros e tomou outro gole de café enquanto ela fingia não observar o peito descoberto dele. — Continuamos a seguir as suas pistas e fazendo o melhor aquecimento possível para o seu aniversário, e se você quiser incluir mais disso aqui... — Noah indicou os dois com um gesto, e, por algum motivo, até aquilo era sexy. — Então, ótimo.

— Tá bom.

Como ele fazia parecer tão simples? Como se tudo entre eles não tivesse mudado. Ou será que não tinha? Talvez ela estivesse exagerando.

— E se você não quiser repetir essa parte, tudo bem pra mim também.

Hazel sabia que ele estava falando sério, sabia que Noah não faria algo com o qual ela não estivesse cem por cento confortável. Ele já havia provado aquilo muitas vezes.

— Eu quero mais disso.

Ele alargou ainda mais o sorriso.

— Ótimo, eu também.

Ele se recostou no sofá, esticou as pernas e apoiou os pés no pufezinho acolchoado, uma de suas compras on-line impulsivas — algo que sempre fazia quando estava entediada. Mas, pelo visto, seu novo passatempo era transar com o deus do sexo da cidade.

— Então, a sua irmã está grávida?

— Você muda de assunto quase tão rápido quanto as minhas sobrinhas.

Hazel estremeceu.

— Desculpa. Mau hábito.

Noah estava com a cabeça apoiada no encosto do sofá, de olhos fechados, mas ainda sorria.

— Sem problema. Assim eu fico sempre mais ligado.

Noah balançava alegremente os dedos do pé no pufe, e Hazel não conseguiu evitar que seu olhar deslizasse dos pés dele para as linhas longas e esguias das pernas, chegando ao abdômen firme e subindo até o peito. Ela continuou, admirando a largura dos ombros e as curvas fortes dos músculos do braço. Noah flexionou o antebraço enquanto pegava a caneca, e as pulseiras da amizade deslizaram quando ele a levou à boca.

Seus olhos estavam abertos de novo. Opa. Tinha sido pega no flagra.

Hazel achou que Noah poderia implicar com ela por o estar encarando, mas em vez disso ele apenas piscou e continuou.

— De acordo com a minha sobrinha Cece, a mãe dela, minha irmã mais velha Rachel, está grávida. Pois é. Mas acho que eu ainda não deveria saber.

Ele deu de ombros como se não se importasse, mas seu corpo ficou tenso.

— Você ama as suas sobrinhas.

— Claro.

— E também ama as suas irmãs.

Noah fez uma pausa para tomar mais um gole de café e talvez para encontrar uma resposta.

— É claro que sim. Só que é mais complicado com elas. Você sabe como famílias podem ser.

— Posso imaginar. Não tenho irmãos.

— Sério? Pensei ter ouvido seu pai, quer dizer, um dos seus pais, falando sobre alguém... uma Frida?

— Frida é um dos cachorros da minha mãe. Diego e Frida.

— Certo. Esqueci que você também tem uma mãe.

— É. Não faltam pais na minha vida, só não tenho irmãos. Pelo menos nenhum irmão humano. Alguns diriam que a minha mãe se dedica demais aos cães.

Noah deu uma risadinha, mas seu olhar estava distante.

— Por que você se mudou para longe de casa? — perguntou ela.

Hazel com certeza não estava sabendo lidar com aquela coisa de "a manhã seguinte a uma aventura casual", mas também sentia que ela e Noah tinham se tornado amigos e estava curiosa a respeito dele.

— Ah, Haze, você não quer ficar aqui me ouvindo falar sobre isso. — Noah se inclinou em direção a ela e ergueu as sobrancelhas. — Tem tantas outras coisas interessantes pra gente fazer agora de manhã.

Hazel franziu a testa e Noah se recostou.

— Tá, tudo bem, você quer mesmo saber?

— Quero.

— Não é uma grande história dramática. Já contei pra você que não me formei na escola, o que deixou meus pais muito decepcionados, então, por um ano, tentei ajudar com o negócio de frutos do mar deles, tentei de verdade. Mas detestava. É uma empresa enorme agora. Mas eu precisava trabalhar enfurnado em um escritório, lidando com distribuição, mercados e um monte de outras coisas que não me interessavam nem um pouco e eu simplesmente... não conseguia fazer aquilo.

— Então você fugiu.

— Jesus, Hazel.

— Desculpa.

— Não precisa pedir desculpa. — Ele soltou um longo suspiro. — Eu é que peço desculpa. Você tá certa. Depois disso, eu fugi. Peguei o meu barco e fiquei subindo e descendo a costa por um tempo até vir parar aqui. As minhas sobrinhas ficam com saudade e eu nunca vou para casa. É isso. Essa é a história toda.

— O clube do livro acha que você era um soldador submarino na Flórida.

Noah ergueu uma sobrancelha.

— E metade da Associação de Pais e Mestres acha que você vende itens ilegais no mercado clandestino.

— No mercado clandestino, é? — Os cantos da boca de Noah se inclinaram em um sorriso.

— É. E com certeza teve uma reunião de moradores uma vez em que foi muito debatido se você era ou não um stripper.

Noah abafou uma risada.

— Stripper?

— Isso.

— Bem, essa parte é verdade.

Hazel arregalou os olhos, e Noah caiu na gargalhada.

— Brincadeira.

— Idiota.

Ele pousou a caneca no pufe e se arrastou até onde ela estava, prendendo-a entre os braços. Então, abaixou a cabeça e a beijou, e Hazel esqueceu de se importar com o fato de que ainda não tinha escovado os dentes. Ele mordiscou seu lábio inferior e ela gemeu com tanto desejo que teria ficado envergonhada se não estivesse tão ocupada ficando excitada.

— Posso ser um stripper pra você, Haze. Quando quiser.

Ela riu, e o sorriso provocante dele se alargou ainda mais.

— Você já está quase sem roupa — o lembrou Hazel.

Noah olhou para o próprio corpo, fingindo surpresa.

— Nossa, verdade! — Ele balançou a cabeça. — Mas você está usando roupas demais.

Noah tirou a camiseta dela, deixou-a de lado e começou a mostrar a Hazel todas as outras coisas interessantes que poderiam fazer naquela manhã.

CAPÍTULO DEZESSETE

— Terra para Hazel!

Hazel piscou. Annie estava parada diante dela, acenando com a mão na frente do seu rosto. Por sorte, ela não estava atendendo no balcão naquele dia, mas trabalhando no escritório. Nem tinha ouvido a amiga entrar.

— Ah, oi.

— Ah, oi? É tudo o que você tem a me dizer?

Hazel franziu a testa.

— O que mais eu teria a dizer?

Ela estava devaneando de novo. Não conseguia evitar. Tinha passado a semana se divertindo com Noah de um jeito novo e muito especial e, mesmo quando não estava com ele, não conseguia parar de pensar nele. E, mais especificamente, em tudo o que eles tinham feito. E onde.

Naquele momento, mal conseguia olhar para a mesa do escritório sem enrubescer.

Noah era bom demais com a boca e com as mãos, e eles não tinham ido além daquilo, mas Hazel se sentia mais satisfeita com sua vida sexual do que nunca. Era uma distração, para dizer o mínimo.

— Você esteve sumida a semana toda!

Hazel voltou a se concentrar em Annie. Certo. A melhor amiga estava furiosa.

— Andei ocupada.

— Ocupada com o quê?

— Não seria com quem?

— Hazel Delphinium Kelly!

— Você sabe que eu não tenho um segundo nome.

— E você sabe que é por isso que eu tenho que inventar um pra você. — Annie colocou a mão na cintura. — Agora pare de me distrair. O que tá rolando entre você e o pescador?

Hazel reagiu apenas com um dar de ombros, mas podia sentir o rosto ficando muito vermelho.

— A gente só tem passado um tempinho juntos.

Ironicamente, Hazel tinha guardado todas as suas novas histórias para si mesma. Havia começado todo aquele verão da diversão porque queria chocar as amigas, ter novos assuntos, ser mais interessante de um modo geral, mas ali estava ela, se contendo.

Era só que... tudo o que vinha acontecendo com Noah parecia... privado.

— Passado um tempinho juntos? Você perdeu a noite de quiz no pub e agora metade da cidade acha que foi sequestrada.

Hazel bufou.

— É óbvio que eu estou bem aqui.

— Hazel...

— O que foi? Uma garota não pode se divertir um pouco?

— É claro que pode, mas isso parece...

— Parece o quê, Annie? Não parece o meu tipo de diversão? Não parece ter a ver comigo? É justamente isso que eu quero! Eu não consigo... Eu só precisava... de alguma coisa diferente.

Annie se jogou no sofá velho do escritório.

— Eu não sabia que você estava se sentindo infeliz, Haze.

— Eu não estava infeliz. Só... sei lá...

— Com medo de fazer trinta anos?

Hazel ergueu as sobrancelhas.

— Você não é a única que percebe as coisas — disse Annie. — Eu também percebo as coisas.

— Só não quero completar trinta anos cheia de arrependimentos, só isso.

— E você acha que iria se arrepender de não ter dormido com o gostosão da cidade?

Hazel riu.

— Bem, talvez.
Annie sorriu.
— E Deus te livre de ter esse arrependimento.
— Desculpa não ter contado pra você.
Annie deu de ombros e se recostou no sofá.
— Tá tudo bem. Você não precisa me contar tudo, apesar de a gente ter feito aquele pacto no primeiro ano do ensino médio.
— É verdade. Bem, já que a gente tá sendo tão sincera uma com a outra, você tem tentado me deixar pistas ou alguma coisa assim?
— Pistas? Não, Haze, eu costumo só mandar mensagens de texto.
— Humm.
— O que você quer dizer com pistas?
Hazel tirou um dos livros danificados da gaveta de baixo. Ela os guardava ali como evidências ou como lembranças. Na verdade, não sabia qual das duas opções.
— Alguém tem destacado frases em alguns livros e depois colocado de volta na prateleira.
Ela deslizou o livro pela mesa e Annie examinou a página. A frase dos mirtilos, que ela havia seguido por acaso, estava em destaque.
— Espere, foi por isso que a gente encontrou você bêbada do lado de um arbusto de mirtilos?
Hazel deu de ombros.
— Foi.
Os olhos de Annie cintilaram.
— Eu sei quem tá fazendo isso!
— Sabe?
— É tão óbvio! — Ela fechou o livro com força. — Deve ser o Noah!
— Noah? Não pode ser. Ele tem me ajudado a seguir as pistas. E pareceu tão surpreso quanto eu.
— Noah tem ajudado você a seguir as pistas?
— Bem, ele tava aqui quando encontrei a primeira... e sei lá, pareceu interessado... então, não sei, a gente começou a se divertir...
Hazel suspirou. Por isso ela não tinha tocado no assunto. Tudo parecia a maior loucura.

— Hazel, qual é — falou Annie, como se não pudesse ser mais óbvio. — Então com certeza é ele. Noah vem rondando a livraria há meses. Dá pra ver que ele tá a fim de você, e olha só, acabou descobrindo uma maneira sorrateira de vocês passarem algum tempo juntos!

Espere. Aquilo poderia ser verdade? Noah teria armado aquela coisa toda para sair com ela? E a palavra "sorrateira" fazia a situação parecer tão maldosa. O coração de Hazel tinha acelerado ao longo da conversa e ela estava se sentindo tonta. Será que Annie tinha razão? Hazel queria que ela tivesse? Planejar uma caça ao tesouro de um jeito sorrateiro não parecia casual. Mas, quanto mais tempo ela passava com Noah, mais gostava dele e...

Hazel balançou a cabeça. Estava ficando confusa demais.

— Annie, você já tá na sua época de ficar obcecada com comédias românticas de novo?

A amiga tinha uma tradição anual: assistir a comédias românticas de setembro até o Ano-Novo.

Annie bufou.

— Meus gostos cinematográficos não têm a ver com o que obviamente está acontecendo aqui.

— Que é...

— O pescador gostoso, que tá a fim de você há meses, tem deixado mensagens de amor pra vocês dois poderem sair juntos.

Hazel franziu a testa. Aquilo não podia ser verdade.

— Mas Noah não tem relacionamentos sérios, lembra? E isso parece muito algo que alguém que tá querendo alguma coisa mais séria faria.

— Tem uma primeira vez pra tudo.

Noah tinha dito aquelas exatas palavras para ela no parque de diversões. *Uma primeira vez pra tudo.* Hazel estava prestes a ser a mulher que faria Noah, o grande pegador da cidade, ter algo sério? E queria ser? Ela mesma não estava tentando ser o oposto de *séria*?

Hazel gemeu e apoiou a testa na mesa.

— Ou... — Annie fez uma pausa, pensativa. — Pode ser só algum sociopata que gosta de danificar livros e depois largá-los na prateleira.

Hazel gemeu mais alto.
— Haze — disse a dona da confeitaria.
— O que é?
— Você vai à reunião de moradores hoje à noite?
— Acho que sim — murmurou ela.
— Ótimo.
Annie se levantou e deu uma tapinha solidário na cabeça da amiga.
— Até mais tarde, então. Amo você.
— Também amo você.

Hazel acenou em despedida e voltou a olhar para as encomendas de livros para o mês seguinte nas quais estava tentando trabalhar na última hora.

Annie não podia estar certa sobre Noah e as pistas, o que era bom. Era bom, na verdade, porque Hazel não queria ter algo sério com Noah, então o acordo deles funcionava perfeitamente. E ela poderia continuar tendo um verão de diversão imprudente, embora fosse quase setembro e pensar no fim daquele breve experimento lhe desse dor de barriga. Mas estava tudo perfeitamente bem.

De verdade.

Tudo bem.

CAPÍTULO DEZOITO

Não foi difícil localizar Hazel na reunião de moradores. Ela sempre se sentava no mesmo lugar, ao lado de Logan e Jeanie, e o olhar de Noah parecia encontrá-la não importava onde ela estivesse. Ele foi até o trio, feliz por não estar atrasado. Tinha ido correndo para lá assim que terminara o passeio de pesca. Fora uma tarde tranquila com um senhor e os filhos adultos, que contrataram o passeio para comemorar o aniversário do pai, e Noah tinha gostado de passar tempo com aquela família. Mesmo que aquilo tivesse trazido de volta lembranças de quando pescava com o próprio pai. Lembranças que ele em geral tentava evitar. Lembranças de antes de decepcionar o pai.

Na verdade, Noah gostava de passar tempo com o pai quando era criança. Sair para passear de barco com ele sempre fora sua atividade favorita. O pai não era um homem que falava muito, mas tinha mostrado a Noah tudo o que ele precisava saber sobre embarcações, pesca, clima e marés. Noah havia aprendido mais observando-o trabalhar do que em uma sala de aula.

Era uma pena que o pai não pudesse lhe ensinar história também.

Noah não sabia se era por causa das últimas semanas com Hazel e porque queria mostrar a ela que poderia oferecer mais do que apenas diversão, ou se andava pensando demais na família nos últimos tempos, mas a verdade era que se sentia pronto para enfim compartilhar seus planos com os moradores da cidade.

Ou pelo menos as ideias iniciais.

Ele sabia que haveria muita papelada para preencher, moradores para convencer e licenças a solicitar, mas queria dar o pontapé inicial. Era uma boa ideia. Estruturada. E talvez pudesse ser o começo de algo maior para ele ali em Dream Harbor.

E se por acaso aquilo fizesse Hazel vê-lo de outra forma, não faria mal. Porque se a última semana de aventuras com ela tinha lhe ensinado alguma coisa, era que aquela mulher não sairia tão cedo da cabeça dele.

Hazel se virou quando ele se aproximou, e um sorriso cúmplice surgiu no rosto dela, lembrando-o de como ela ocupava sua mente. Gostava de verdade daquela mulher.

— Oi, Noah.

— Oi.

Os olhos dele permaneceram fixos nos dela até que a voz de Logan os interrompeu.

— Você vai sentar ou ficar o dia todo aí parado olhando pra Hazel?

Noah sorriu para o amigo.

— Oi pra você também, Logan. Oi, Jeanie.

A dona do café acenou para ele, que se acomodou no assento ao lado de Hazel. Annie estava na fileira à frente, cochichando agitada com Isabel.

— O que tá acontecendo? — perguntou Noah, inclinando a cabeça em direção a Hazel.

— Uma recém-chegada.

Noah olhou ao redor do antigo salão de reuniões e viu somente rostos conhecidos. Ele levantou a mão para cumprimentar Tim e Tammy antes de se virar para Hazel.

— Ela ainda não chegou, mas dizem que está a caminho — explicou Hazel.

Noah riu.

— Tudo bem. Alguma novidade?

— Desde que você me viu hoje de manhã? — perguntou ela.

Noah sentiu uma onda de calor disparar por suas veias quando se lembrou do que eles tinham feito no escritório dela antes de a livraria abrir naquela manhã. Hazel em cima da mesa, as pernas bem abertas...

— Encontrei outra pista.

— Sério?

Ele já tinha quase se esquecido daquilo, de como tudo começara. Da sorte que havia tido com aquelas benditas pistas.

— Aham.

Hazel o fitava com atenção, observando-o, como se estivesse tentando decifrar um quebra-cabeça.

— Então, o que dizia?

Hazel ajeitou os óculos no nariz.

— Alguma coisa sobre beber sidra forte.

— Sei exatamente o que fazer!

— Sabe? — Ela semicerrou os olhos, como se estivesse desconfiada.

— Sei, abriu há pouco tempo uma cervejaria ótima que eu queria conhecer. Fazem cervejas e sidras. A gente pode ir nesse fim de semana, que tal?

Hazel murmurou alguma coisa que soou muito como "que conveniente", mas Noah não teve tempo de fazer perguntas antes que o prefeito Kelly tentasse mais uma vez começar a reunião.

— Atenção, dreamers! — gritou ele, acima do barulho. — Temos muito o que resolver hoje à noite, então se todos puderem se aquietar, por gentileza...

O apito de Mindy irrompeu em meio ao barulho, fazendo o prefeito estremecer. Todos se calaram e ele pigarreou.

— Certo. Obrigado, Mindy. — Pete ajeitou os óculos. — Então, primeira coisa. Temos uma nova moradora na cidade. Recentemente, Kira North comprou a fazenda de árvores de Natal na estrada Old Spruce.

Os cidadãos começaram a olhar ao redor, e sussurros sobre a moradora misteriosa logo circularam pelo salão. Noah não conseguiu conter um sorriso. Aquela cidade às vezes se superava.

— E onde ela está, Pete? — perguntou Tim ao prefeito, da primeira fila.

— Bem, eu a convidei para vir aqui hoje para discutir o que ela pretende fazer com o terreno.

— Ela vai reabrir a fazenda de árvores de Natal? — perguntou Nancy.

— O lugar está em ruínas — se apressou a lembrar Tim.

Algumas pessoas entenderam aquilo como uma deixa para gritar o que pensavam a respeito.

— Eu adorava ir lá quando era criança.

— Era onde havia as melhores árvores de Natal.

— E o Papai Noel! Lembra do antigo trenó?

— A gente tem que convencer ela a reabrir! Certo, Pete?

O prefeito parecia tão confuso que Noah quase sentiu pena do homem.

— Esperem um pouco! — gritou ele em meio às vozes dos seus eleitores. — Tenho certeza de que vamos descobrir!

O rangido alto das portas dos fundos interrompeu a agitação no salão. Os moradores se viraram bem a tempo de ver uma mulher entrar no salão. Uma mulher que claramente não esperava se ver diante de metade da população da cidade.

Ela ficou paralisada na porta. Tinha o cabelo preto e liso com uma franja reta e usava uma calça jeans larga rasgada. Foi só o que Noah conseguiu ver antes que todos se levantassem de novo.

— Meu Deus — disse Logan ao lado dele, levando a mão ao rosto em um gesto envergonhado.

Mindy apitou de novo. A mulher levantou a mão em um cumprimento geral.

— Hum, oi.

— Kira, seja bem-vinda! — O prefeito Kelly fez um gesto para que ela se aproximasse do pódio, e a pobre mulher não teve escolha a não ser abrir caminho pelo salão lotado. — Muito obrigado por ter vindo.

Kira olhou ao redor, uma expressão ainda chocada no rosto.

— Eu... hum... não me dei conta de que era esse tipo de reunião.

Pete arregalou os olhos, consternado.

— Ah, eu provavelmente deveria ter explicado melhor.

Hazel soltou um suspiro.

— Ah, pai — sussurrou ela, balançando a cabeça. Noah apertou a mão dela, e Hazel se voltou para ele com um sorriso amargo. — Ele tem a melhor das intenções.

Noah riu.

— Eu sei.

— A cidade tem a tradição de discutir os assuntos de Dream Harbor em um fórum público — explicou o prefeito, com um sorriso, mas Kira apenas franziu a testa.

— E a minha propriedade é um assunto de Dream Harbor?

— Bem... hum... — Pete pigarreou. — Ficamos empolgados quando a terra foi comprada. Aquela fazenda guarda muitas lembranças especiais para a cidade e...

— Vou interromper você aí.

Kira levantou a mão, e Noah ficou impressionado com a coragem da mulher, apesar de se preocupar com a reação dos moradores. Ele sentiu um embrulho no estômago quando pensou na sua própria apresentação e em como ela seria recebida por todos. As velhas cabanas tecnicamente eram propriedade da cidade, portanto, se não conseguisse convencer o conselho, a ideia toda iria por água abaixo.

— Não vou reabrir a fazenda de árvores de Natal — declarou Kira, a voz firme. — Não foi para isso que comprei o terreno.

Um murmúrio de decepção percorreu o salão, mas ninguém falou nada.

— Eu adoraria conversar mais sobre isso, hum, em particular, se você preferir — continuou Pete.

— Não há o que conversar.

— É que você pode mudar de ideia. Veja só, eu tive um sonho que...

Kira balançou a cabeça, ignorando a história esquisita do sonho de Pete, um feito que Noah achou impressionante.

— Não vou mudar de ideia. E agora preciso ir. É só isso?

O prefeito parecia desolado. Noah sentiu pena do homem.

— É claro. Desculpe pela confusão.

Kira assentiu brevemente e voltou pelo corredor central, sem se dar ao trabalho de olhar para mais ninguém ao sair.

— Caramba — sussurrou Hazel. Ela se inclinou por cima do colo de Noah em direção a Logan. — Talvez você devesse falar com ela, de fazendeiro mal-humorado para fazendeira mal-humorada.

Noah abafou o riso no braço, fingindo que estava controlando um acesso de tosse do jeito que as sobrinhas tinham lhe ensinado.

— Rá. Rá — disse Logan.

— Boa — sussurrou Noah no ouvido dela.

Ele sentiu o perfume do que quer que Hazel usava nos cachos, o mesmo cheiro do travesseiro dela. E resistiu à vontade de inspirar fundo. Não ali. Não naquele momento, quando ele já estava meio duro só de pensar em voltar para a cama dela.

Não deveria estar pensando naquilo, e sim na apresentação de sua ideia de aluguel por temporada. As coisas tinham ido muito mal com Kira, mas a cidade estava ansiosa pelo empreendimento dela. Talvez estivessem abertos ao dele também.

Mas o prefeito tinha passado para o próximo item, algo a ver com uma mudança nos dias de coleta de lixo, e em seguida era o momento de a Associação de Pais e Mestres discutir os horários dos ônibus para o outono. E Hazel estava apoiada nele de uma forma muito relaxada.

Quando ela havia começado a traçar as tatuagens no braço dele com o dedo, em um movimento lento e distraído? E por que, quando se virou para fitá-la, ela o encarou daquele jeito?

Não. Ele precisava se concentrar. Aquela reunião era a oportunidade perfeita para apresentar seu plano. Tinha até pesquisado comparações de preços e falado com um corretor imobiliário da área, especializado em imóveis de temporada. Tinha feito o dever de casa!

— Ei — murmurou Hazel, provocando arrepios na pele dele. — Quer meter o pé?

Nossa, aquela com certeza era uma ótima ideia. Mas, pela primeira vez em sua maldita vida, ele estava tentando ser responsável. Hazel iria querer um cara responsável, não é? Um cara que tivesse mais coisas em seu nome do que um barco velho?

— O que os moradores da cidade iriam dizer? — sussurrou Noah, tentando se safar com uma brincadeira.

— Quem se importa?

Ela se importava. Ele sabia disso. Mas, por algum motivo, naquele momento Hazel não parecia ligar para as fofocas. Aquilo era uma coisa boa, certo?

— Você não quer ficar para saber do resto? A gente pode acabar perdendo alguma coisa importante.

Ao ouvir aquilo, Hazel ergueu a cabeça, a testa franzida.

— Você não quer... Quer dizer, achei que a gente poderia...

Caramba, ela ficava tão fofa vermelha daquele jeito. Noah estava batendo com o pé no piso antigo, em um movimento nervoso. Podia apenas contar para ela, explicar que precisava ficar para a parte do fórum aberto no final para poder expor a sua nova ideia, mas sentiu a garganta se fechando ao pensar naquilo. Quem ele estava enganando? Se não conseguia nem explicar a ideia para uma pessoa, como iria apresentá-la para um salão cheio de gente? Talvez nem quisesse aquilo de verdade. Afinal, ele não havia deixado tudo para trás porque não queria assumir aquele tipo de responsabilidade? Tinha uma vida boa, uma vida divertida, cheia de mulheres bonitas e sem compromisso algum.

Por que mexer em time que está ganhando?

— Só achei que a gente poderia fazer alguma coisa mais interessante do que ouvir sobre os negócios da cidade — continuou Hazel, baixinho. — Conheço um lugar onde ninguém vai nos encontrar.

A voz dela era tão tentadora, seu hálito quente acariciando o rosto dele. Era para *aquilo* que Hazel o queria. Era tudo o que ela havia pedido. Não um relacionamento. Hazel tinha sido muito clara desde o início: dois meses de diversão imprudente. Ele era o único ali que estava aumentando as coisas. O único convencido de que ela talvez o quisesse por outros motivos.

Mas Noah sabia quais eram os seus pontos fortes. E com certeza não eram empreendimentos nem relacionamentos sérios. Ele poderia ficar ali e ser ridicularizado pelos moradores aterrorizantes de Dream Harbor, ou poderia sair com aquela mulher maravilhosa. Na verdade, era uma decisão muito fácil.

— É, você tá certa. Vamos sair daqui.

Hazel abriu ainda mais o sorriso.

Uma decisão muito fácil.

Você nem sempre pode escolher o caminho mais fácil, Noah. Aquela fora a última coisa que o pai havia lhe dito antes que fosse embora de casa para sempre. E ali estava ele, ainda optando pela alternativa mais fácil.

Noah afastou a antiga lembrança da mente e pegou a mão de Hazel. Eles saíram do salão, fazendo muitas cabeças virarem no caminho. Mas a única opinião com a qual ele se importava era a de Hazel.

Mesmo que ela só o considerasse um passatempo agradável.

CAPÍTULO DEZENOVE

— Acho que você é melhor nessa coisa de se divertir do que você pensa, Haze.

A voz de Noah era um murmúrio baixo e rouco no ouvido dela, e as mãos dele estavam em sua bunda, puxando-a mais para perto.

— Estou melhorando.

Ela encontrou a boca de Noah no escuro e ele deixou escapar um gemido baixo. Hazel se inclinou na direção dele, que bateu com as costas nas prateleiras atrás, balançando o conteúdo das caixas que Hazel sabia que estavam guardadas ali.

— Pra que serve mesmo esse quartinho? — perguntou Noah, afastando-se do beijo apenas pelo tempo necessário para olhar ao redor.

Hazel acendeu a luz, iluminando o pequeno depósito. As prateleiras atrás de Noah estavam cheias de caixas plásticas enormes, abarrotadas de itens de decoração sazonal. E Hazel sabia daquilo porque fora ela que organizara. Estava quase na hora de resgatar as várias caixas etiquetadas como "outono" e decorar o prédio da prefeitura com guirlandas de folhas coloridas falsas e abóboras de plástico.

— Depósito de materiais. — Ela girou a tranca na porta. — Não se preocupe, ninguém nunca entra aqui. Muito menos depois do expediente.

O escritório do pai dela ficava no final do corredor, junto ao salão onde acontecia a reunião de moradores e algumas outras salas de funcionários. Além das prateleiras de metal lotadas, o depósito também guardava alguns móveis de escritório antigos, várias árvores de Natal artificiais ainda com os pisca-piscas e uma pilha de cones de trânsito. Na verdade, com a lâmpada fluorescente acesa, o lugar era meio deprimente.

Hazel franziu a testa.

— Talvez isso não tenha sido uma boa ideia.

Enquanto estava sentada naquela reunião, ela se dera conta de que já era quase setembro, que seu aniversário estava a apenas um mês de distância, que o tempo com Noah estava acabando e que...

Ela já sentia falta dele.

E não queria perder tempo. Muito menos para ouvir os prós e contras de uma nova empresa de coleta de lixo.

Mas ali, naquele depósito onde Dream Harbor escondia seu charme entre as estações, Hazel começava a achar que não havia sido uma decisão tão boa assim.

— Não, não é uma má ideia.

Noah se adiantou e passou um dedo pelo nariz dela, forçando-a com gentileza a parar de franzi-lo naquela expressão de desânimo.

— Só precisa de um pequeno ajuste.

Ele foi até a maior árvore de Natal, se abaixou para encontrar a tomada e ligou-a, fazendo a árvore se iluminar com luzinhas brancas. Então fez o mesmo com as outras duas e apagou a lâmpada do teto, banhando o depósito apenas com o brilho suave dos pisca-piscas.

Hazel sorriu.

— Muito melhor — falou Noah, puxando-a de novo para perto.

— Você é muito bom nisso.

— Em quê? Criar um clima?

Ele deu uma piscadela, brincalhão, mas Hazel não deixou de perceber a sombra que cruzou as suas feições enquanto fazia a piada, como se achasse que era bom apenas naquilo.

— Não. Em fazer eu me sentir bem.

Noah arregalou um pouco os olhos ao ouvir aquilo, a expressão de surpresa tão genuína que Hazel se perguntou como ele de fato se via. Será que não tinha noção de como era doce e amoroso? De como conseguia deixar todos ao redor mais felizes apenas sendo ele mesmo?

Hazel achou que deveria dizer aquilo a Noah, mas ele já estava abaixando a cabeça, beijando-a, mordiscando e chupando o seu pescoço, sussurrando novas palavras junto à pele.

— Vou fazer você se sentir ainda melhor.

Hazel gemeu. Ela não duvidava disso.

Ele abriu os botões da blusa dela um por um, expondo-a ao brilho suave do quartinho. Um sorriso se espalhou pelo rosto de Noah, que disse:

— Nunca vou me cansar disso.

Havia muita coisa subentendida naquela declaração, não é? Será que Noah queria continuar fazendo aquilo depois que o tempo combinado entre os dois acabasse? Será que *ela* queria?

As perguntas foram deixadas de lado quando a língua de Noah percorreu a pele dela, traçando o contorno dos peitos e mergulhando mais para baixo. Os mamilos de Hazel estavam muito rígidos sob o sutiã e ela não conseguiu evitar arquear as costas e soltar um gemido.

Ela também tinha a sensação de que nunca se cansaria daquilo.

Mas era loucura. Não deveria ser daquele jeito. Não era para aquilo que Noah se oferecera.

As mãos grandes dele correram pelas costas de Hazel, acariciando a pele nua, segurando-a bem junto ao corpo enquanto a beijava. A barba por fazer arranhou o rosto, a boca e o pescoço de Hazel, e a sensação abrasiva a distraiu de seus pensamentos. Noah cheirava a um dia ensolarado, a ar fresco e a liberdade.

Ele era verão e ela era outono. Ele era aventura e ela era conforto. Mas, naquele momento, no ponto de interseção entre as duas estações, naquele espaço que haviam criado para si mesmos, os dois se encaixavam perfeitamente.

— Deus, Hazel, você é tão perfeita...

As mãos dele traçaram a curva da cintura dela, o volume dos peitos. Ela o beijou, saboreando as suas palavras. Queria guardá-las dentro de si.

Gritos irromperam do salão abaixo e eles congelaram. A realidade de onde estavam e a possibilidade de serem pegos se infiltrou no pequeno depósito.

Noah deu uma risadinha baixa e profunda.

— Dramas da cidade.
Hazel riu também.
— Tem sempre alguma coisa.
Noah sustentou o olhar dela com os olhos escuros e vorazes, como se não desse a menor importância para a cena que se desenrolava no andar de baixo. Então, voltou a beijá-la com intensidade, como se estivessem ficando sem tempo.

Ele conseguiu abrir a calça de Hazel com uma das mãos, enquanto a outra permanecia no cabelo dela. E a beijou, a língua entrelaçada à dela, enquanto enfiava os dedos na calça de Hazel, parecendo subitamente ansioso para tocá-la.

Hazel já estava molhada e latejando quando ele roçou aquela área sensível, e o gemido que ela deixou escapar vibrou entre os dois. Noah segurou-a com firmeza, puxando seu cabelo de leve e fazendo faíscas dispararem por seu corpo, enquanto a acariciava exatamente onde ela mais precisava. Ele se lançou em um ataque brutal à boca de Hazel, e tudo o que ela conseguiu fazer foi ficar ali, as pernas trêmulas no depósito de materiais esquecido da prefeitura, e se deixar levar.

Hazel se agarrou aos ombros de Noah, o orgasmo avançando em sua direção com tanta rapidez que ela teve medo de perder o equilíbrio.

— Noah — arquejou, afastando a boca da dele. — Eu...
Ela pressionou a testa na do pescador, que a brindou com aquele sorriso travesso.

— Goze pra mim, Hazel. Bem aqui. Nesse depósito. Onde qualquer um poderia pegar a gente. — A voz de Noah era baixa, grave e maliciosa, e o olhar que ele lhe lançou pareceu queimá-la.

O orgasmo de Hazel foi rápido e intenso, e ela mordeu o lábio inferior para conter os gritos que ameaçavam escapar. As pernas dela estavam trêmulas, mas Noah passou um braço em volta da sua cintura para sustentá-la enquanto os tremores de prazer ainda a faziam estremecer. Devagar, ele tirou a mão do meio das pernas dela e lambeu os dedos. Hazel arregalou os olhos diante do gesto obsceno.

A risada baixa de Noah ecoou pelo corpo dela.

— E, no fim das contas, você também tem as suas taras... a emoção pelo risco de ser pega. Eu não sabia que você gostava disso.

— Eu não sabia que gostava de muitas coisas.

Noah deu um beijo na têmpora dela.

— Ainda bem que estamos descobrindo todas.

Hazel baixou a mão até o ponto em que a ereção dele ainda pressionava a frente da calça. Ela abriu o zíper, o que fez Noah deixar escapar um gemido que reverberou pelo depósito.

— Shh... — sussurrou Hazel, envolvendo-o com a mão.

— Jesus, Haze, eu não consigo ficar em silêncio com você fazendo isso.

Ela o encarou, sorrindo.

— Você vai ter que conseguir.

Hazel pressionou a boca à dele e capturou, com um beijo, todos os gemidos que Noah deixou escapar enquanto ela o acariciava. Àquela altura, depois de uma semana de testes, Hazel já sabia do que ele gostava, de movimentos rápidos e um pouco brutos. Noah deixou as mãos vagarem pelo corpo dela enquanto sentia seu toque, apertando seus peitos, sua bunda, puxando seu cabelo. Ele investia a cintura contra o punho fechado dela, aumentando a intensidade quanto mais se aproximava do orgasmo, seus movimentos ficando mais erráticos.

— Hazel, tô quase...

Ela ficou de joelhos e o tomou na boca, surpreendendo os dois.

— Você tem certeza? — perguntou Noah, de repente imóvel, a voz rouca, sem fôlego.

Hazel assentiu, girando a língua ao redor dele, e Noah não aguentou mais. O som que escapou de sua boca foi como um suspiro desesperado. Ele levou as mãos ao rosto dela, acariciando-a com o polegar. Em uma semana de primeiras vezes, Hazel acrescentou mais uma à lista e engoliu.

Noah puxou-a para cima.

— Hazel, você não precisava... isso foi... quer dizer... — Ele encostou a testa na dela, que não conseguiu conter um sorriso.

Pela primeira vez na vida, Hazel se sentia gostosa e poderosa, e estava reivindicando aquelas sensações ali, naquele momento, em um depósito de materiais apertado e esquisito. Talvez não precisasse mudar a própria vida, talvez precisasse mudar apenas o modo como *via* aquela vida. O modo como se via.

E naquele exato momento, sob as luzes cintilantes das velhas árvores de Natal, com Noah arquejando contra ela, Hazel se via como uma mulher muito sexy.

— Gostou?

— Hazel. — Noah passou os braços ao redor dela. — Eu gostei muito, muito, muito.

Ela beijou a ponta do nariz dele.

— Que bom. Eu também.

Noah balançou um pouco a cabeça.

— Esse tá sendo o verão mais surpreendente da minha vida.

Hazel riu.

— Da minha também.

— Você é uma garota muito divertida, Hazel Kelly.

— É, talvez eu seja.

CAPÍTULO VINTE

A cervejaria era mais interessante do que ela imaginara. Era pequena e rústica, com um interior aconchegante, onde as pessoas faziam os pedidos, e muitos assentos ao ar livre em várias fileiras de mesas de piquenique de madeira. Havia luzes penduradas nas árvores acima deles e uma música de fundo que parecia uma mistura de country, folk e rock saindo pelos alto-falantes. O ar cheirava a lúpulo e maçã madura, e o sol tinha acabado de desaparecer no horizonte, banhando o local com uma luz violeta.

— Então, como você descobriu esse lugar?

A cervejaria era nova, Marlow & Maeve's, mas já estava atraindo uma multidão de clientes.

— Mac comprou a cerveja nova deles pra servir no pub e eu adoro ser a cobaia. — Noah sorriu para ela por cima da cerveja em sua mão. — Quando descobri que estavam abrindo esse lugar, achei que seria perfeito para um encontro. Ainda bem que as suas pistas nos trouxeram até aqui.

Ele deu uma piscadela. *Ainda bem.*

Mas tinham sido as pistas dela? Ou as de Noah? Hazel já não sabia mais o que estava acontecendo ali. Seria possível que fosse ele quem estivesse deixando as pistas, como Annie sugerira? E se fosse, o que aquilo significaria? Era dia 3 de setembro, o que queria dizer que faltavam exatamente vinte e cinco dias até o aniversário dela, e o que exatamente Hazel havia conquistado de novo?

Alguns passeios divertidos.

Um novo apreço pelo verão.

Muitos orgasmos.

Descobrira o próprio desejo sexual.

Acabara se apaixonando pelo pescador gostoso.

Droga. O problema era aquele último item.

— O que foi, Haze? A sidra não tá boa?

O cabelo de Noah tinha crescido um pouco nas últimas semanas e estava um tantinho arrepiado de um lado naquele dia. Hazel teve vontade de arrumá-lo, mas, apesar de todas as coisas que os dois haviam feito juntos, o gesto parecia íntimo demais, e se sentiu perdida de novo. O que ela estava fazendo?

— O quê? — Hazel abaixou os olhos para o copo. — Não, tá boa. Muito boa, na verdade.

— Então por que você tá com essa cara?

— Que cara?

— Como se a sidra tivesse te ofendido.

Hazel deu uma risadinha e pegou um dos sacos de batatas fritas que eles tinham deixado entre os dois. A cervejaria tinha cerveja, sidra e petiscos. Ela havia optado pela batata frita com sal e vinagre, e deixou a acidez salgada se espalhar pela língua.

— Não houve nada.

— Mentirosa. — Noah deu um sorrisinho presunçoso.

— Eu só... — *Estou gostando demais de você para o meu próprio bem e já estou com medo do momento em que esse nosso acordo vai chegar ao fim.* — Só acho que gostei mais da primeira.

Eles ainda tinham algumas semanas pela frente, e Hazel não pretendia estragar tudo fazendo Noah se sentir desconfortável por causa dos sentimentos novos e inconvenientes que ela estava descobrindo. Sentimentos desapareciam, certo? Eram só todos aqueles orgasmos incríveis afetando o bom senso dela.

Certo.

— Quer que eu pegue outra pra você?

Hazel balançou a cabeça, tanto porque não queria outra sidra como também para se livrar dos pensamentos absurdos que não estavam deixando que tivesse seu verão imprudente em paz.

— Não, eu tô bem.

Noah ergueu uma sobrancelha e roubou de volta as batatas fritas com sal e vinagre, mas não discutiu.

Conforme escurecia, mais mesas ao redor deles iam sendo ocupadas. Grupos de pessoas conversavam e riam enquanto bebiam. Crianças corriam entre as árvores e os grupos de adultos. Casais se acomodavam nas cadeiras Adirondack ao redor de pequenas fogueiras particulares. Debaixo da mesa, as pernas de Noah estavam enroscadas nas dela.

Embora o dia estivesse quente, o tempo logo esfriou depois do pôr do sol. Hazel passou as mãos pelos braços descobertos para se aquecer, desejando que tivessem escolhido uma das mesas próximas à fogueira.

Seria ainda mais bonitinho no outono, pensou. Ela conseguia até imaginar os moradores de Dream Harbor usando suas camisas de flanela e fazendo o curto trajeto até lá para ver a mudança na cor das folhas e saborear uma sidra forte.

— Tá com frio? — perguntou Noah, já abrindo o zíper do moletom.

— Ah, não, eu tô bem.

— Você tá mentindo muito hoje, Haze — comentou ele, com um sorriso provocador.

Noah deu a volta até o lado dela da mesa e envolveu seus ombros com o moletom. Era grande e estava quente por conta do calor do corpo dele, e Hazel não conseguiu evitar se aconchegar no agasalho.

Era completamente absurdo, mas nenhum garoto, ou homem, como era o caso ali, havia lhe emprestado um moletom, um casaco ou mesmo um mísero cachecol para mantê-la aquecida. E era igualmente absurdo como ela se sentia feliz naquele momento, embrulhada no moletom de Noah.

Ele esfregou as costas dela, gerando mais calor com o atrito e com a proximidade.

— Tá melhor?

Hazel sorriu para ele como a tola apaixonada que era.

— Muito.

Sua adolescente nerd interior berrava em sua cabeça. O cara mais bonito da cidade tinha lhe emprestado o moletom e ela mal conseguia se aguentar.

Ainda bem que era uma mulher madura e adulta e não estava deixando transparecer. Provavelmente. Hazel não tinha como saber que expressão estava fazendo.

Noah passou o braço ao redor dela enquanto terminava a cerveja e Hazel se deixou aconchegar junto a ele. Ela tinha certeza de que deveria haver um ou dois dreamers em algum lugar por ali e de que a fofoca chegaria à cidade em minutos, mas realmente não parecia se importar.

Apesar de toda a energia que gastava se perguntando o que as pessoas pensavam a respeito dela, os cochichos sobre o seu relacionamento com Noah não a incomodavam nem um pouco.

Talvez porque você goste dele de verdade e ele pareça gostar de você, então qual seria o problema se a cidade inteira soubesse?!

Caramba, aquela voz interior estava ficando muito atrevida.

— A propósito, você nunca vai ter esse moletom de volta.

Noah riu.

— Tudo bem, considere uma lembrança do VIDHAN.

Os devaneios de Hazel do tipo você-tá-a-fim-de-um-garoto foram interrompidos de forma brusca. Uma lembrança. Uma lembrança para recordar algo que tinha uma data específica para terminar, como férias.

— É. Isso mesmo.

Hazel terminou a sidra e se concentrou na lata, e não nas palavras de Noah, nos braços dele e no moletom absurdamente aconchegante.

Aquela coisa entre os dois era temporária. Aquela era a ideia, certo? Para ser sincera, não sabia mais.

— Ei, posso mostrar uma coisa pra você?

Hazel levantou o rosto e encontrou um Noah parecendo estranhamente inseguro.

— É claro.

— Ótimo, vamos sair daqui.

Eles recolheram o lixo e voltaram pelo estacionamento de cascalho até o carro de Noah. Hazel segurou firme nas mangas grandes demais do moletom dele, repetindo para si mesma a informação muito importante de que aquilo entre os dois era só uma diversão imprudente.

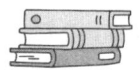

— Hum... tcharã?

Noah acendeu a lanterna à pilha que mantinha perto da porta e iluminou o espaço pequeno.

— Noah, onde a gente tá... Espera, você mora aqui?

Hazel o encarou, e ela parecia tão pequena e doce, enrolada naquele moletom, que Noah precisou desviar os olhos ou acabaria beijando-a e esquecendo todo o plano de contar... bem, o plano.

— Mais ou menos — respondeu ele, com uma risadinha. — Não conte ao seu pai. Ainda não sei se isso tudo é ou não extremamente ilegal.

Hazel arqueou as sobrancelhas.

— Ah, com certeza é ilegal.

Eles estavam na cabana parcialmente reformada da praia, a cabana pela qual ele não tinha pagado um tostão, nem conseguido qualquer tipo de permissão para reformar ou para morar nela... Talvez levar Hazel ali tivesse sido um erro.

Mais uma ideia impulsiva. Assim como abandonar a escola, assim como sair de casa, assim como se envolver com aquela mulher. A mulher que o encarava como se ele fosse louco e quem sabe um criminoso.

Droga. Não deveria ter levado Hazel ali. Ele tinha acabado de, em uma única decisão idiota, destruir o que quer que houvesse entre eles, e ainda o plano maluco de reforma das cabanas. Seria tarde demais para reverter a situação? Deveria apenas mentir sobre tudo?

— Mas é lindo — comentou Hazel, interrompendo os pensamentos de Noah.

— É?

— Claro. Noah, é lindo aqui. Foi você que fez tudo isso?

Ela passou a mão pelas bancadas rústicas que ele havia instalado na cozinha e estudou o interior da pequena cabana. Noah a observava enquanto Hazel prestava atenção em cada detalhe do trabalho que ele tinha feito. Os pisos que havia reformado, o teto que tinha ajeitado depois de consertar o telhado, as paredes que havia pintado, as janelas que substituíra. Ela levou a lanterna, iluminando o trabalho dele. Noah nunca tinha sido muito bom em ficar ocioso, e aquela cabana havia se tornado o hobby a que se dedicava em seu tempo livre. A verdade era que tinha ficado muito boa, se fosse honesto consigo mesmo.

E pareceu ainda melhor quando ele viu a expressão no rosto de Hazel.

— Hum... foi. Quer dizer, eu tive a ideia de reformar as outras também. E talvez fazer alguma coisa como um aluguel das cabanas por temporada...

Os olhos dela se iluminaram.

— Noah, que ideia incrível! As pessoas iriam adorar! E é como ficar hospedado em um pedacinho da história. Ai, meu Deus, a gente poderia pesquisar quem construiu e quando, e para que foram usadas no passado. E nós poderíamos colocar plaquinhas explicativas em cada uma!

Hazel andava por toda a cabana enquanto falava, passando pela cadeira que Noah tinha encontrado no brechó e pelo colchão que ele havia enchido de travesseiros que encontrara na última vez que fora à loja de artigos para casa. Travesseiros que havia comprado para Hazel, enquanto a imaginava na sua cama.

Ela terminou a volta pela cabana e parou de novo em frente a ele na cozinha pequena, onde Noah estava, ao lado da porta da frente, ouvindo-a ficar animada por ele, ouvindo-a usar a palavra "nós" quando falava sobre ideias para as casas.

Hazel estava sorrindo. Estava radiante, na verdade. Tinha *gostado* da ideia dele.

— Então você acha que é uma boa ideia?

— É uma ótima ideia. — A ruga de preocupação apareceu entre as sobrancelhas dela. — Mas você tem alguns obstáculos pelo caminho. O principal é que essas cabanas velhas são propriedade da cidade.

— Certo.

— Você deveria falar sobre isso em uma reunião de moradores.

Noah passou a mão pelo cabelo, lembrando-se do que tinha acontecido na última reunião. Uma onda de calor percorreu o corpo dele quando se lembrou de Hazel de joelhos à sua frente. Hazel devia estar se lembrando exatamente da mesma coisa, porque seu rosto ficou vermelho e os olhos se arregalaram.

— Você queria ficar.

Ele balançou a cabeça.

— Não, eu queria muito sair de lá com você.

— Noah.

— Hazel.

Ela franziu a testa, a mão na cintura.

— Você deveria ter me contado. A gente poderia ter ficado.

Ele deu um sorrisinho atrevido, esperando conseguir esconder como tinha se sentido inseguro e apavorado ao pensar em apresentar a ideia para toda a cidade.

— Acho que nos divertimos muito mais naquele depósito apertado.

Hazel não acreditou na sua desculpa. Aquela boca perfeita dela continuava franzida.

— Você precisa pelo menos falar sobre isso com o prefeito.

— Com o seu pai.

— Gosto de me referir a ele como prefeito quando o assunto é o trabalho dele.

Noah reprimiu um sorriso.

— É claro.

— Estou falando sério. Você deveria conversar com ele. Acho sua ideia maravilhosa, Noah. Você fez um trabalho lindo aqui e, se continuar, acho que poderia ser realmente incrível para a cidade e para você... e...

Ela se interrompeu quando Noah segurou seu rosto entre as mãos. Ele precisava beijá-la, precisava interromper todas aquelas palavras lindas e maravilhosas que estavam saindo da boca dela porque não conseguia absorvê-las. Precisava desacelerar aquele fluxo. Queria explorá-las uma por uma, devagar. Queria colocá-las no parapeito da janela como tesouros secretos.

Hazel Kelly achava que ele tinha feito uma coisa linda. Pela primeira vez em muito tempo, Noah não se sentia um fracasso. E, por um instante, tinha a sensação de que poderia ser digno de uma garota como Hazel.

Noah queria permanecer naquele instante para sempre. Então ele a beijou, do jeito mais longo, lento e doce que conseguiu. Mas a doçura logo se tornou desesperada, e Hazel começou a gemer baixinho contra sua boca, segurando com força os ombros dele.

Noah queria empurrá-la para a cama, queria deitá-la em cima de todos aqueles travesseiros e beijá-la em todos os lugares. Queria saboreá-la. Queria sentir as pernas de Hazel ao redor da cintura enquanto ele a penetrava. Ela se afastou de repente.

— Espera.

Noah parou, as mãos ainda enfiadas nos cachos dela, a mente ainda cinco passos à frente do que eles estavam fazendo.

— O que foi?

— Você não pode continuar fazendo isso.

— Fazendo o quê?

— Me distraindo desse jeito sempre que a gente tá falando sobre alguma coisa real.

— Isso também é real.

Ele abaixou a cabeça para beijá-la mais uma vez, mas Hazel voltou a se desvencilhar do seu toque.

— Isso é você fugindo.

As palavras dela doeram.

— Você acha mesmo que me conhece, não é, Hazel?

— Só quero que a gente possa conversar sem você usar o seu...

— O meu o quê?

— Sem você usar o seu corpo pra me distrair.

Noah sabia que o sorriso em seu rosto era cruel, sabia que estava atacando só porque estava muito feliz há apenas um instante, e que lá estava ele, sentindo mais uma vez que não podia oferecer nada novo, mas não conseguia se conter.

— Não é por isso que você tá aqui? Pra aprender a se divertir antes de fazer trinta anos? Era isso que você queria de mim.

Ela fechou a cara e Noah se perguntou como aquela noite de repente tinha dado tão terrivelmente errado.

— Então talvez seja melhor a gente parar.

As palavras de Hazel soaram altas e definitivas na pequena cabana. Noah sentiu uma onda de pânico dominá-lo. Pânico de perdê-la. Pânico diante da possibilidade daquilo entre eles acabar antes que tivesse a chance de convencê-la a ficar.

Precisava voltar atrás, consertar aquela situação antes que Hazel fosse embora.

— Eu não quero parar.

Não era lá um argumento espetacular, mas pelo menos Hazel se deteve em seu caminho até a porta. E se virou para encará-lo.

— Desculpa.

Noah piscou. Por que ela estava se desculpando quando era óbvio que era ele que estava sendo um idiota?

— Desculpa se eu fiz você se sentir assim, se eu fiz você achar que eu estava só usando você... pra coisas físicas. Não era essa a minha intenção. É só que... achei que fosse isso que você preferia... e não queria deixar você desconfortável, mas dá pra ver que estraguei tudo. — Ela deu um sorrisinho sem graça. — Então, vamos terminar isso como amigos, tá certo? Antes que a gente piore as coisas.

Amigos? De repente, aquela se tornou a pior palavra em que ele poderia pensar.

— Hazel, não, escuta. *Eu* peço desculpas. Estou agindo como um imbecil. Esse verão tá sendo incrível. Passar o meu tempo com você é incrível.

Ela soltou uma risadinha incrédula.

— Você não precisa mentir pra mim, Noah.

Ele deu um passo na sua direção, mas não tocou nela. Não usaria o corpo para distrair Hazel. Não daquele assunto. Precisava que ela entendesse sem qualquer dúvida.

— Tenho amado passar o meu tempo com você, Hazel Kelly. Tenho amado tudo isso.

— Tem?

Noah estendeu a mão e colocou um cacho de cabelo atrás da orelha dela.

— Tenho, claro.

Ela abriu ainda mais o sorriso.

— E eu só... desculpa. Eu fico inseguro com esse meu plano e descontei em você, o que é uma coisa horrível de se fazer.

— É verdade — falou Hazel.

Noah se aproximou mais e voltou a segurar o rosto dela com as duas mãos.

— Eu vou falar com o seu... com o prefeito.

— Ótimo. Mas não faça isso por minha causa. Faça por você, Noah.

A habilidade de Hazel de atingi-lo direto no coração ainda o pegava desprevenido.

— Você é muito sensata, Hazel Kelly.

Ela deu de ombros.

— É porque sou muito mais velha que você.

Ele riu.

— Ainda bem que acho mulheres mais velhas muito atraentes.

Hazel esticou o corpo para beijá-lo na boca, mas não se demorou.

— Preciso ir.

— Tem certeza?

Noah a viu pesar os prós e os contras mentalmente, os pensamentos transparentes em seu rosto. Ele com certeza tinha errado feio naquela noite, e Hazel talvez o tivesse perdoado, mas pelo visto não o bastante para ficar ali e rolar com ele naqueles travesseiros.

— Sim, tenho certeza.

— Tá certo, eu levo você.

— Obrigada.

— E… hum… — Noah pigarreou. — E as pistas?

Hazel deu um sorrisinho.

— Eu aviso se aparecer mais alguma.

Era vergonhoso admitir como tinha ficado aliviado com as palavras dela. Ainda não estava pronto para que as coisas entre ele e Hazel acabassem. E iria se agarrar àquele verão pelo tempo que pudesse.

Pelo tempo que ela deixasse.

CAPÍTULO VINTE E UM

A livraria cheirava a canela, manteiga e cobertura de baunilha. Era domingo. Dia de rolinho de canela. E a loja estava lotada. O tempo tinha ficado cinza e chuvoso, forçando um fim abrupto ao calor de verão que durara pouco, e de repente a cidade estava adorando ficar ali dentro, com copos do café de Jeanie na mão e mordiscando rolinhos de canela, enquanto todos procuravam sua próxima leitura.

Hazel tentou não se preocupar com dedos melados pegando nos livros. Ela tinha avisado a Melinda que oferecer um doce pegajoso e coberto de glacê toda semana poderia ter consequências indesejadas, como mercadorias danificadas, mas a chefe ignorou o alerta.

Melinda queria rolinhos de canela. Então ela teria rolinhos de canela. Hazel tinha feito um acordo com Annie para receber entregas semanais, e a cidade toda corria para a livraria atrás dos rolinhos.

E Hazel precisava admitir que tinha sido bom para os negócios. A maior parte das pessoas saía agitada por causa do açúcar e com um livro na mão. Além do mais, o ar era tomado por um cheiro incrível. E Annie já tinha deixado um rolinho quente debaixo do balcão, para Hazel comer entre um cliente e outro.

— Oi, Hazel.

Logan segurava um saco com rolinhos para viagem em uma das mãos e o último livro da série de romances que Jeanie estava lendo na outra.

— Oi. Jeanie tá enrolada essa manhã?

— Ah, e como, mas ela precisa da dose semanal de rolinho de canela.

Ele ergueu o saco com um sorrisinho. O amigo parecia feliz. Era como se ele fosse o mesmo Logan de sempre, mas com um brilho novo nos olhos. Era bom de ver. Hazel estava feliz por ele ter encontrado Jeanie. Ou por ela tê-lo encontrado, o que talvez fosse o caso.

— Então, Annie mencionou alguma coisa sobre pistas em livros...

Hazel revirou os olhos. Não havia segredos naquela cidade. Mas ela não se importava que Logan soubesse. Entre todas as pessoas, ele com certeza não sairia falando disso por aí. Logan olhou para trás, mas não havia fila no caixa. Estavam todos reunidos em volta da mesa que tinha sido montada nos fundos com os rolinhos de canela. Alex e Lyndsay estavam tomando conta da mesa naquela manhã. Hazel olhou naquela direção e viu que a última bandeja de rolinhos estava quase vazia.

— É, foi estranho, mas não encontro mais pistas já faz mais de uma semana, então... Acho que acabou. Seja lá o que tenha sido.

Ela tentou não deixar transparecer a decepção na voz, mas, pela forma como as sobrancelhas de Logan se ergueram, viu que não tinha conseguido.

— E... Noah?

— O que tem ele?

Logan pigarreou, parecendo desconfortável.

— Eu só queria me certificar de que... quero dizer... ele...?

— Arruinou a minha reputação para o mercado de casamentos? Acho que você anda lendo muitos romances de época, Logan.

O amigo fechou a cara e Hazel não conseguiu conter uma gargalhada. Ela não sabia o que estava acontecendo com Noah. Não o via desde o desentendimento dos dois na casa dele. Depois de ela provavelmente tê-lo pressionado demais.

Se era Noah quem estava deixando as pistas, ele havia parado. E se não tinha sido ele, ninguém mais estava deixando também, e Hazel não conseguiu inventar outra desculpa para se encontrar com ele. Assim, não o vira mais. Já havia uma semana. E estava fingindo muito bem que não se sentia mal com aquilo.

— Não foi isso que eu quis dizer. Eu só queria ter certeza de que você tá... bem.

Hazel sorriu para ele, seu doce e velho amigo, que só queria cuidar dela.

— Eu tô bem, obrigada.

Logan assentiu, o alívio evidente.

— Certo, ótimo.

— Nove e noventa e cinco.

— O quê?

— Pelo livro.

— Ah, tá certo, desculpa.

Ele passou o cartão de crédito e Hazel enviou o recibo por e-mail.

— Boa leitura — disse ela, com um sorriso, mas se deparou com a carranca de Logan.

— Não é pra mim.

— Ah, nem tente fingir que você não lê quando Jeanie não está olhando.

O rubor que surgiu acima da barba de Logan deixou claro que ela estava certa.

— São muito informativos — comentou ele.

Hazel riu.

— Aposto que são.

— Até mais, Haze.

— Tchau. Diz pra Jeanie passar aqui depois de fechar. Ah, e o irmão dela vem visitar a gente?

Logan parou, já a caminho da porta.

— Vem. Ele vai ficar no apartamento em cima do café. — Logan abriu ainda mais o sorriso. — E Jeanie vai ficar comigo.

— E aquele anel que a sua avó deu pra você?

Seu melhor amigo estava quase radiante.

— Vai estar no dedo dela até o fim do ano.

— Que convencido da sua parte.

Ele deu de ombros.

— Quando a gente sabe...

Hazel assentiu enquanto Logan abria a porta e saía depois de se despedir dela com um aceno. Quando a gente sabe...

O que Hazel sabia? Bem, naquele momento, ela sabia que estava feliz por dias chuvosos e rolinhos de canela. Sabia que amava trabalhar na livraria, mesmo que tivesse dúvidas às vezes.

Sabia que era atraente. Aquilo era novo. E ela estava gostando.

Seus pensamentos se voltaram para aquele momento no depósito de materiais da prefeitura, para o dia na praia e para o beijo no canteiro de mirtilos. Mas naquele momento, em vez de pensar em Noah, Hazel pensou em como *ela* tinha sido corajosa, como tinha sido ousada, como tinha tomado a iniciativa.

A conclusão a que havia chegado na noite da reunião de moradores soou ainda mais verdadeira nos dias seguintes. Ela não precisava de uma nova vida, não precisava ser uma nova pessoa. Só precisava olhar para si mesma, para a vida que já tinha, com uma nova perspectiva.

Sob o brilho romântico de algumas árvores de Natal velhas e empoeiradas, ou sob a luz de fim de tarde de uma praia vazia, ou sob as luzes da roda-gigante, Hazel era divertida. E interessante. E talvez Noah estivesse ao seu lado quando ela percebeu aquilo, talvez ele tivesse trazido aquilo à tona nela, talvez a tivesse convencido de que era desejável, mas Hazel poderia manter tudo aquilo mesmo se ela e Noah parassem de se ver naquele exato momento.

Com o aniversário a apenas duas semanas de distância, Hazel sentia que enfim estava pronta para abraçar os trinta anos. Afinal, era só um número.

Mas, mesmo que estivesse convicta daquilo, ela não conseguia afastar os olhos da seção de romance e dos livros enfileirados e arrumados nas prateleiras. Só por via das dúvidas. Porque mesmo sabendo que era interessante e atraente sem Noah, Hazel também sabia como as coisas eram divertidas quando estava com ele. E não conseguia evitar querer um pouco mais de tempo com o pescador.

Ou muito mais tempo.

Ela colocou outro pedaço de rolinho de canela na boca antes de Kaori se aproximar do balcão, e deixou o açúcar disparar em sua corrente sanguínea.

— Bom dia, Hazel — disse a mulher, o tom animado.
— Bom dia. Você encontrou tudo de que precisava?
— Encontrei! — Kaori pousou a pilha de livros que tinha nos braços em cima do balcão. — Não consegui me conter. Tem livros bons demais essa semana!
— Tenho levado a sério as suas sugestões.
— Eu sei. E o clube do livro agradece. — Kaori colocou uma mecha do cabelo liso, em um corte chanel, atrás da orelha e sorriu. — Ah, mas esse eu não vou querer. — Ela tirou o livro que estava em cima da pilha. — Está danificado.

O coração de Hazel acelerou quando ela examinou o livro. Uma página bem no meio estava dobrada no canto de cima. Quando levantou de novo os olhos, Kaori piscou para ela.

— Você... fez isso?

A mulher levou a mão ao peito como se estivesse profundamente ofendida.

— Eu jamais faria isso!

Hazel bufou.

— Ué, então quem fez?

Ela enfiou o livro debaixo do balcão, colocando-o ao lado do seu café da manhã. Lidaria com aquilo mais tarde.

Kaori deu de ombros e estudou a loja cheia. Alex e Lyndsay estavam arrumando as bandejas e sacolas de papel, e havia uma plaquinha de "esgotados" pendurada em frente à mesa onde antes estavam os rolinhos de canela.

— Pode ter sido qualquer um. Acho que metade da cidade esteve aqui hoje.

Metade da cidade, com exceção de um certo pescador ruivo.

— Quem você acha que fez isso? — perguntou Kaori, inclinando-se para a frente em uma atitude conspiratória.

Hazel se concentrou em escanear os livros da pilha e guardá-los na bolsa de Kaori.

— Eu não sei. Mas isso precisa parar. Estão estragando o meu estoque.

— Aham — concordou Kaori, a boca franzida. — Mas até que é um mistério divertido.

— É criminoso.

Uma risadinha escapou de Kaori antes que ela se forçasse a ficar séria de novo.

— É verdade.

Hazel semicerrou os olhos para a presidente do clube do livro. Aquela mulher sabia mais do que estava deixando transparecer, o que significava que todos sabiam mais do que estavam deixando transparecer, o que significava que Hazel estava sendo mais uma vez excluída de uma piada interna. E ela odiava aquela sensação.

— Não se preocupe, Hazel. — Kaori interrompeu seus pensamentos. — Tenho certeza de que é só uma brincadeira inocente.

— É claro.

— A gente se vê na quarta-feira!

Kaori pendurou a bolsa de livros no ombro.

— Tchau. Obrigada pela compra!

Hazel mal olhou para a cliente enquanto se despedia, de tão obcecada que estava com a nova pista embaixo do balcão, com quem a deixara e por quê, e se aquilo significava que ela poderia mandar uma mensagem para Noah...

Tinha prometido avisá-lo se encontrasse outra pista.

E Hazel não quebrava promessas.

A quantidade de pessoas na livraria diminuiu de forma significativa depois que os rolinhos de canela acabaram, então Hazel aproveitou a oportunidade para dar uma olhada no livro. Talvez daquela vez a frase destacada deixasse mais óbvio quem estava fazendo aquilo. Talvez o criminoso estivesse pronto para confessar.

O navio cortou as ondas, jogando os cachos de Arabella ao redor do rosto. Borrifos de sal molhavam sua face, e o vento agitava as suas saias. Ela tinha a sensação de estar voando.

Eita, caramba.

Hazel desviou a atenção da página, meio que esperando encontrar Noah sorrindo para ela, mas não havia nenhum pescador sorridente na loja, o que era suspeito. Ela supôs que Noah poderia ter pedido para outra pessoa deixar as pistas. Alguém como certa presidente intrometida de certo clube do livro. Ou talvez até mesmo o melhor amigo dele, Logan.

Parada ali, com o livro na mão, o frio em sua barriga já se espalhando com a emoção de poder rever Noah, Hazel descobriu que não se importava com a forma como aquela pista tinha chegado ali — estava feliz simplesmente por *haver* uma nova pista. Ela pegou o celular e mandou uma mensagem rápida para o seu parceiro do VIDHAN, torcendo para que ele ainda tivesse disposição para mais algumas aventuras.

CAPÍTULO VINTE E DOIS

Noah estava lendo o último romance de fantasia que Hazel havia recomendado quando o celular vibrou na cama.

Hazel.

Hazel, a mulher que ele vinha evitando, mas em quem pensara constantemente ao longo da última semana. Ele queria vê-la, é claro. Quase tinha entrado na livraria meia dúzia de vezes na semana anterior, mas do jeito que as coisas tinham terminado naquela outra noite, Noah achou que Hazel talvez quisesse um pouco de espaço. Talvez um pouco de distância, um tempo para respirar, fosse bom.

Mas, com o nome dela piscando na tela do celular, Noah se deu conta de como tinha sido idiota e de como estava feliz ao ver que havia recebido uma mensagem dela. E de como não queria distância alguma entre os dois, nem mesmo de um centímetro.

Outra pista! Topa?

É claro que sim!

Talvez ele devesse ter agido de um jeito mais descolado? Esperado mais de meio segundo para responder? Mas Noah não se importava. Ele não era descolado perto de Hazel.

Ela o respondeu apenas com um emoji sorridente, o que o fez presumir que ela devia estar ocupada no trabalho. Não que aquilo tornasse mais fácil a espera por mais notícias.

Noah voltou a abrir o livro que estava lendo e se perdeu nas páginas. Aqueles romances de fantasia épica pareciam ser o antídoto para a sua ansiedade. Quando estava imerso na história, todo o resto desaparecia. Se alguém tivesse lhe dito um ano antes que ele estaria devorando com regularidade livros de quinhentas páginas, Noah jamais teria acreditado. Mas amava aquilo. O que começou como uma desculpa esfarrapada para ver Hazel tinha se transformado em algo de que de fato gostava.

No mínimo, aquela paixonite por ela havia lhe garantido um novo hobby, uma maneira de acalmar o corpo e a mente. Era bom ficar deitado ali em um dia chuvoso, de moletom, absorto em outro mundo. Se a escola tivesse sido daquele jeito, ele com certeza teria terminado os estudos.

Mas provavelmente não se pode aprender cálculo com um lobisomem.

Noah leu alguns capítulos, mas foi interrompido pelo toque do celular. Ele estava esperando a ligação, mas ainda assim seu coração deu um pulo com a ideia de que poderia ser Hazel.

Não era, mas eram as suas duas segundas pessoas favoritas para conversar.

— Tio Noah!

— Oi, meninas. — Ele se apoiou na pilha recém-adquirida de travesseiros. Os rostos das sobrinhas estavam juntos na tela. — Como vocês estão chiques nesta manhã.

Cece estava usando uma tiara no cabelo escuro e com um batom rosa brilhante todo borrado. Ivy, por outro lado, estava no modo zumbi completo, o rosto coberto de um branco assustador, inclusive com sangue falso escorrendo do canto da boca.

— A gente tá testando fantasias de Dia das Bruxas — informou Cece, e endireitou a tiara. — Acho a da Ivy assustadora demais.

— O Dia das Bruxas é pra ser assustador! Não é, tio Noah?

— Acho que as duas opções são ótimas.

Noah não se deu ao trabalho de lembrar às meninas que o Dia das Bruxas ainda demoraria um mês e meio para chegar. Ele sabia que o evento era um negócio sério para aquelas duas e o processo de escolha das fantasias começava cedo. Também sabia que aquelas fantasias provavelmente apareceriam em todos os feriados depois do Dia das Bruxas.

Ivy franziu a testa e ele teve que conter um sorriso diante da zumbizinha carrancuda.

— Você vem visitar a gente logo?

As meninas estavam passando o celular uma para a outra e, por um momento, Noah se viu olhando apenas para o teto da casa da irmã, mas ouviu a pergunta de Cece em voz alta e clara.

— Isso! Você vem pro Dia das Bruxas? — O rosto de Ivy preencheu a tela mais uma vez, os olhos azuis muito abertos, implorando.

Caramba. Como dizer não para aqueles rostinhos?

— Meninas, vocês sabem que o tio Noah é muito ocupado.

A voz da irmã dele veio de algum lugar no fundo. As meninas estavam passando aquele fim de semana na casa de Rachel. Ele sabia que as irmãs se revezavam para cuidar das duas aos domingos, de modo que pudessem ter um dia de folga.

O jeito como Ivy assentiu, como se fosse óbvio que ele não iria visitá-las e ela já tivesse aceitado aquilo, quase o matou.

— Mas talvez eu vá no Dia de Ação de Graças. — As palavras saíram antes que Noah conseguisse impedir.

— Sério?!! — gritou Cece. — Ouviu isso, mamãe? O tio Noah vai vir pro Dia de Ação de Graças, você vai poder contar tudo sobre o bebê na sua barriga!

Noah estremeceu. Não havia mais como voltar atrás.

— Tudo bem, me deixe falar com o tio de vocês, por favor.

Mais uma vez a tela foi ocupada por partes da casa de Rachel, partes da vida da irmã que ele raramente via por causa da própria teimosia.

— Oi, Rach.

Rachel estava com a testa franzida. Um bom começo.

— Por favor, não dê muitas esperanças a elas, Noah.

— Nossa. Me dê uma chance de realmente decepcionar você antes de ficar brava comigo.

Ela soltou um longo suspiro e ergueu os olhos para o teto, como se estivesse procurando forças lá em cima.

— Escuta, Noah. Tem duas meninas aqui que amam você e, pra ser bem sincera, estou passando mal demais com essa gravidez pra aliviar as coisas pro seu lado nesse momento.
— Por falar nisso, parabéns.
— Obrigada. — Ela passou um dedo pela ponte do nariz, como fazia quando estava prestes a ter uma dor de cabeça. — A gente ia contar logo, mas é que aconteceram algumas complicações, então não quisemos nos precipitar...
— Complicações? — Noah sentiu o coração apertado.
— É, no começo a gente não tinha certeza se a gravidez iria... se a gente iria... — Rachel acenou com a mão na frente da tela, afastando a preocupação dele, mas de repente as suas olheiras ficaram óbvias, o sulco entre as sobrancelhas mais profundo. — Está tudo melhor agora. Só espero não ter que ficar de cama.
— De cama? — murmurou Noah. — Jesus, Rach.
Ela deu um sorrisinho fraco e o coração de Noah se partiu. Sua irmã forte e aparentemente invencível estava sofrendo, e ele ali, pensando apenas nas suas próprias bobagens.
— Só venha pra casa pras festas de fim de ano, tá bom? Não sei o que você anda contando pra si mesmo sobre todo mundo estar bravo com você ou decepcionado ou sei lá o quê. Só o que a gente quer é te ver.
Primeiro os rostinhos das sobrinhas e depois aquilo?
— Não é coisa da minha cabeça, Rach. Você sabe como o papai reagiu depois que eu larguei a escola. E depois que saí da empresa...
— Todas aquelas desculpas pareciam muito frágeis diante do estresse da irmã.
— Eu sei. O papai queria o melhor pra você! Mas você precisa deixar isso de lado. Ele deixou. E a empresa está indo bem, obrigada.
— Não foi isso que eu quis dizer.
Noah sabia que as irmãs faziam um trabalho incrível na direção dos negócios da família, mas também sabia que os pais tinham ficado chateados com a decisão que ele tomara, que por anos haviam imaginado todos os filhos trabalhando juntos na empresa que construíram. E ele arruinara aquilo.

Noah tinha chegado a conversar com os pais depois de ir embora, mas sempre havia uma decepção oculta quando se falavam, os dois esperando que o filho recuperasse o juízo. Mas talvez ele estivesse interpretando errado? Talvez o pai e a mãe só quisessem que ele ficasse... bem.

— Pense nisso, Noah. Não quero que o seu novo sobrinho ou sobrinha te conheça apenas como um rosto na tela, tá bem?

Ele assentiu, sentindo a garganta apertada diante da emoção repentina de pensar naquela nova pessoinha na sua vida.

— E se você quiser trazer alguém para o Dia de Ação de Graças... vai ter espaço suficiente.

— Quem eu levaria?

Rachel tentou manter uma expressão inocente no rosto, mas sempre tinha sido uma péssima mentirosa.

— As meninas comentaram que você estava dormindo na casa de uma pessoa na última vez que ligaram. Aliás, desculpa por elas terem incomodado.

Noah deu de ombros.

— Tá tudo bem.

— De qualquer forma, se a pessoa dona daquela casa for séria, sinta-se à vontade para trazê-la.

— Não é sério.

Rachel arqueou uma sobrancelha escura. As duas irmãs dele tinham cabelo escuro. Ele fora o único a herdar o cabelo ruivo da família do pai.

— E por que não?

Noah deu uma risadinha autodepreciativa.

— Eu não levo nada a sério, Rach.

De alguma forma, ela ainda tinha a incrível habilidade típica das irmãs mais velhas de farejar quando ele estava mentindo.

— Mas poderia. Poderia levar essa pessoa a sério.

— Mulher.

— Essa mulher. O que ela acha da ideia?

O que Hazel achava? Noah achava que sabia, mas naquele momento não estava se sentindo muito confiante em relação a nada.

Ele deu de ombros.

— Ela só está procurando uma diversão casual, como eu.

Rachel franziu de novo a testa e um vinco profundo se formou entre as suas sobrancelhas.

— O que começa casual pode se tornar sério. Sabe, Patrick e eu começamos como um caso de uma noite só.

— Eu não precisava saber disso.

— Eu não ia entrar em detalhes!

Noah riu. Era uma sensação boa. Era bom estar conversando com a irmã. Talvez ele fosse mesmo passar o Dia de Ação de Graças com a família. Talvez conseguisse não passar o tempo todo pensando nas besteiras que tinha feito ao longo dos anos.

Talvez levasse Hazel.

— Vou pensar a respeito. Sobre trazer uma convidada, quero dizer.

Rachel sorriu.

— Ótimo. Isso deixa essa mulher grávida e emotiva muito feliz.

As próximas palavras escaparam da boca de Noah antes que ele se desse conta do que estava dizendo.

— Talvez eu devesse ir para aí antes...

Rachel arregalou os olhos.

— Antes?

— É, bem, tenho passeios de pesca agendados para mais algumas semanas, mas talvez seja melhor eu voltar para casa depois disso e ajudar um pouco... sabe, até você se sentir melhor.

O sorriso aliviado que iluminou o rosto da irmã foi decisivo para ele. Noah precisava ir para casa.

— Noah, isso seria... maravilhoso.

— Não consigo fazer a maior parte das coisas que você faz.

— Ah, eu sei disso — concordou Rachel com uma risada. — Mas a gente pode encontrar muitos jeitos de botar você pra trabalhar. Com Patrick ainda em missão, ter você aqui seria uma grande ajuda. — Ela enxugou uma lágrima com as costas da mão e balançou a cabeça. — Desculpa. São os hormônios.

— Não se preocupa.

Noah também estava vivendo a própria montanha-russa. Com o que tinha acabado de concordar?

Gritos agudos ao fundo chamaram a atenção de Rachel.

— Caramba, acho que é melhor você ir.

Ela revirou os olhos mais uma vez.

— A mamãe logo, logo chega para me ajudar, mas me deseje sorte enquanto isso.

— Boa sorte. A gente se fala.

Rachel brindou-o com mais um sorriso choroso antes que um estrondo a fizesse encerrar a ligação para ir investigar.

Noah se recostou novamente nos travesseiros. As palavras de Rachel rodopiavam em sua cabeça. O que ele andava contando para si mesmo? Que a família não o queria por perto porque ele não havia correspondido às expectativas deles?

Não, a verdade era que não queria voltar para casa até provar a si mesmo e a todos que tinha feito a escolha certa, que deixar a escola, a casa e os negócios da família tinha sido a coisa certa a fazer.

Ele queria entrar pela porta da casa dos pais como um homem *bem-sucedido*.

Mas talvez aquilo também fosse bobagem. Talvez ele só precisasse ir para casa, encontrar a família que o amava. Talvez eles o amassem, mesmo que tudo o que ele tivesse fosse um barco velho e algumas ideias malucas. Talvez Hazel também pudesse...

E a família precisava dele. Noah não conseguia parar de pensar na expressão de exaustão e medo no rosto da irmã quando ela falou da gravidez. Ele nunca a vira daquele jeito, nem mesmo quando tinha dado um jeito de ficar preso bem no alto da macieira do quintal enquanto ela tomava conta dele, ou quando aquela nevasca terrível na costa tinha cortado a energia de todos os freezers deles, colocando em risco centenas de quilos de frutos do mar congelados, ou quando Kristen anunciara que o pai de Ivy não faria parte da vida dela.

Rachel não demonstrava medo. Mas pelo visto estava assustada de verdade. E, se Noah pudesse fazer alguma coisa para ajudá-la, então com certeza tinha que tentar. Só não sabia o que significaria para ele e Hazel.

Era muita coisa para assimilar. Muita coisa para processar de uma vez só.

Por isso, Noah fez a escolha mais saudável e pegou seu livro, sentindo-se confortado pelo fato de que ao menos não tinha poderes mágicos adormecidos ou a tendência de se transformar em um lobo.

Leria só mais um capítulo, depois iria cuidar dos próprios problemas.

CAPÍTULO VINTE E TRÊS

Era cedo quando Hazel parou o carro, um Toyota Prius, no estacionamento da marina. O sol já estava alto, mas o céu ainda estava tingido de rosa algodão-doce. Era uma terça-feira de setembro e os embarcadouros se encontravam relativamente vazios. Com o fim da temporada de férias, os turistas que haviam frequentado o lugar no verão já tinham ido embora, e os moradores locais que tinham barcos estavam no trabalho ou ainda na cama. Então, não havia ninguém por perto quando ela pegou a bolsa no banco do passageiro e seguiu em direção ao mar.

O dia prometia ser ensolarado, mas estava frio, e a brisa que vinha da água fez Hazel se sentir feliz por ter decidido vestir um moletom. Bem, tecnicamente o moletom era de Noah. Ela não sabia se aquilo poderia parecer esquisito, mas era o seu novo agasalho favorito. Ficava grande nela na medida exata e era muito confortável. Isso sem falar que ainda tinha o cheiro de Noah, o cheiro do verão. Não que ela fosse mencionar aquela última parte.

Um passeio de barco era o auge da aventura ao ar livre. Pelo menos para Hazel, que com certeza não iria escalar uma montanha tão cedo. Mas ela estava se sentindo orgulhosa de si mesma por ter concordado com aquilo.

Era mais um passo para fora de sua zona de conforto. E não tinha nada a ver com o pescador atraente que acenava para ela do cais.

Rá! Aham, claro... Faltava só uma semana e meia para o seu aniversário de trinta anos e Hazel sabia muito bem que já estava na hora de parar de mentir para si mesma. Ela queria estar com Noah. Queria... de verdade. E queria continuar com ele depois que o aniversário passasse, depois do fim do VIDHAN. Queria ele e ponto.

Mas os sentimentos de Noah ainda lhe pareciam... confusos.

Por isso, depois da breve aventura em que estavam partindo, Hazel tinha toda a intenção de conversar com ele como a adulta que era e abrir o jogo. Provavelmente. Talvez. Ela ainda não havia encontrado uma solução para todas as falhas daquele plano. Como, por exemplo, se Noah não quisesse continuar com aquilo de jeito nenhum. E se ele quisesse manter o acordo original e Hazel acabasse se sentindo constrangida e exposta? E se Noah não se importasse com a perspectiva de deixar tudo aquilo para trás ao fim da semana e o verão de aventuras de Hazel terminasse com um coração partido?

Aquilo não era bem o que tinha em mente quando começou toda aquela história.

— Ei! Você veio. — Noah cumprimentou-a com o seu sorriso característico.

Hazel afastou as preocupações crescentes e forçou um sorriso.

— Como assim, você achou que eu não iria aparecer?

Ele sorriu ainda mais.

— Não. Só tô feliz de ver você.

Hazel sentiu o coração acelerar de uma forma que ela teria jurado ser fisicamente impossível apenas algumas semanas antes.

— Também tô feliz de ver você.

Ela se sentiu nervosa sob o olhar dele. Um moletom e uma calça jeans não eram roupas apropriadas para um barco? A verdade era que não tinha aqueles sapatos que as pessoas usam para velejar e que aparecem nos catálogos de lojas como a LL Bean que a mãe dela recebia pelo correio, por isso optara pelo seu par de tênis de lona branca.

— Você tá usando o meu moletom.

Ah, certo. Aquilo.

— É confortável.

— Humm. Eu lembro.

— Você quer de volta?

Hazel já tinha começado a abrir o zíper quando as mãos de Noah se adiantaram para impedi-la.

— Não, eu gosto de ver você nele.
— Gosta?
— É claro. Satisfaz um desejo masculino profundo de marcar você como minha. — O sorriso dele era travesso e provocador.

Hazel sabia que Noah estava brincando, mas uma pequena parte dela, uma parte que jamais confessaria a ninguém, queria que fosse verdade. Ela queria ser dele. E queria que ele fosse dela.

Ela afastou aquilo da mente e fingiu indignação.

— Argh, nesse caso... — Os dedos dela voltaram para o zíper.

Noah riu e o som assustou as gaivotas próximas.

— Tô brincando. Você fica ótima nele.

— Ah. Bem... — Hazel sentiu a barriga dar uma cambalhota por conta das palavras de Noah.

— Enfim, aqui está *Ginger*.

Ele indicou com um floreio o barco atracado ao lado deles, o nome escrito na lateral. Era parecido com a maioria dos outros barcos atracados na marina, pelo menos para Hazel. Branco, com acabamento azul-marinho, alguns assentos acolchoados, leme, dois motores na parte de trás. Para Hazel, era um barco comum, mas Noah olhava para *Ginger* como se estivesse apresentando o seu bebê.

— Um pouco óbvio o nome, não? — provocou, olhando para o cabelo "ginger" dele, ou seja, cor de cobre, que cintilava à luz do sol.

Noah passou a mão pelos fios grossos, deixando um lado arrepiado. Hazel estendeu a mão para arrumá-lo. Noah segurou-a pelo pulso e puxou-a mais para perto.

— Senti a sua falta.

— Você poderia ter passado lá na livraria.

Hazel não tivera a intenção de dizer aquilo, quase havia se convencido de que não se importava com o fato de que Noah desaparecera por uma semana, mas pelo visto o plano de não mentir para si mesma já estava em ação.

— Eu deveria ter passado. Mas achei que você talvez quisesse um pouco de espaço.

— Não queria.

Noah sorriu diante da rapidez da resposta e roçou o nariz no dela.

— Ótimo, eu também não.

— Ótimo. — Ele roubou a palavra dos lábios de Hazel, que sorriu contra a boca dele.

— Bem — falou Noah, recuando. — Tá pronta pro seu primeiro passeio de barco?

Hazel olhou para *Ginger*, que oscilava de um jeito ameaçador na água. Não era muito grande. Hazel tinha estado em um total de dois barcos em toda a sua vida. O primeiro fora o navio do cruzeiro que tinha feito com os pais e com a mãe para comemorar o aniversário de sessenta anos dela. O segundo fora a balsa para Martha's Vineyard com Annie para um fim de semana só de garotas. E eram barcos grandes. Grandes o bastante para parecerem... resistentes. Seguros. Já o de Noah parecia que poderia ser facilmente jogado de um lado para o outro.

— Hum... sim?

— Você não parece muito confiante.

— Porque eu não estou...

Noah plantou mais um beijo firme e rápido na boca dela.

— Confie em mim, Haze. Vai ser divertido.

— Humm.

— Vamos.

Ele pegou a mão dela e puxou-a na direção do barco. Noah vibrava de empolgação, e aquilo era quase contagioso. Se Hazel não estivesse um pouco apavorada, talvez tivesse sido contaminada.

— Vem, me dá a sua bolsa. — Ele pegou a bolsa de palha grande da mão dela e arregalou os olhos. — O que tem aqui? Pedras?

— Não. — Noah continuou a fitá-la com uma expressão divertida, esperando que ela continuasse. — São coisas pra gente comer, uma garrafa de água e alguns livros.

Ele ergueu as sobrancelhas ao ouvir aquilo.

— Você trouxe livros?

— Trouxe.

— Vários?
— Claro.
— Claro. Pra quê?
Hazel suspirou.
— Pra ler. Sabe como é, caso tenha uma pausa na... animação.
Noah sorriu.
— Posso garantir que não vai haver pausa alguma. — O olhar dele passou pela bolsa aberta e seu rosto se iluminou de empolgação. — Ei, espera aí, você trouxe o livro três da série Wolf Brothers!
— Acabou de chegar.
— Graças a Deus! — Noah tirou o livro da bolsa e o segurou contra o peito com um dos braços. — O último terminou com um gancho que me deixou morrendo de vontade de saber o que aconteceu com a vidente.
Hazel sorriu.
— Então talvez a gente faça uma pausa ou outra hoje?
Noah assentiu enquanto virava o livro e lia a sinopse.
— Ah, é, talvez seja necessário. — Ele apertou a mão de Hazel e levantou a cabeça para ela. — Obrigado, Haze. Eu adorei.
— O prazer é meu.
E foi mesmo. Ver o quanto Noah ficava animado com aqueles livros lhe dava a sensação de que os dois talvez tivessem mais em comum do que ela pensava. Que talvez eles *pudessem* dar certo juntos. Tinham dado muito certo até aquele momento.
— Muito bem, deixe eu te mostrar o barco, então.
Noah entrou com facilidade, então deu a mão a Hazel e a ajudou a embarcar também. A água estava relativamente calma, mas o mar era sempre meio agitado, e Hazel percebeu aquilo assim que entrou.
— E se eu enjoar? — perguntou, enquanto Noah guardava a bolsa na cabine de comando.
Cabine de comando? Assim como nos aviões? Ela teria que descobrir.
— Você não vai enjoar — garantiu Noah. — Eu trouxe remédio e balas de gengibre. Sempre funcionam.

— Humm.

Noah abriu bem os braços.

— O mar aberto está esperando a gente, Hazel! Isso não deixa você empolgada?

— Na verdade, é o fato de ir para o mar aberto que me preocupa. E os tubarões.

— Não tem tubarões aqui, Haze.

— E se eu cair no mar?

— Você não vai cair no mar.

— Humm.

Ele se aproximou e a abraçou. Estava frio, então Hazel deixou. Até porque gostava dos braços de Noah ao seu redor.

— Confie em mim, tá bom? Vou proteger você. Prometo.

Ela levantou o rosto para ele.

— Eu confio em você. Mas é que tem muitas maneiras de as coisas darem errado.

— É verdade, mas pense em todas as maneiras em como as coisas podem dar certo.

Ainda estavam falando daquele passeio de barco ou deles dois? Hazel queria acreditar que poderia dar certo, queria muito. Mas havia uma razão para ela ter feito a mesma coisa por quinze anos, mantido o mesmo emprego e os mesmos amigos. Hazel não gostava de se arriscar e, por algum motivo, não havia lhe ocorrido até estar naquele barco oscilante, abraçada a Noah, que aquela talvez não fosse uma aposta segura. Que ela poderia sair machucada no final.

Mas aventuras não eram seguras, certo?

Sair da zona de conforto era, por definição, desconfortável.

E se aquelas últimas semanas haviam lhe ensinado alguma coisa, era que coisas boas aconteciam quando não estava cem por cento segura, quando se arriscava de vez em quando.

Coisas boas aconteciam quando confiava naquele homem.

— Tudo bem. Vamos lá.

O sorriso de Noah iluminou todo o seu rosto. Ele deu um beijo na ponta do nariz dela, então continuou o tour pelo pequeno barco.

— Muito bem. Então, primeiro vamos aos termos gerais de navegação. A frente do barco é a proa e a parte de trás é a popa.

Hazel assentiu.

— Direita é estibordo e esquerda é bombordo.

— Certo.

— E esse é o leme.

— O volante?

— Em um barco, se chama leme.

— Chique.

Noah riu.

— Muito.

— Eu vou ter que fazer um teste no final? — perguntou ela, passando a mão pelo leme.

— Talvez.

— Pretendo gabaritar.

— Eu não esperaria menos.

— Espera, você não disse que morava nesse barco quando chegou aqui? Como isso é possível?

Hazel olhou com ceticismo para os bancos. Não havia como um homem do tamanho de Noah dormir confortavelmente neles, sem mencionar que ele ficaria exposto às condições do tempo.

— Guardei a melhor parte para o final.

Ele deu um sorrisinho travesso e levantou uma trava perto do leme, revelando uma portinha que dava para um cômodo embaixo.

— Uma porta secreta! — Hazel examinou o compartimento. Tinha uma cama, um fogão pequeno de uma boca e mais dois bancos. — Uau, parece um trailer.

— Isso mesmo. Não é grande coisa, mas funcionou por um tempo. Eu me matriculei na academia e tomava banho lá. Mas o espaço apertado acabou ficando chato depois de um tempo.

— Imagino.

Hazel afastou a cabeça da porta e viu Noah mexendo em algumas alavancas e botões que pareciam importantes. Ela ficou observando, gostava de vê-lo em seu habitat natural. Noah estava sério enquanto preparava o barco, e aquele era um lado dele que Hazel raramente via. Ela conseguia entender por que as pessoas confiavam nele para garantir a sua segurança e a sua diversão nos passeios de pesca.

— Pronta pra partir? — perguntou Noah, encontrando-a com os olhos fixos nele.

— Na medida do possível.

Noah piscou para ela, a expressão animada retornando ao rosto. Ele fechou a porta da cabine abaixo do convés. Depois, desamarrou o barco do cais e eles partiram para o grande desconhecido.

Ou para a costa de Dream Harbor.

De qualquer forma, parecia um pouco assustador e muito emocionante.

E era a aventura perfeita para completar o verão de diversão deles.

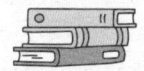

O passeio correu bem por algum tempo. Hazel ficou o tempo todo olhando para Noah enquanto ele pilotava o barco, o que o agradou muito, ele precisava admitir. O clima esfriou e ela puxou o capuz para cobrir a cabeça, fazendo-o se lembrar daquele dia na praia, das coisas que tinham feito, de tudo que haviam conversado.

Ele estava brincando quando disse que vê-la vestindo seu moletom lhe dava a sensação de ela ser um pouco sua. Mas a verdade é que não foi bem uma brincadeira. Noah amava vê-la usando suas roupas. Era como um anúncio discreto para o mundo de que algo estava mesmo acontecendo entre eles. Como se estivessem no ensino médio e ela estivesse deixando claro para todos que estava em um relacionamento sério.

Era uma bobagem, mas era verdade.

E Hazel estava fofa demais sentada ali, o rosto corado por causa do vento, os olhos cintilando. Noah a queria ali o tempo todo. Com ele.

Noah balançou a cabeça.

— Tem mais algum lanche naquela bolsa? — perguntou, forçando-se a mudar o rumo dos seus pensamentos.

Na semana anterior, nem tinha certeza se Hazel iria querer sair com ele, e lá estava Noah pensando mais uma vez em um final feliz para os dois. Precisava parar com aquela bobagem. Ainda mais se fosse viajar para ajudar a irmã. Em uma semana, talvez nem estivesse ali.

— Eu trouxe scones da loja da Annie e...

Noah sorriu enquanto ela vasculhava a bolsa gigante.

— Scones? Vamos ter um serviço de chá completo?

Hazel ergueu a cabeça com uma expressão severa, mas ele conseguia ver o sorriso em seus olhos.

— Você pode tirar a garota da livraria, Noah, mas não pode tirar os scones dela.

Ele riu e Hazel abriu um sorriso rápido.

— Também trouxe batatinhas, barras de cereal, um mix de castanhas e frutas secas, pretzels...

— Batatinhas! — Noah a interrompeu antes que ela pudesse continuar a lista.

Hazel jogou um saco para ele.

Noah deixou o barco ser levado um pouco pela corrente enquanto comiam, aproveitando o sol do fim da manhã. Hazel estava esticada no banco em frente, colocando pedacinhos de scone na boca e tomando chá em sua caneca de viagem.

— Então, finja que eu sou uma cliente — falou ela depois de algum tempo, os olhos fixos no mar. — Como seria?

— Bem — Noah colocou os braços atrás da cabeça e se recostou na cadeira —, primeiro nós teríamos combinado quanto tempo duraria o passeio.

— Claro, claro.

Hazel o observava, os olhos muito abertos avaliando-o, como sempre fazia. Ela o fitava como se talvez não o considerasse uma decepção. Hazel era a única pessoa na vida de Noah que, quando o encarava, não o deixava com a impressão de que ela estava procurando por algo que não estava ali.

E, caramba, como aquilo era viciante... A sensação de que ele talvez fosse suficiente.

— Muito bem. — Noah pigarreou. — Eu levaria você para os meus melhores pontos de pesca, dependendo da época do ano e do que você estivesse interessada em pescar, é claro.

— As pessoas ficam bravas quando não conseguem pescar algo? — perguntou Hazel.

— Às vezes, mas tento fazer todo o possível para que seja um dia divertido, mesmo que a gente não consiga peixe algum.

Hazel assentiu, voltou a olhar para a água. Nuvens apareciam no céu, lançando sombras sobre as ondas.

— Quer pilotar? — perguntou Noah, e o rosto surpreso de Hazel voltou a encontrar o dele.

— Isso também faz parte do pacote? — perguntou ela, as sobrancelhas erguidas.

Ele riu.

— Só pra você.

Hazel se levantou, limpando as migalhas do colo.

— E se eu bater em alguma coisa?

— Haze. — Noah riu. — Em que você poderia bater?

— Você ficaria surpreso.

Ele a puxou mais para perto.

— Acho que você vai se sair bem.

Noah sentou Hazel em seu colo e passou os braços ao redor da cintura dela. Ela era quente e macia e cheirava a seja lá o que Annie tivesse usado como cobertura naqueles scones. Doce e um pouco picante, como Hazel.

— Mãos no leme — instruiu Noah.

— Isso parece uma desculpa esfarrapada para me colocar no seu colo — resmungou Hazel, mas ele ouviu o sorriso em sua voz.

— E funcionou — sussurrou Noah em seu ouvido, sua voz fazendo-a estremecer.

— Sim, sim, capitão.

Hazel posicionou as mãos no leme, então se remexeu ainda mais no colo dele. Noah gemeu e ela riu, sabendo direitinho o que estava fazendo com ele. A bunda de Hazel aninhada entre as coxas dele era a melhor distração.

— Haze. — Noah gemeu mais uma vez e ela repetiu o movimento, se remexendo um pouco no colo dele.

Por que tinha ficado longe daquela mulher por uma semana? Se aquele era todo o tempo que teria com Hazel, precisava parar de desperdiçá-lo.

Noah deu um beijo atrás da orelha dela, mantendo os braços ao redor da sua cintura, enquanto Hazel pilotava o barco em mar aberto, saboreando a sensação do corpo dela contra o dele.

E se não estivesse um dia tão perfeito, se a sensação de ter Hazel nos braços não fosse tão deliciosa, então talvez Noah estivesse prestando mais atenção ao clima.

Sua intenção era voltar à costa ainda de dia. A tempestade não deveria atingi-los. A previsão era de que passaria ao sul de Dream Harbor. Noah tinha checado. Tinha consultado o satélite a manhã toda. Mas lá estavam eles, mais longe de casa do que pretendia, e o céu estava rapidamente sendo tomado por nuvens escuras. A brisa suave de antes logo se tornou mais forte, mais fria.

O satélite não mostrava mais a tempestade passando direto por eles. Na verdade, mostrava a borda da tempestade bem no meio do caminho de volta para casa.

— Merda — murmurou Noah.

— O que foi?

Hazel havia entregado o leme de volta a ele e estava enrolada sob a manta que Noah jogara para ela quando o vento aumentou. Seus grandes olhos castanhos o observavam, um vinco de preocupação surgindo entre as sobrancelhas.

Droga.

Tinha dito a Hazel para confiar nele e estava estragando tudo. Fizera um ótimo trabalho para quem não queria decepcioná-la.

— Tem uma chuva esquisita vindo na nossa direção.
— Imagino que não seja uma chuva fraquinha.
— Hã... não, com certeza não.

Noah passou a mão pelo cabelo, a mente em disparada, em busca de alguma ideia do que fazer. A água já estava agitada, as cristas das ondas quebrando nas laterais do barco.

De onde tinha vindo aquela maldita tempestade? Ele estava tão confiante de que não os atingiria... Então, se deixara distrair. Pisara na bola. De novo.

Tem muitas maneiras de as coisas darem errado.

— Noah... — Havia medo na voz dela, e Noah odiava aquilo.
— Hazel. — O rosto dela estava virado para a água e ela apertava com firmeza a barra de metal ao lado do banco em que estava sentada. — Hazel, olhe pra mim.

A voz dele saiu severa, séria, tão diferente do tom costumeiro que ela virou a cabeça na mesma hora para encará-lo.

— Tá tudo sob controle, tá bom? Eu tenho um plano.

Hazel assentiu, o olhar fixo no dele.

— Prometo — afirmou Noah.
— Tá bom.

A resposta dela quase se perdeu no vento. Mas Noah ouviu. Baixa, mas segura. Confiante. Naquele momento, Hazel estava confiando nele muito mais do que o verão divertido.

— Coloque isso. — Ele jogou um colete salva-vidas para ela, que arregalou os olhos. — Só por precaução.

Começara a chover e os óculos de Hazel estavam salpicados de água, mas aquilo não escondeu o medo em seu olhar quando ela vestiu o colete salva-vidas, afivelando-o no peito.

— E lembre, se você vir algum tubarão, é só dar um soco nas guelras dele.

Ela deixou escapar um gemido baixo de medo.

— É brincadeira! Meu Deus, Hazel, desculpa. Eu tava só brincando. A gente vai ficar bem, tá bom? Conheço um lugar onde a gente pode esperar a tempestade passar, tudo bem?

Ela assentiu. De leve. Sem resposta engraçadinha.

— Talvez você até consiga ler um pouco, tá?

Noah recebeu um sorrisinho dela ao ouvir aquilo, e foi tudo o que ele teve tempo de fazer. Precisava manobrar aquele maldito barco e colocá-los em segurança. O mais rápido possível.

CAPÍTULO VINTE E QUATRO

Vento, fazendo seus cachos molhados baterem com força no rosto.
Chuva, encharcando a calça jeans e aqueles tênis de lona idiotas.
Ondas cinza intermináveis com cristas brancas.
Nuvens escuras deslizando rapidamente pelo céu, como se a tempestade estivesse com pressa de chegar, ansiosa para se tornar mais furiosa.
O rosto bonito de Noah mostrava uma determinação severa enquanto ele pilotava o barco.
Era naquilo que Hazel estava se concentrando. No rosto de Noah. Não nos próprios pés frios, no cabelo molhado ou no balanço violento do barco. Nem em como o mar deveria estar terrivelmente gelado ou como seria assustador mergulhar naquela água escura.
Hazel estava usando a capa de chuva gigante que Noah tinha jogado para ela quando a chuva começara e puxou mais o capuz. Eles estavam sob a cobertura da cabine de comando, mas o vento fazia a chuva espirrar para os lados, entrando pela lateral aberta do barco. O colete salva-vidas que Hazel havia prendido ao redor da cintura apertava as suas costelas a cada respiração profunda que ela tentava puxar para os pulmões em pânico.
O rosto de Noah. Calmo, determinado, competente. Ela manteve os olhos fixos nele, acreditando que, se continuasse o encarando, tudo daria certo. Eles ficariam bem. Noah olhou para Hazel e deu uma piscadela. Uma piscadela. Com água escorrendo pelo rosto e as mãos agarrando o leme, ele lhe deu uma piscadela.
— Quase lá! — gritou Noah, acima do vento e dos motores.
Foi quando Hazel viu. A ilha surgindo em alta velocidade à frente deles, apenas uma mancha cinza contra o céu também cinza. Mas

quanto mais perto eles chegavam, mais se parecia com terra firme, segurança. Hazel quase chorou ao vê-la.

O alívio no rosto de Noah também era evidente, conforme eles se aproximavam da costa rochosa. As ondas batiam com brutalidade nas grandes pedras.

— Tem um cais do outro lado da ilha — explicou ele, mantendo o barco perto da costa, mas não a ponto de correr o risco de bater nas pedras.

E Hazel tinha certeza de que havia mais pedras escondidas sob as ondas. A área ao redor de Dream Harbor não era conhecida por suas praias de areia macia. Muito pelo contrário, era grossa e áspera, e o restante da costa era coberto de pedras. Eles seguiram beirando a costa e, por um milagre, o vento diminuiu conforme se aproximavam do outro lado da ilha.

— Mais tranquilo no lado do sotavento — disse ele, lançando-lhe um sorriso confiante.

Um velho cais se projetava na água e Hazel na mesma hora começou a ter suas dúvidas. Não parecia resistente o bastante para segurar nem uma canoa, quanto mais aquele barco. Será que conseguiriam atracar ali ou seriam jogados de volta ao mar?

— É mais forte do que parece — falou Noah, lendo a sua mente. — Está aqui há anos.

— Isso não me tranquiliza nem um pouco.

Uma nova onda de alívio passou pelo rosto de Noah ao ouvir a voz de Hazel, e ela se deu conta de que não falava havia algum tempo. Ele sorriu para ela.

— Segura firme.

Noah girou o leme, inclinando o barco para nivelá-lo com o cais, mas, com a tempestade, Hazel não sabia se daria certo. Ele colocou o barco em marcha a ré para diminuir a velocidade, em uma manobra que havia explicado a ela mais cedo naquele dia, mas com o vento e as ondas, eles ainda estavam se aproximando rápido demais do cais.

— Talvez o barco balance um pouco — disse Noah, os olhos fixos no cais.

Hazel segurou firme na balaustrada, se preparando para o impacto da batida.

Eles estavam se aproximando enviesados, e Noah começou a endireitar o barco para ficar paralelo ao cais, mesmo com o vento atrapalhando seu trabalho. Hazel sentiu as entranhas se revirarem tanto quanto a água abaixo deles.

E se aquilo não funcionasse?

E se eles quebrassem aquele cais velho?

E se ela morresse, com frio e toda molhada?

O barco bateu contra o cais, arrancando Hazel da espiral pessimista com um solavanco e quase a derrubando.

— Desculpa! — gritou Noah, em meio ao vento.

Ele estava mantendo o barco estável próximo ao cais, o casco batendo de forma ameaçadora contra a madeira velha.

— Segura isso.

— Segurar o leme?!

— Só segura firme.

Hazel se levantou com as pernas trêmulas e pegou o leme. O que mais ela poderia fazer? Noah saiu apressado da cabine e agarrou a corda para amarrar a embarcação ao cais. Inclinado e balançando, o barco se afastou do cais e, por um segundo aterrorizante, Hazel achou que ele tombaria no mar.

Mas Noah conseguiu alcançar um dos pilares e se agarrar a ele. Então, puxou a corda com força, e o barco ficou nivelado, permitindo que Noah enrolasse a corda em uma velha presilha de metal e fizesse o mesmo com a parte de trás.

Se assistir a um homem fazer baliza com um carro era atraente, vê-lo atracar um barco em uma tempestade era mais ainda. Noah voltou correndo para onde Hazel estava paralisada, com as mãos no leme.

— Bom trabalho, capitã. — Ele beijou a ponta do nariz dela e Hazel piscou algumas vezes.

Ela jogou os braços ao redor do pescoço de Noah, que deixou escapar uma risada surpresa.

— Você salvou a gente — falou Hazel, sem fôlego.

— Não é uma tempestade tão ruim assim. Quer dizer, já naveguei em climas piores.

— Noah! — Ela recuou, tomada por uma indignação legítima. — Você. Salvou. A. Gente.

Ele deu de ombros, alargando o sorriso.

— Ora, se você quiser contar às pessoas que eu salvei você, não sou eu que vou reclamar.

— Eu vou contar essa história pra todo mundo!

Noah deu uma risadinha abafada.

— Tá bom, Haze.

— Tá bom. — Ela olhou ao redor. — E agora?

O vento estava mais fraco daquele lado da ilha, mas a chuva ainda batia contra as laterais do barco, encharcando-os. A embarcação ainda balançava sob os pés deles.

— Agora a gente aguenta firme até passar.

Hazel ergueu as sobrancelhas.

— Aqui? No barco?

Noah sorriu.

— É.

— Mas... não tem alguém aqui? Pra ajudar a gente?

— Não. A ilha tá abandonada há pelo menos uma década. Ninguém quer morar aqui.

— Ah. Droga.

— O pior da tempestade já passou. Olha. — Noah ergueu o celular, mostrando a ela o satélite meteorológico que passara o dia checando. — Isso é a tempestade. E a gente tá aqui. Essa coisa tá se deslocando rápido. A gente vai ficar bem.

— Humm.

Noah riu e pegou a mão dela. Hazel se deu conta de que estava congelando já fazia algum tempo, mas até aquele momento estivera preocupada demais em não morrer para prestar atenção. Agora que se encontravam em relativa segurança, percebeu que estava paralisada de frio.

— Vem cá, vamos aquecer você.

Noah abriu o alçapão escondido que tinha mostrado a ela antes e indicou com um gesto os poucos degraus que levavam ao cômodo abaixo do convés.

— Depois de você.

Hazel não gostou da ideia de ir mais para o fundo do barco enquanto as ondas os atingiam com força, mas também não gostava da opção de ficar lá em cima e congelar até a alma, então desceu os degraus.

Havia cerca de meio metro quadrado de espaço para ficar de pé na cabine. O resto era ocupado por uma cama que tinha o formato da frente do barco, uma espécie de triângulo com lados arredondados; dois banquinhos ao pé da cama; e um armário pequeno com o fogão de uma boca em cima.

— Tire logo essa roupa molhada e jogue debaixo do banco. E pode abrir o outro banco, tem algumas roupas secas que você pode vestir — orientou Noah, a cabeça enfiada na porta.

Então a fechou para manter a chuva e o vento do lado de fora.

Hazel se apressou a trocar a roupa que usava por uma calça de moletom que teve que enrolar cinco vezes na barra só para conseguir vestir, uma camiseta igualmente grande e um moletom. Ela chutou as roupas molhadas para baixo do outro banco, então se enfiou na cama para dar espaço para Noah descer.

Ele voltou a enfiar a cabeça pela porta um instante depois.

— Tudo bem?

— Tudo, entra aqui. Vai acabar pegando um resfriado.

Ele desceu, rindo, enquanto fechava a escotilha.

— Agora você pareceu mesmo uma senhorinha falando.

Hazel conseguiu dar uma risadinha, mesmo sentindo o barco oscilando na água.

— Era essa a intenção.

Havia uma claraboia acima dela na cama, mas Hazel não conseguia ver nada além da chuva batendo do lado de fora. Algumas luzinhas cintilavam ao redor da pequena cabine.

Noah tirou a camisa molhada, depois de deixar o casaco encharcado no convés, e Hazel mal teve tempo de recuperar o fôlego antes que ele também tirasse a calça. Noah estava parado ao pé da cama, usando apenas a cueca boxer e as pulseiras trançadas. O cabelo estava molhado e parecia castanho-escuro na pouca luz. Ele pegou uma toalha de dentro do banco e enxugou o cabelo, deixando-o arrepiado em alguns pontos.

Hazel observou os músculos dos braços e das costas dele se contraírem e se flexionarem enquanto ele se mexia, o que a fez se lembrar de tudo que ele fez para levá-los até ali, para protegê-la.

Hazel engoliu com dificuldade.

— Estou usando todas as suas roupas.

Ele olhou para ela com um sorrisinho de lado.

— Acho que você vai ter que me esquentar, então.

Ele subiu na cama ao lado de Hazel, que levantou a coberta para que ele se enfiasse ali embaixo. Ela sentiu a pele fria de Noah quando ele a envolveu nos braços, e Hazel o abraçou de volta, aninhando o rosto no pescoço dele.

— Acho que essa talvez tenha sido uma aventura grande demais pra mim.

— Que nada — falou Noah junto ao topo da cabeça dela, o hálito soprando em seus cachos. — Você foi ótima. — Ele a abraçou mais apertado. — Você não tinha aprendido a parar de se subestimar, Haze?

Ela se afastou o bastante para conseguir encará-lo. Mesmo na penumbra, conseguia vê-lo bem. E o jeito com que Noah a olhava a aqueceu por completo.

— Você é Hazel Kelly. Inteligente. — Noah deu um beijo no rosto dela. — Divertida. — Um beijo no outro lado do rosto. — Gentil. — Outro na ponta do nariz. — E muito gostosa. — Então na boca, quente e macia.

Hazel suspirou e deixou o corpo relaxar contra o dele. Até a tempestade pareceu se acalmar.

— E não precisava de mim pra ajudar você a descobrir nada disso — concluiu Noah.

— Talvez. Mas fico feliz por você estar comigo nisso.
— É mesmo?
— Eu gosto de verdade de você, Noah.
— É mesmo?

Hazel sorriu e o puxou mais para perto. E, mesmo com as roupas largas que estava usando, ela o sentiu reagir ao toque.

— Aham. Muito.

Tanto que ela se perguntava se "gostar" era mesmo a palavra certa, que talvez em algum momento entre a noite em que ficara bêbada ao lado do canteiro de mirtilos e a tempestade louca que se abatera sobre eles naquele momento, seus sentimentos por Noah tivessem catapultado direto de gostar para algo muito mais forte.

Algo para que Noah sem dúvida não havia se candidatado.

Algo que Hazel com certeza guardaria para si mesma por enquanto, até estar de volta à terra firme e ter processado direito aquela avalanche de sentimentos. Talvez aquilo tudo tivesse algo a ver com a recente experiência de quase morte.

— Eu também gosto de verdade de você, Hazel Kelly.
— É mesmo?

Mas Hazel não se incomodou nem um pouco em ouvir aquilo. Se ela mesma tinha passado de apenas gostar dele para... outra coisa... então quem sabe o mesmo pudesse ter acontecido com Noah?

Ele sorriu.

— É. — E rolou para cima dela. — Muito. — Noah pressionou a palavra na pele dela com a boca. — Mas se eu quiser demonstrar isso direito, temos que dar um jeito de tirar isso.

Ele puxou para baixo a calça gigante que ela estava usando, o que fez Hazel rir.

— *Você* me disse pra vestir essa calça!
— Eu estava me sentindo cavalheiresco naquele momento.
— E agora?
— Agora quero você sem essa maldita calça.

Hazel riu, as palavras dele fazendo cócegas em seu pescoço. Ela o ajudou e se contorceu para despir a calça, enquanto tirava o moletom pela cabeça. Os óculos saíram junto e Noah resgatou-os do cabelo dela, colocando-os em cima da pequena prateleira instalada na lateral do barco.

— Esse espaço é muito bem pensado — comentou Hazel quando Noah a puxou de volta para junto ao corpo.

— É, não é ruim.

— Então você ficou aqui durante todas as suas aventuras?

— Em muitas delas, sim.

— Qual foi a coisa mais louca que você já viu?

Uma das pernas dela estava envolvendo a cintura de Noah, que encaixou as mãos na bunda dela, puxando-a ainda mais para perto.

— Hum... — Ele pensou a respeito, mas seus olhos estavam escuros, o rosto corado, como se preferisse pensar em outras coisas. Como se preferisse fazer outras coisas que não conversar. — Eu estava no Maine uma vez, acampando, e juro que vi um lobisomem.

Hazel riu.

— Não, você não viu.

— Você tá me chamando de mentiroso, Hazel Kelly?

Ele se aninhou contra o pescoço dela, os dentes roçando a pele. Ela respirou fundo.

— Lobisomens não existem.

— Talvez, não. Mas eu vi um.

— Como você sabe que não era um lobo normal?

— Ele era enorme. — As mãos de Noah vagavam à vontade pelo corpo dela, e a boca também. — Com olhos brilhantes.

Hazel soltou uma risadinha, mas já não conseguia mais raciocinar direito, não com os dedos de Noah traçando caminhos em seu abdômen, roçando a parte inferior dos seus peitos. Ele gemeu contra a boca dela.

— Bem, fico feliz que você tenha sobrevivido pra contar a história.

— Humm... eu também — disse Noah, grunhindo em um som baixo e profundo, enquanto segurava o peito dela com uma das mãos e apertava a bunda com a outra.

A ereção de Noah estava pressionada com força contra Hazel, bem onde ela mais o queria. Hazel já nem saberia dizer se a tempestade ainda rugia lá fora.

— Esse seu corpo, Haze. — Noah gemeu. — Ele mexe muito comigo.

A risada dela saiu ofegante, como um arquejo, enquanto sentia o polegar dele roçar o seu mamilo. De um lado para outro, até que todas as sensações se concentrassem naquele ponto. Hazel ainda mal conseguia acreditar que seu corpo estava colado naquele homem, mas acreditava. Acreditava nele.

— Esse barco vem equipado com camisinhas? — perguntou ela, e Noah ficou imóvel.

— Haze... — A voz dele saiu rouca, carregada de desejo. — Nós não temos que... Quer dizer, eu sei que você não...

— Que eu não o quê?

Noah se afastou o bastante para que eles ficassem cara a cara e deslizou a mão do peito dela para um território mais seguro, em seu abdômen.

— Pelo que você me disse, eu sei que não faz sexo casual. Também sei que vem tentando fazer coisas novas, mas isso é mais do que um pouco de diversão, e nós dois não somos exatamente... Quer dizer, nós não somos...

Hazel sentiu o coração apertar enquanto Noah se atrapalhava com as palavras. Era doloroso, vergonhoso demais. Ela não o faria dizer aquilo, não o faria admitir em voz alta que o que havia entre eles não era sério, não era de verdade. Por isso, silenciou-o com um beijo.

— Tá tudo bem — disse ela, mesmo que não estivesse. — Eu sei como são as coisas entre a gente. Casuais, divertidas. Mas quero isso com você, por enquanto.

Noah a observava, examinando seu rosto. Se eles não tivessem se tornado tão próximos, se Hazel não tivesse passado a conhecê-lo tão bem no último mês, talvez não tivesse notado o traço de decepção em seu rosto. Mas ela notou. No entanto, logo desapareceu, sendo substituído por um sorriso provocador.

— Ótimo, tá, eu também. Por enquanto.
— Tá. Ótimo.

Noah sustentou o olhar dela por mais um momento antes de beijá-la. Então a beijou até que ela se esquecesse de por que estava decepcionada, até que deixasse de se importar com o motivo pelo qual ele a estava beijando, concentrada apenas no beijo.

Afinal, aquela era a última semana dos seus vinte anos, caramba, e ela estava determinada a aproveitar.

Poderia lidar com o coração partido no dia seguinte ao aniversário de trinta anos.

Tinha acabado de sobreviver a uma tempestade marítima e, no momento, estava enfiada na cama com o homem mais atraente que já havia tido o privilégio de tocar.

A imprudência acabou ganhando.

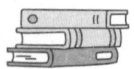

O corpo quente de Hazel estava entrelaçado ao dele, macio e lindo, mas Noah só conseguia pensar na expressão no rosto dela quando ele disse que não precisavam transar... que eles não eram nada.

Aquilo era mentira.

Hazel era tudo.

Ela era tão incrível quanto mergulhar em um livro favorito, quanto sentir o sol no rosto, quanto a xícara de café perfeita. Se Noah tinha achado que ajudá-la nos dois meses anteriores, passar tempo com ela, saboreá-la e tocá-la iria fazê-lo tirar Hazel Kelly da cabeça, era um idiota maior do que imaginava.

Sua paixonite pela livreira gostosa havia evoluído para uma amizade única, e então para uma obsessão sexual, tudo em uma pessoa só.

Naquele momento, Noah não sentia apenas desejo por Hazel: estava completa e inconvenientemente apaixonado por ela.

E, por um instante, achou que ela sentia o mesmo. Que talvez aquele breve olhar de decepção em seu rosto significasse que Hazel também queria mais.

Até que ela mencionou uma *diversão casual* e foi como se o tivesse jogado ao mar.

— Você tá bem? — murmurou Hazel, deslizando a boca pelo pescoço dele.

— Tô sim. Mais do que bem. — *Se concentre, Noah. É nisso que você é bom.*

Ele não permitiria que seus sentimentos por aquela mulher arruinassem o momento com ela. Já havia tido mais de uma fantasia com Hazel naquela cama e não estava disposto a deixar a oportunidade passar.

Se aquela era a maneira de conseguir ficar com ela, então aceitaria todas as vezes que lhe fosse oferecida.

E talvez aquilo fizesse dele um idiota, mas era um idiota com uma Hazel quase nua em seus braços. Então não iria reclamar.

Hazel ainda estava usando a camiseta dele, e Noah passou as mãos pelo tecido macio, sentindo o peso quente dos peitos dela por meio da malha, os mamilos rígidos se destacando na frente da blusa. Seus olhos percorreram o corpo dela, coberto apenas pela calcinha e pela camiseta branca, quase transparente após anos de uso.

— Perfeita — falou com um suspiro, o que fez Hazel sorrir, o rosto vermelho.

Noah abaixou a cabeça e pegou um mamilo com a boca, umedecendo o tecido com a língua. Hazel gemeu e se contorceu. Ele deixou a mão correr sobre o outro peito dela, excitando-a através da blusa. A camada fina de tecido entre eles de alguma forma tornava toda a experiência mais excitante, aumentando seu desejo.

— Noah — gemeu Hazel.

Noah se lembraria do som do seu nome sendo dito naquele gemido suplicante pelo resto da vida.

— Do que você precisa, Haze?

— De mais.

Ele riu, embora sentisse o coração acelerar. Queria dar tudo a ela. Queria ser tudo. Mas ainda não sabia se era aquilo que Hazel queria.

Além do mais, ele iria para casa logo depois do aniversário dela. Como poderia ser tudo para Hazel se estava indo embora?

Noah afastou o pensamento da mente enquanto levantava a blusa dela e passava a língua pelos mamilos rígidos. Ela arquejou e agarrou o cabelo dele, puxando-o mais para perto. Ele amou aquilo.

Noah chupou e lambeu Hazel até ela se contorcer, e seus gemidos suplicantes se tornaram cada vez mais altos, mas não havia ninguém que pudesse ouvi-los, apenas o mar aberto e uma ilha deserta.

Faça ela gritar.

O pensamento o atingiu de supetão, ardente e com urgência.

Noah circulou o mamilo dela com a língua, então se afastou. Hazel ergueu a cabeça.

— Aonde você vai? — perguntou, fofa e indignada.

Noah riu contra o abdômen dela.

— Tenho muitos planos.

Hazel deixou a cabeça tombar no travesseiro quando ele chegou à calcinha simples de algodão. Não saberia explicar por que aquelas calcinhas que ela sempre usava o deixavam louco, mas era o que acontecia.

Ele a tirou, passando-a pelo quadril e pelas coxas grossas. Hazel jogou-as de lado.

Noah cravou os dedos nas coxas dela e abriu suas pernas diante de si, como se guardassem um banquete, seu tesouro pessoal. A primeira lambida arrancou um gemido de seu peito. Ele afastou da mente qualquer pensamento sobre o tempo deles estar se esgotando, de que um dia teria que viver sem aquilo, e se acomodou entre as pernas de Hazel.

— Noah — arquejou ela, quando a língua dele voltou a encontrar seu corpo.

— Tudo bem?

— Tudo — respondeu ela, a voz muito aguda. — Tudo, tudo, tudo... — Aqueles "tudo" saíram enquanto ele a lambia em movimentos amplos e firmes.

Noah segurou-a com firmeza pelas coxas, mantendo-a no lugar.

Ele sempre amara aquilo. Sexo. Dar prazer às suas parceiras. Mas nunca daquele jeito. Nunca tinha sido daquele jeito, como era com Hazel. Sua vontade era ficar ali para sempre, ouvindo os gemidos dela.

— Noah, por favor. *Mais*.

Mais. Tudo.

Ele deslizou um dedo para dentro do calor escorregadio do corpo dela, investindo enquanto a chupava. Hazel cravou os calcanhares no colchão, rebolando o quadril contra ele.

Noah substituiu a boca pelo polegar, deixando-o correr em círculos pelo local que sabia que a faria gozar. Já sabia exatamente como fazer aquilo — já tinha aquela informação secreta sobre Hazel Kelly.

— Goze pra mim, Haze. Não se contenha. Deixe eu ouvir você.

Ela ergueu a cabeça e o encarou com os olhos arregalados, o rosto enrubescido. Ele tinha conseguido vê-la daquele jeito. Entregue, por completo.

— Eu tô quase lá. Por favor, Noah.

Ele a penetrou com mais um dedo, deixando-o deslizar lentamente, escorregando. Hazel gemeu. Ela sustentou o olhar de Noah pelo tempo de um arquejo pesado e carregado de desejo, e então ele abaixou a cabeça mais uma vez para o centro do prazer dela, lambendo e chupando até Hazel gemer alto o bastante para abafar os resquícios da tempestade.

— Noah! — Seu nome irrompeu da garganta dela, como um grito em direção ao teto do espaço apertado. — Noah, ai, meu Deus, Noah...

Todo o corpo dela estremeceu, as pernas se sacudindo com os tremores do orgasmo. Ele a lambeu com delicadeza, arrancando mais prazer até Hazel por fim empurrá-lo para longe, implorando para que ele parasse, dizendo que não aguentava mais. Só então ele parou. Só quando já tinha dado tudo a Hazel é que Noah se posicionou novamente em cima do corpo dela, distribuindo beijos por toda a pele enrubescida.

— Mais — disse Hazel.

Noah não conseguiu evitar um sorriso. Ele deu um beijinho na ponta do nariz dela antes de buscar os preservativos que deixava escondidos em uma das prateleiras pequenas. Um marinheiro tinha que estar sempre preparado.

— Tem certeza? — perguntou Noah, enquanto colocava a camisinha.

— Aham.

— Com palavras, Haze.

Ela soltou um suspiro baixo e exasperado.

— Sim. Tenho certeza. — Então, puxou-o para si, os dedos firmes nos bíceps dele. — Vem cá.

Ela passou as pernas ao redor dele, que já estava posicionado na entrada dela, e Noah mal pôde saborear o momento, mal pôde se preparar para como seria entrar em Hazel. Mas não importava. Ele não teria tido como se preparar.

Noah penetrou-a devagar e teve certeza de que nunca se sentira daquele jeito antes. Por quê? Seria por causa do suspiro baixo e ofegante que Hazel deixou escapar, que soava muito como alívio, quando ele chegou o mais fundo possível no corpo dela? Com certeza as mulheres com quem estivera já haviam suspirado. Mas não daquele jeito. Nunca daquele jeito.

Seriam as coxas de Hazel envolvendo-o com força, ou os peitos grandes, ou os cachos bagunçados? Seria por causa do quanto ela confiava nele, da forma como se entregava por completo ao momento? Noah não sabia. A verdade era que ele não sabia de nada enquanto a penetrava, cada investida lenta apagando qualquer pensamento racional de sua mente.

— Noah — chamou Hazel, sem fôlego.

— Tudo bem?

— Tudo. — Ela fez uma pausa, os olhos fixos nos dele. — É só que... eu não costumo gozar assim. Quer dizer, durante essa... parte. Não queria que você ficasse... ofendido.

Noah fez uma pausa e encostou a testa na de Hazel.

— Ofendido?

— É... tá muito gostoso. Eu só não costumo... chegar ao...
— Ok. Eu entendi.
— Desculpa. Isso torna as coisas menos divertidas pra você?

Menos divertido para ele? Jesus, aquela mulher iria acabar com ele. Noah literalmente não conseguia pensar em um único lugar onde preferisse estar naquele momento.

— Não precisa se desculpar. Nunca peça desculpas por uma coisa dessas.

A voz de Noah saiu mais áspera do que ele pretendia, mas estava mergulhado bem no fundo da mulher dos seus sonhos e, ao mesmo tempo, absurdamente furioso com todos com quem ela já tinha transado. Era um momento desconcertante, para dizer o mínimo.

— Vamos tentar outra coisa, tudo bem? — perguntou Noah, procurando suavizar o tom.

— Tudo.

Ele se afastou e se levantou, sentando-se na cama. Sua cabeça encostava no teto baixo, mas eles caberiam ali.

— Vem cá.

Hazel também mudou de posição, até estar montada no colo dele.

— Eu não costumo fazer assim. Quer dizer, não fazia antes.

Noah engoliu a resposta ácida que queria dar aos antigos namorados de Hazel.

— Pode ser um ângulo melhor pra você — disse ele.

Hazel sentou ali e Noah quase gozou ao ver a mão dela ao redor do seu pau, guiando-o para dentro.

— Ah. — Ela arregalou os olhos.

— Tá vendo só — disse Noah, com um sorriso.

Ele a segurou pela cintura e a puxou para a frente.

Hazel arregalou ainda mais os olhos.

— Ah!

— Isso, assim.

Ela mexeu o corpo sozinha daquela vez, e um gemido baixo ecoou do seu peito para o dele.

— Cacete, Noah.

— Melhor, minha linda? — perguntou Noah, a voz rouca.

Hazel fez uma pausa, então, sustentando o olhar dele, e um belo rubor coloriu seu rosto por causa do jeito como ele a chamara.

— Muito — sussurrou ela, voltando a se mexer.

— Isso mesmo. Descobre como você gosta — murmurou Noah em seu ouvido, e Hazel acelerou o ritmo.

Ela rebolou de novo, e cada investida fazia uma onda de prazer correr pelo corpo de Noah. Ele estava todo cercado por Hazel, pelo seu cheiro, sua pele macia, seu corpo volumoso. Hazel, Hazel, Hazel.

Noah pegou um mamilo com a boca e Hazel arqueou as costas. Ela segurou a cabeça dele, e ele continuou a chupá-la enquanto ela o montava.

— Ah, meu Deus, ah, meu Deus, ah, meu Deus — sussurrou ela.

— Isso — falou Noah, afastando-se apenas pelo tempo necessário para dizer aquilo, antes de tomar o outro mamilo na boca.

Os dedos dela se enrolaram com mais vontade no cabelo de Noah, as coxas apertando com força a cintura dele.

Hazel gritou.

Hazel balbuciou uma série de palavrões que, até aquele momento, Noah nunca ouvira sair de sua boca.

Hazel murmurou o nome dele.

E Noah gozou mais forte do que em toda a sua vida.

A chuva ainda tamborilava de leve contra a claraboia, mas o vento tinha parado. Noah disse que eles poderiam voltar na hora que ela quisesse.

Mas então pegou seu livro e se esticou na cama amarrotada, lançando um sorrisinho para Hazel. Ela pegou um livro também, novamente aconchegada em um dos moletons de Noah, e se deitou ao lado dele.

Os dois ainda estavam lendo uma hora mais tarde, a cabeça de Hazel descansando no abdômen de Noah, os dedos dele acariciando seu cabelo. A cabine estava na penumbra, iluminada apenas por algumas lâmpadas pequenas e pela luz cinza do lado de fora. A pele dela estava pegajosa por causa do ar salgado e de... outras coisas, e o cabelo estava uma confusão, mas Hazel tinha dificuldade em lembrar a última vez que se sentira tão contente.

— De jeito nenhum — murmurou Noah acima dela, fazendo-a reprimir um sorriso.

Ele havia feito aquilo a tarde toda. Soltado breves exclamações de surpresa e de empolgação enquanto lia. Era quase tão sexy quanto todas as coisas que havia feito com ela antes de começarem a sessão de leitura.

— O quê?! De jeito nenhum.

Hazel riu.

— Desculpa. Tô atrapalhando você? — perguntou Noah.

Ela rolou o corpo para poder vê-lo. O cabelo cheio e ruivo estava arrepiado de um lado, e Noah usava apenas a camiseta branca e a cueca boxer. Suas tatuagens se flexionaram e dançaram quando ele mexeu os braços para deixar o livro de lado.

— Você não tá me atrapalhando. Eu gosto. Quer dizer, gosto disso.

Ele sorriu e a cabine pareceu ficar iluminada de repente.

— Eu também.

— Acho que esse foi o meu dia favorito.

Noah rolou para ficar de lado, o rosto bem perto do dela.

— De todas os nossos dias de aventuras do VIDHAN, esse foi o seu favorito? — perguntou com um sorriso. — O que a gente quase morreu?

— Quase morreu?! Você disse que estava tudo sob controle!

Noah riu.

— Tô brincando! Estava mesmo tudo sob controle.

Hazel franziu a testa e ele deu um beijinho em seu nariz. E, naquele momento, ela conseguiu imaginar. Conseguiu imaginar muitos dias como aquele. Bem, talvez com menos experiências de quase morte. Mas dias em que os dois saíam juntos em breves aventuras e terminavam o dia lendo na cama. E a imagem era tão incrivelmente perfeita que chegava a doer.

— Não, estou dizendo que foi o meu dia favorito. Da vida.

Hazel sustentou o olhar de Noah e o viu ficar sério. Sua barriga se revirou de um jeito perigoso, muito pior do que durante a tempestade. Ele afastou um cacho do rosto dela antes de dizer:

— O meu também.

Sua voz saiu baixa e rouca, como se aquelas duas palavras significassem muito mais do que ele estava dizendo em voz alta. Como se quisesse dizer. *O meu também, você é minha pessoa favorita. O meu também, todos os meus dias favoritos são com você.*

— O meu também — repetiu Hazel, querendo dizer: *O meu também, eu quero continuar fazendo isso com você. Quero mais do que uma diversão casual. Quero tudo.*

Noah se inclinou para a frente e a beijou.

E Hazel torceu para que aquilo significasse que ele queria tudo também.

— Tenho uma coisa pra te contar — falou Noah, e o coração de Hazel disparou de empolgação.

Pronto. *Aquele* era o momento.

— Tudo bem — sussurrou ela.

Até que enfim os dois diriam tudo em voz alta. Ela diria a Noah como se sentia sobre ele e ele faria o mesmo.

Sem mais questionamentos. Sem mais dúvidas. Eles finalmente iriam poder fazer aquilo de verdade. A diversão casual havia se tornado exaustiva. Hazel estava pronta para se divertir em um relacionamento mais sério.

— Vou embora por um tempo.

— Embora?

O quê? Não, aquilo não podia estar certo. Ele ia embora? Não era aquilo que Noah tinha para lhe dizer. Não podia ser. Ela devia ter entendido mal.

— Bem, na verdade, eu tô indo pra casa. Pra... hum... ajudar.

— Ah.

Para casa. Noah estava indo para casa. Ele estava partindo de forma tão abrupta quanto chegara. E, assim, as esperanças de Hazel de "viveram felizes para sempre" se perderam no mar. Tudo o que ela havia planejado dizer precisou ser reorganizado, e a declaração de amor que estava pronta para fazer foi guardada nos confins seguros do seu coração. Era óbvio que tinha entendido tudo errado.

— Depois do seu aniversário.

Noah a observava com atenção enquanto falava, esperando a sua reação.

Hazel engoliu em seco. Não iria fazer papel de boba. Aquele combinado entre eles sempre havia tido uma data de validade. Ela *sabia*.

— Isso é... hum... bom, certo?

Noah franziu a testa, criando um vinco entre as sobrancelhas.

— Quer dizer... acho que sim. A minha irmã precisa de ajuda com as coisas e tenho só mais alguns passeios de pesca agendados, então me pareceu um bom momento para ir.

— Certo. Claro. Faz sentido.

Hazel estava tentando sorrir, mas o seu rosto não obedecia. Aquilo era bom para Noah. Ele deveria mesmo voltar para casa. A família precisava dele. Aquilo entre os dois era temporário. Fazia todo o sentido, mas saber disso não fazia doer menos.

— Escuta, Haze, eu...

— Eu tô feliz por você, Noah. Vai ser muito bom pra você. — Hazel se afastou porque, de repente, a proximidade entre os dois se tornou insuportável. — É melhor a gente voltar logo, certo? — perguntou ela, a voz alta demais, alegre demais para o momento.

Mas não faria Noah se sentir culpado por aquilo. Ele tinha tentado esconder o quanto os problemas com a família o magoavam, mas Hazel percebera. Ele sentia falta deles, e se enfim estava disposto a ir para casa e resolver as coisas, ela não ousaria impedi-lo. Não poderia prendê-lo ali.

De qualquer forma, talvez fosse daquele jeito que as coisas entre os dois deveriam terminar.

Noah a encarou, parecendo confuso.

— É, acho melhor.

— Obrigada por tornar esse dia inesquecível — sussurrou Hazel.

— Fico feliz em ajudar — falou Noah, mas seu sorriso estava longe de ser feliz.

CAPÍTULO VINTE E CINCO

— Vamos repassar os fatos mais uma vez — disse Annie, as pernas esticadas no sofá do escritório de Hazel.

Jeanie estava sentada na outra ponta, com Gasparzinho no colo. O gatinho tinha começado a visitar a livraria e Hazel com frequência o encontrava escondido entre as pilhas de livros.

— A gente tem mesmo que fazer isso?

Hazel estava atrás da mesa, com uma xícara de chá nas mãos, cortesia de Jeanie, e um muffin pela metade à sua frente, providenciado por Annie. Ela cedeu e contou às amigas tudo o que tinha acontecido no barco de Noah e nas semanas que antecederam àquele momento — o que Hazel não havia conseguido parar de pensar nos últimos dois dias.

A tempestade, o sexo, a partida de Noah, tudo aquilo tinha se transformado em uma mistura confusa e nauseante de emoções que revirava suas entranhas. Tinha sido tão maravilhoso, e logo depois tinha sido tão... o oposto disso. Noah não havia falado que estava indo embora para sempre, mas também não havia falado que os dois deveriam continuar o que quer que fosse que existia entre eles.

E, mais uma vez, lá estava ela presa no limbo.

E sendo obrigada a ouvir as teorias de Annie sobre a coisa toda.

— Tem, sim.

Hazel gemeu.

— Evidência A. — Annie levantou um dedo. — Noah está a fim de você há pelo menos um ano.

— Isso não é uma evidência. É você fazendo uma suposição — resmungou Hazel.

Mas Annie apenas mostrou a língua para a amiga e continuou:

— Ele comprou mais livros no ano passado do que qualquer outra pessoa na cidade. Aí está a sua evidência.

Jeanie lançou um olhar solidário para Hazel. Não havia como deter Annie quando ela cismava com alguma coisa.

— Evidência B. — Outro dedo no ar. — Alguém começa a danificar seus livros no exato momento em que Noah aparece aqui e se oferece pra ajudar.

— Não foi bem assim que aconteceu.

Annie seguiu em frente, com um terceiro dedo levantado.

— Evidência C. Ele salva sua vida, então vira o seu mundo de cabeça pra baixo no barco dele, um barco que foi especificamente citado na última evidência!

— Não foi citado especificamente.

— Com certeza é ele que tá deixando as pistas, Haze, e ele tem uma queda por você. Dá pra ver. É óbvio! Eu disse isso pra você semanas atrás. Nossa, às vezes você é tão inteligente e em outras...

— Ele estar a fim de mim não é o mesmo que estar... — Hazel se conteve antes de terminar aquela frase muito perigosa, mas foi tarde demais.

Os olhos de Annie se arregalaram e até as sobrancelhas escuras de Jeanie se ergueram alto.

— Hazel Jasmine Kelly...

— Esse não é o meu nome do meio.

— Você tá apaixonada pelo pescador gostoso?

— Não.

— Hazel Marjorie Kelly...

— Continua não sendo o meu nome do meio.

— Você tá apaixonada! Se apaixonou pelo Noah!

— Tentei não deixar isso acontecer!

— Ah, Hazel.

Annie balançou a cabeça, mas Jeanie foi em seu resgate.

— Acho isso ótimo, Haze.

— Você não pode escutar essa mulher, ela tá cega por todo o amor que vem recebendo daquele fazendeiro grande e rabugento.

— Eca. — Hazel fez uma careta.

— Eu não tô cega. Só sei como isso pode ser incrível — falou Jeanie, entre risadas.

Annie bufou e se jogou de volta no sofá. Gasparzinho aproveitou a oportunidade para subir nela. Ele ronronou feliz enquanto Annie fazia carinho nele.

— Foi você que disse que eu deveria aproveitar a oportunidade — lembrou Hazel a Annie.

— Eu quis dizer pra você ir lá fazer sexo selvagem, mas deixei *claro* que não era pra se apaixonar.

— Eu tentei não fazer isso — repetiu Hazel, enfiando mais muffin na boca. Estava bom. Era de especiarias. — Eu só não esperava que ele fosse tão... atencioso.

— Atencioso como? — perguntou Jeanie.

— Atencioso... como se estivesse sempre pensando em mim, em maneiras de me fazer feliz ou de me deixar confortável ou de me fazer... — O rosto dela ficou vermelho.

— Ou de fazer você gozar? Vocês duas estão cegas. Cegas pelos orgasmos — declarou Annie.

Gasparzinho desceu de cima dela e saiu pela porta enquanto a dona da confeitaria se sentava.

— Atencioso é bom — disse Jeanie, e era bom ter uma aliada.

— É, não é?

— É claro que sim. Acho que Noah gosta de verdade de você, Hazel. — Jeanie sorriu por cima da caneca, e talvez as duas estivessem cegas pelos orgasmos, mas não parecia a pior maneira de encarar a vida.

— Todo mundo gosta de você. — Annie franziu a testa.

— Hum, obrigada.

Annie balançou a cabeça, e mechas loiras escaparam do coque bagunçado.

— Isso saiu mais maldoso do que eu queria. Estava querendo dizer que é claro que Noah gosta de você. Quem não gostaria? Você é inteligente, bonita e gentil.

— Ah, obrigada, Annie.

A amiga ainda estava de cara fechada.

— Eu só... Ele tá sempre trocando de mulher, Haze. E é tão novinho! Quer dizer, o córtex pré-frontal dele já terminou de se desenvolver por completo?

— Tenho quase certeza de que isso acontece aos vinte e cinco anos.

Annie bufou.

— Eu só não quero que você se machuque.

— Mas... — Jeanie se inclinou para a frente, pronta para contra-argumentar. — Se é ele que tá deixando todas essas pistas, é bastante esforço, certo? Quer dizer, se Noah é tão bom em conquistar mulheres, por que se daria a todo esse trabalho pela Hazel? — Jeanie alargou o sorriso. — Porque ele tá apaixonado por ela — cantarolou, com um sorriso feliz.

— Vocês duas são terríveis — resmungou Hazel, mas não conseguiu evitar o frio que se espalhou em sua barriga com as palavras de Jeanie.

Será que a amiga estava certa? Tudo aquilo era um plano elaborado demais só para levá-la para a cama. Aquelas pistas tinham que indicar um nível bem alto de comprometimento, não é?

Então Hazel se lembrou da aventura de barco que vinha tentando bloquear da mente.

— De qualquer forma, nada disso importa porque Noah vai embora depois do meu aniversário.

— Ele o quê?! — Jeanie fechou a cara.

— Noah me contou que vai voltar pra casa pra ajudar a família.

— Por quanto tempo? — perguntou Jeanie.

— Ele não disse.

— Então talvez seja temporário?

Hazel olhou para Annie, sabendo que a melhor amiga lhe diria a verdade.

— Quer dizer, é possível... — admitiu Annie. — Ele talvez passe apenas alguns meses lá.

Hazel tinha ficado mais confusa do que nunca. Se Noah era a pessoa por trás das pistas, por que iria embora logo em seguida? Será que ela havia entendido errado? Será que ele iria voltar?

— Eu ainda acho que é ele o autor das pistas. Quem mais poderia ser? — perguntou Jeanie.

— E o que eu faço agora, então?

Hazel deixou o corpo afundar na cadeira, enquanto uma estranha mistura de empolgação e decepção crescia dentro dela. Como seu caso de verão tinha se transformado naquela complicação toda? Era quase como se tivesse visto que aquilo estava prestes a acontecer e não houvesse feito nada para impedir. Na verdade, tinha mergulhado de cabeça.

Agora, lá estava ela, confusa e de coração partido.

Annie deu de ombros.

— Ele deve ter planejado alguma maneira de encerrar essas pistas — opinou Jeanie. — Alguma espécie de *grand finale*. Então, vai se declarar pra você!

— Calma, calma. — Annie balançou a mão como se para afastar as ideias românticas de Jeanie. Hazel conteve um sorriso. — Não se empolgue. Esse não é um dos romances do clube do livro. A gente tá falando do Noah.

— Diz a mulher que viu *Harry e Sally: Feitos Um para o Outro* cinquenta vezes.

— É um clássico — retrucou Annie, mas Hazel interrompeu a discussão.

— Você não acha que Noah pode fazer um *grand finale*?

Ela não se importava com pistas ou *grand finales*, mas Annie sabia o que a amiga de fato estava perguntando. Hazel queria saber se Noah poderia levá-la a sério, ficar com ela de verdade. Ele ficaria ali por ela?

— Não sei, Haze. Mas torço de verdade para que sim.

— Eu também.

Noah já a surpreendera muito. Quando ela o recrutara para aquela aventura de dois meses, só esperava que ele fosse divertido e talvez um pouco imprudente. Não fazia ideia de que fosse acabar sendo tão doce, gentil e sexy... bom, mentira, Hazel sabia que ele era sexy. Mas realmente não esperava que Noah iluminasse seu mundo, como acabou acontecendo.

Não esperava aprender tanto sobre si mesma só de ficar perto dele.

E não pretendia fazer a coisa mais imprudente de todas. Com certeza não esperava se apaixonar.

— Tenham fé, amigas — disse Jeanie.

Ela se levantou do sofá e se espreguiçou.

— É fácil pra você dizer — falou Annie.

— Você tem falado com Mac? — provocou Jeanie, enquanto as duas saíam do escritório de Hazel.

— Como você se atreve?!!

A risada de Jeanie chegou até o escritório. Hazel se levantou e seguiu as amigas até a frente da loja. Alex estava no caixa. E tinha um livro de romance nas mãos.

— Ei, Hazel. Alguém rasurou esse. O que a gente faz com ele?

Jeanie e Annie congelaram na mesma hora.

— Uma pista! — Os olhos de Jeanie cintilavam de empolgação.

As três foram correndo para o balcão, mas Hazel era rápida quando queria.

— Eu fico com ele!

Alex as examinou com uma expressão que se dividia entre divertimento e surpresa.

— Tuuuudo bem...

— Abre. Abre! — Jeanie estava eufórica ao lado dela.

— Vocês estão agindo de um jeito mais estranho do que o normal — comentou Alex, mas também se inclinou sobre o livro.

Hazel abriu na página com a ponta dobrada. Era uma entrada de diário, e a única linha destacada era a data.

28 de setembro.

O aniversário de Hazel.

Nas margens, havia uma anotação.

No pub do Mac. Às sete horas, traga os amigos.

— Um *grand finale* — murmurou Annie.

Jeanie bateu palmas.

— Eu falei!

— Que estranho... — comentou Alex.

Hazel deixou escapar um suspiro profundo e tentou controlar o frio na barriga.

Faria trinta anos em quatro dias.

E parecia que alguém estava organizando uma festa para ela.

Seria cedo demais para fazer um desejo de aniversário a respeito de quem estava por trás daquilo tudo?

CAPÍTULO VINTE E SEIS

A mensagem de Hazel chegou no momento perfeito. Noah precisava desesperadamente de uma distração. Estava na Biblioteca Pública de Dream Harbor, tentando imprimir os documentos necessários para conseguir uma licença de construção, o formulário de designação de patrimônio histórico, a petição para poder administrar um negócio na praia e outros documentos que ele nem tinha certeza se eram de fato necessários.

Precisava de ajuda.

E deveria pedir mesmo.

Mas, como era muito teimoso para isso, resolveu checar o celular.

Achei mais uma pista hoje.

Ah, é?

É.

Noah esperou. E ficou tamborilando com os dedos na mesa até a senhora à sua frente começar a olhar feio para ele.

— Desculpe — murmurou Noah.

Então, você vai me contar o que dizia a pista?

Balões de digitação apareceram e desapareceram várias vezes enquanto ele continuava a esperar.

Acho que era um convite para uma festa de aniversário.

Legal. Posso ser seu acompanhante?

A resposta foi mais rápida dessa vez.

Claro.

Ótimo. Mal posso esperar.

Mais balões apareceram e desapareceram, o que fez Noah se perguntar o que Hazel estaria digitando e apagando. Será que ela estava com tanto medo de que aquele aniversário chegasse quanto ele? Será que Hazel esperava que as coisas entre eles fossem terminar depois da festa?

Precisava conversar com ela.

Ter uma conversa séria.

Precisava contar tudo.

Mas não por mensagem.

O que quer que Hazel estivesse digitando e apagando nunca foi enviado. Poucos minutos depois, Noah recebeu os detalhes da tal festa de aniversário, e pronto. Lá estava ele sozinho de novo, se afogando em papelada e plantas de projetos para as cabanas.

Era como estar na escola de novo, mas pior. Pior porque ele já tinha errado diversas vezes e precisava muito que aquele plano funcionasse. Pior porque havia se convencido de que precisava daquilo para provar a Hazel que a merecia. Se Hazel o quisesse, ele voltaria para Dream Harbor assim que Rachel estivesse se sentindo melhor. Se Hazel o quisesse, ele preencheria toda a papelada necessária e construiria um milhão daquelas pequenas casas.

Noah suspirou e passou a mão pelo cabelo. Preferia estar trabalhando nas casas, martelando e pintando... *fazendo* alguma coisa. Era daquele tipo de porcaria que ele tinha fugido antes e, de algum modo, acabara voltando para o mesmo lugar: cercado de burocracia.

Talvez se tivesse terminado a escola...

Talvez se tivesse ido para a faculdade...

Talvez se tivesse realmente tentado aprender alguma coisa com os pais...

Talvez se não fosse tão incompetente...

Um fracasso...

Noah se levantou tão de repente que a mulher à sua frente levantou os olhos com uma careta de surpresa.

— Desculpe — sussurrou ele mais uma vez.

Então, empilhou a papelada e pegou o celular. Tinha que sair dali. Precisava de uma pausa. Tinha quase aprendido a bloquear aquela voz que o criticava de forma tão dura, a mesma voz que o manteve afastado de casa e da família por tanto tempo. Mas às vezes ela voltava.

Antes, Noah achava que era a voz do pai dele, mas nos últimos tempos vinha percebendo que soava muito mais como ele mesmo.

Abriu caminho por meio do que só poderia ser descrito como um rebanho de crianças indo para a hora da história e saiu para o ar fresco da tarde. Estava frio naquele dia, o clima de outono começava a levar embora o calor do verão. Algumas árvores precoces já começavam até a ficar com parte das folhas amareladas. As reservas para passeios de pesca já tinham começado a diminuir, e na semana seguinte ele estaria na casa de Rachel, dormindo no sofá dela. Noah sempre se sentia melancólico quando o clima mudava, mas naquele ano parecia ainda pior. O fim do verão, o fim dos dias longos e quentes, o fim do tempo que tinha com a livreira gostosa.

Noah não queria pensar que aquele último tópico pudesse se tornar verdade.

Eram quase dois quilômetros de caminhada até em casa, mas ele ficou satisfeito por ter deixado o carro na marina. Precisava do exercício, do ar fresco, da oportunidade de desligar a mente. Noah tentou organizar os pensamentos enquanto andava, repassando o que ainda precisava ser feito. A lista era longa, e não ajudou muito a aliviar a ansiedade. Sem mencionar que ele não sabia como iria se sentir estando na casa dos pais depois de tanto tempo.

Mas, quando chegou mais perto da água, com o ar salgado enchendo seus pulmões, se sentiu melhor. Ainda mais quando viu as cabanas de pescador, em especial a que havia reformado. Parecia muito boa. Se conseguisse resolver a burocracia, talvez pudesse mesmo fazer aquilo.

O celular tocou assim que ele entrou em casa.

Noah atendeu, esperando ver o rosto das sobrinhas preenchendo a tela. O que ele não esperava era dar de cara com os pais e as irmãs. Foi tomado pelo pânico. *O bebê.*

— Hum... oi? Tá todo mundo bem?

— Rachel comentou que você talvez viesse pra casa pra ajudar por um tempo — disse a mãe, indo direto ao ponto, a voz mais carregada de esperança do que ele merecia.

— Hum... é. Eu estava pensando nisso.

— Eu falei. Pode pagar.

Rachel estendeu a mão e Kristen botou dinheiro na sua palma.

— Você apostou nisso?! — perguntou Noah.

— É claro. Ninguém acreditou em mim.

— Quanto?

— Vinte.

— Kristen, você realmente apostou que eu não iria?

— A aposta foi se você tinha *dito* que vinha ou não. Tem outra, mais alta, se você vai mesmo voltar pra casa ou não.

— Meninas, que horrível — repreendeu a mãe.

As irmãs reviraram os olhos em sincronia.

— Não apostem que o seu irmão não vai voltar pra casa. Noah jamais decepcionaria as sobrinhas que adoram ele. Ou a irmã mais velha que tá precisando dele. E muito menos a própria mãe. Certo, Noah?

— Uau, mãe. Caprichou no drama — comentou Kristen.

— Estou disposta a usar todos os meios necessários — falou a mãe, e Rachel riu.

— Meu Deus, mãe — murmurou Noah.

— Não diga o nome do Senhor em vão, Noah James.

Ele bufou.

— Desculpe.

— Só acho que a gente não deve desperdiçar o tempo que tem. Ninguém sabe por quanto tempo seu pai e eu ainda vamos estar por aqui...

— Mãe! — O rosto de Kristen estava tomado por um horror fingido. — Essa foi longe demais.

— Foi golpe baixo mesmo — concordou Rachel.

— Ora, ele não vem pra casa há tanto tempo...

As três mulheres começaram a debater se era certo ou não usar a culpa para atrair Noah para casa, ignorando por completo o fato de que ele ainda estava na linha. O pai permanecia sentado em silêncio, os olhos fixos em Noah.

— Oi, pai.

Ele só tinha falado com o pai algumas vezes desde que saíra de casa. Nada muito além das ligações obrigatórias que a mãe orquestrava. E cada conversa parecia carregada com tudo que eles nunca haviam dito um ao outro, com toda a decepção que Noah tinha certeza de que o pai guardava.

— Oi, Noah. Como vão as coisas?

Noah deu de ombros, mas logo endireitou o corpo. Não tinha mais dezessete anos. Não era um garoto comunicando aos pais que estava largando a escola. Não era o cara de vinte anos ligando para eles na costa da Virgínia dizendo que não voltaria para casa.

— Tá tudo bem. Os passeios de pesca foram bem nesse verão. Muita gente veio por recomendação de amigos.

O pai assentiu.

— Isso é bom.

— É, sim.

Os papéis pesavam em sua mão. Ele queria contar mais coisas ao pai. Queria contar tudo a respeito dos seus novos planos. Talvez até pedir a ajuda dele com toda aquela maldita papelada. Mas não teve oportunidade para isso.

— Estou orgulhoso de você — deixou escapar o pai, e as três mulheres ao seu redor se calaram, chocadas.

— Hum... pelo quê?

Noah se deixou cair na sua única cadeira e apoiou a papelada no colo.

O pai pigarreou.

— Você sabe, por você... só porque... tenho orgulho de você, simples assim. Sabe como é, do homem que você se tornou. E tudo o mais. — Ele pigarreou de novo.

O pai nunca tinha sido cruel com eles quando eram crianças ou excessivamente duro, mas tantas palavras ao mesmo tempo sobre os próprios sentimentos eram... incomuns, para dizer o mínimo. Noah engoliu em seco.

— Hum, obrigado.

— Eu só queria que você soubesse. Caso tivesse... dúvidas em relação a isso.

Noah assentiu, porque era só o que conseguia fazer no momento. Como era possível que, mesmo aos vinte e cinco anos, a aprovação do pai ainda pudesse ser tão importante? Ele não sabia, mas era.

— Ah. É. Eu... hum... talvez eu tivesse algumas dúvidas. — Noah pigarreou. — Então... hum... obrigado por esclarecer.

O pai assentiu novamente, mas os olhos da mãe estavam marejados.

— Tá vendo?! — disse ela, as mãos entrelaçadas em frente ao corpo. — Foi tão difícil assim?

— E eu, pai? — Kristen, que estava sentada atrás do pai, passou os braços ao redor dos ombros dele. — Você também tá orgulhoso de mim? — provocou.

— É, acho que você também não me disse isso nos últimos tempos. — Rachel o cutucou do outro lado e o pai bufou, bem-humorado.

— Tenho orgulho de todos os meus filhos chatos. Pronto. Estão satisfeitos?

— Ah, que lindo. — Kristen apertou os ombros do pai.

— Obrigada, pai. — Rachel riu.

Foi a vez da mãe de revirar os olhos.

— Vocês são todos muito bobos.

Sentado ali, vendo a família brincando e implicando uns com os outros, Noah quase conseguiu sentir o cheiro da torta de maçã da mãe. Ouvir o som da partida de futebol sendo narrada aos berros na TV da sala. E ver as sobrinhas correndo enquanto o cunhado tentava, em vão, controlá-las.

Pela primeira vez em muitos anos, Noah se permitiu sentir saudade de casa. Havia ignorado, reprimido e negado aquilo por tanto tempo, fazendo questão de ter uma estranha em sua cama em todos os feriados que antes passava em família, que o sentimento se tornara avassalador. E o invadiu, forte e feroz como uma tempestade repentina.

— Ai, meu Deus, Noah! Você tá chorando? — A voz de Kristen saiu alta o bastante para abafar o resto das implicâncias da família.

— O quê? — Ele enxugou os olhos rapidamente. — Não. Por que eu estaria chorando?

— Porque você ama a gente e tá com saudade! — exclamou a irmã, triunfante.

— Cala a boca — falou Noah, mas não conseguiu conter o sorriso em seu rosto.

Ele amava aquelas pessoas bobas e tinha deixado que seu orgulho e sua teimosia o mantivessem longe delas por tempo demais.

Talvez voltar para casa não fosse a pior coisa do mundo, afinal.

CAPÍTULO VINTE E SETE

O pub do Mac estava estranhamente vazio para uma quinta-feira à noite, ainda mais para uma festa de aniversário. A não ser por alguns clientes habituais do bar, o salão estava silencioso... menos pela mesa no canto, de onde Noah conseguiu ouvir as gargalhadas de Annie e a voz de Hazel assim que entrou.

Ele havia se oferecido para buscá-la, mas acabou concordando em encontrar Hazel lá. Os dois não se viam fazia dois dias, desde o passeio de barco, e Noah não tinha conseguido pensar em mais nada desde então. Seu cérebro havia sido uma maratona de Hazel vinte e quatro horas por dia, sem parar. A sensação da boca dela, as roupas que usava, sua risada, o jeito como confiava nele, o gosto dela, caramba, o gosto dela. Ele mal tinha conseguido ser um membro funcional da sociedade, e o pouco que fizera exigira a ajuda de muito café e de dois banhos frios por dia.

Mas tanto ele quanto Hazel tinham andado ocupados. Surgiram vários passeios de pesca inesperados no fim da estação, além de todo o esforço que Noah vinha fazendo para colocar em ação os planos do aluguel por temporada; enquanto Hazel estivera ocupada colocando em destaque todos os novos livros temáticos do Dia das Bruxas. E não parecia tão apropriado assim entrar no local de trabalho de alguém e se declarar para aquela pessoa. Embora tivesse funcionado para Logan...

Então, Noah havia oferecido uma carona a Hazel para a festa e esperava que os dois pudessem conversar durante o trajeto, mas ela também havia estragado aquele plano... insistindo em encontrá-lo lá. Ou seja, todas as declarações importantes que Noah quisesse fazer teriam que esperar até depois da festa. Ele olhou ao redor do salão a caminho da mesa. No momento, aquilo não era bem uma festa.

— Oi, gente.

— Oi, Noah! — Jeanie sorriu. — A gente tava falando de você.

— Opa. — Ele se virou para olhar o rosto radiante de Hazel e ela sorriu para ele.

— Hazel estava contando como você salvou a vida dela — disse Annie com uma sobrancelha erguida. — Uma história bem tensa, por sinal.

Noah alargou o sorriso, e seu olhar permaneceu fixo no rosto de Hazel.

— Ah, isso. Sim, foi um bom dia.

Hazel ficou com as bochechas vermelhas e Noah teve certeza de ter ouvido Logan resmungar, mas não olhou para o amigo.

— Pelo que Hazel estava dizendo, vocês pegaram ondas de seis metros e ventos tão fortes quanto o de um furacão — acrescentou Jeanie.

— O barco estava tombando e não parava de entrar água! — Annie voltou à conversa.

— E Hazel quase caiu no mar infestado de tubarões. Ela teria caído se você não tivesse levado o barco para um lugar seguro bem a tempo.

Annie e Jeanie quase caíram uma em cima da outra em um ataque de risos.

— Talvez eu tenha exagerado um pouco — admitiu Hazel.

— Só um pouquinho. — Noah riu. — Você daria uma boa pescadora.

O sorriso de Hazel era largo e estonteante. Ela estava cercada pelos amigos, no dia do seu aniversário, e Noah viu que o VIDHAN tinha cumprido a sua missão. Se nada mais acontecesse naquela noite, pelo menos ele podia ter certeza de que tinha dado a Hazel a despedida de seus vinte anos cheia de aventuras que ela desejava.

— Vou pegar mais uma rodada de bebidas — falou Hazel, já se levantando. — Quer me ajudar, Noah?

— Tenho certeza de que ele gostaria de ajudar você com muitas coisas! — quase gritou Annie, enquanto os dois se afastavam.

— Ah, meu Deus — murmurou Hazel. — Talvez seja melhor eu pedir uma água com gás pra Annie.

Noah riu. Ele esbarrou de propósito no braço dela e se inclinou para sussurrar em seu ouvido.

— Feliz aniversário, Haze.

Ela o encarou, o rosto ainda ruborizado.

— Obrigada.

Ela usava um vestidinho vermelho apertado na cintura, realçando as suas curvas, com uma fileira tentadora de botõezinhos brancos na frente. Estava linda, incrível, perfeita. E Noah sabia que deveria dizer aquilo a ela. Ele era bom naquele tipo de coisa. Mas pelo visto já se esquecera de como fazer isso.

Amber estava no bar.

— Mais uma rodada — pediu Hazel a ela. — E acrescenta uma pro Noah.

— Claro.

Amber deu um sorrisinho para ele, como se estivesse se lembrando de quando ele era diferente e conseguisse ver exatamente o que havia mudado nele. E por quê.

Hazel e Noah se encostaram no balcão do bar enquanto esperavam pelas bebidas, e havia tantas coisas que ele queria dizer que sentiu as palavras presas na garganta. Será que deveria começar com: "Então, talvez eu tenha sem querer me apaixonado por você, porque você é gentil, doce, bonita, divertida e perfeita pra mim... e espero de verdade que um dia você também possa me amar, mesmo que eu seja um idiota irresponsável"? Ou seria melhor ir falando aos poucos? Talvez começar só com: "Como você tá?" Ou: "Estava com saudade." Ou: "O que você anda lendo? Me conta tudo."

Enquanto Noah debatia consigo mesmo sobre por onde começar, Hazel falou primeiro.

— Queria te dizer que eu sei — disse ela, ficando vermelha mais uma vez.

— Hum... O quê?

Ela sabia? Ela sabia! Hazel sabia que ele estava perdidamente apaixonado por ela? E não parecia horrorizada ou enojada, então aquilo devia ser um bom começo.

— Quer dizer, eu sei que foi você e acho muito fofo, e não sei o que mais você planejou pra hoje à noite, mas queria dizer que agradeço muito e...

Noah franziu a testa assim que compreendeu o que ela estava dizendo. E a expressão em seu rosto deve ter revelado como estava confuso.

Hazel pareceu arrasada.

— Merda. Eu achei... merda.

Ah, não. Ah, não, não, não...

— Espera, Haze, escuta...

— Não, a culpa é minha. Tirei conclusões precipitadas e, quando você disse que estava indo embora, eu deveria ter percebido que não podia ser você.

— Eu não tô indo embora. Quer dizer, tô, mas só por alguns meses, no máximo, e...

— Noah, sério, tá tudo bem, você não precisa fingir.

Hazel estava se afastando dele, seu sorriso se apagando, e Noah odiava aquilo. Precisava consertar de alguma forma.

— Haze, deixa eu explicar.

Ele estendeu a mão, mas naquele exato momento os pais dela, uma mulher segurando dois cachorros vestindo suéteres combinando, todo o Clube do Livro de Dream Harbor, as pessoas que trabalhavam na livraria de Hazel, George da confeitaria e meia dúzia de outros moradores que Noah não reconheceu entraram quase ao mesmo tempo pela porta.

O prefeito estava segurando um punhado enorme de balões.

Frank tinha um bolo nas mãos.

Os cachorros usavam gravatas-borboleta.

Os membros do clube do livro estavam gritando:

— Feliz aniversário!

Era a festa dela. E Hazel tinha achado que ele que tinha organizado. Tinha achado que ele tinha planejado o verão inteiro para ela e, na verdade, Noah não tinha feito absolutamente nada.

Droga.

Noah viu as emoções passarem como um relâmpago pelo rosto de Hazel. Choque, confusão, surpresa, e não deixou de notar o vislumbre de decepção, *decepção com ele*, antes que ela colocasse um sorriso feliz no rosto.

— Pai, mãe, Frank! O que é isso?

— Feliz aniversário, querida! — O prefeito Kelly se aproximou da filha, radiante. — Nós pegamos você, hein? É como se fosse uma festa surpresa ao contrário!

— Eu preparei uma surpresa pra vocês? — perguntou Hazel, e o prefeito franziu a testa.

— Não, não, não foi isso que eu quis dizer.

Hazel riu.

— Tô brincando, pai. Eu entendi. Isso é maravilhoso. Obrigada.

O prefeito Kelly empurrou o maço de balões na direção de Noah para poder abraçar a filha. Noah ficou ali, imóvel, com os balões em frente ao rosto e as palavras de Hazel ecoando na mente.

— Você gostou das pistas que a gente deixou? — perguntou o pai de Hazel, se afastando.

Ela se virou por um instante para Noah antes de voltar a encarar o pai.

— Foi você? — perguntou, e Noah odiou o indício de mágoa que ouviu na voz dela.

Decepção. Constrangimento.

— Foi. Bem, tive ajuda pra esconder as pistas. Alguns membros do clube do livro me ajudaram a escolher os romances e aquela sua funcionária nova que é um amor, Lyndsay, eu acho, foi muito prestativa. Ela escondeu pra gente. — O prefeito Kelly estava sorrindo, encantado. — A gente achou que você iria se divertir com uma caça ao tesouro.

— O seu pai achou que seria divertido. — A mulher com os cachorros se aproximou para dar um abraço em Hazel. — Eu achei que você iria ficar brava por estarem estragando os seus livros.

— Obrigada, mãe.

— Eu vou pagar pelos livros!

— Eu sei, pai.

— Estava tudo no sonho que eu tive, a não ser pelo tesouro que aparecia em algum lugar e com certeza havia alguma coisa sobre piratas. — Pete balançou a cabeça. — De qualquer forma, me deu uma ótima ideia para uma caça ao tesouro.

— A gente sabe, Pete. — A mãe de Hazel deu um tapinha afetuoso no braço do prefeito. — E olha, funcionou muito bem.

Noah teve vontade de argumentar que não tinha funcionado tão bem assim, mas aquilo com certeza não ajudaria. Embora, a julgar pela expressão no rosto de Hazel, ela se sentisse da mesma forma.

— Obrigada, Frank.

Hazel deu um abraço no outro homem, e os dois cachorros circularam ao redor das pernas de Noah. Apesar das roupas elegantes que usavam, os dois eram muito mal-educados e estavam cheirando agressivamente os sapatos de Noah, resfolegando e bufando animados quando farejavam algo que achavam interessante. Entre a inspeção dos cães e os balões, ele estava preso ali.

O restante dos convidados começou a se aproximar, abraçando a aniversariante e deixando presentes em cima da bancada do bar. Mac tinha saído dos fundos e estava ajudando Amber a anotar os pedidos. E Hazel se afastava cada vez mais de Noah.

Amber pegou os balões que ele segurava. Noah olhou para ela e se deparou com um sorriso sabichão enquanto a colega amarrava os balões no bar.

— Você tá louco por ela, hein?

Noah se deixou afundar na banqueta mais próxima. Os cães encontraram outra pessoa para cheirar.

— Tô.

— E estragou tudo?

Ele passou a mão pelo cabelo.
— Talvez? Ainda não tenho certeza.
— Humm.
— O que foi?
— Noah. — Ela parecia irritada.
— O que foi?
Amber suspirou.
— É o aniversário dela. Só fala logo a verdade.
— Tudo bem.

Noah ficou observando Hazel cumprimentar os convidados, sorrindo e agradecendo, mas aquela pontada de tristeza não havia deixado o rosto dela. Ele podia ver na tensão do sorriso, na testa franzida. Talvez ainda não tivesse estragado tudo. Talvez só não tivesse tentado tanto quanto deveria.

Talvez estivesse na hora de tentar de verdade.
— A verdade — repetiu Noah.

Mas Amber já tinha se afastado para servir os convidados da festa. A verdade era que ele estava apaixonado por Hazel Kelly e já era hora de dizer aquilo a ela.

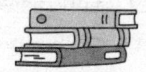

— Achei que encontraria você aqui.

Hazel ergueu os olhos de onde estava sentada, no banco do lado de fora do pub, e viu Logan de pé diante dela. Ela estivera de cabeça baixa até então, desejando ter trazido a bolsa — tinha um livro para emergências lá dentro.

Ouviu música e risadas vindo de dentro do bar quando Logan saiu, que continuaram a pairar na noite tranquila mesmo depois que a porta se fechou. Estava deliciosamente fresco lá fora, o que era um alívio agradável depois do calor da festa.

Hazel estivera sentada sob o círculo da luz amarelada do poste ao seu lado até que a sombra de Logan pairara sobre ela. *Pega em flagrante.*

— Se escondendo da sua própria festa? — perguntou ele, se sentando ao lado da amiga.

— Não.

— Haze... — Logan esbarrou de brincadeira no braço dela, que se inclinou na direção do calor familiar dele.

Ela suspirou.

— Eu só precisava respirar um pouco.

— Você sabe que a intenção deles é boa.

— Eu sei.

— E que eles te amam.

— Eu sei.

— A cidade veio mesmo em peso. Eu nem conheço metade das pessoas que estão ali dentro.

Hazel deu uma risadinha.

— Bem, algumas são da minha aula de Krav Maga.

— Ah! Isso explica...

— Explica o quê?

— Reparei que você tava mais forte naquele dia que me empurrou quando eu tava sendo um idiota com a Jeanie. Parecia uma ninjazinha. — Ele deu outro cutucão na amiga com o ombro e Hazel sorriu. — Então, me fala a verdade, por que você tá aqui fora?

Ela soltou outro suspiro, tentando reunir todas as razões pelas quais estava se escondendo da própria festa. E havia muitas. Em primeiro lugar, não gostava de festas grandes. Eram muito barulhentas, cheias, e ela sempre acabava com a sensação de que não tinha conseguido conversar direito com ninguém. Além disso, ainda estava processando o fato de que tinha sido o pai quem deixara as pistas para ela, que fora ele que orquestrara o verão da diversão dela. O que levava ao último ponto, o pior de todos, não que ela fosse admitir naquele momento ou quem sabe nunca: aquele não tinha sido o grande gesto de Noah de "estou apaixonado por você". A mera lembrança da expressão confusa dele pouco antes de a festa irromper pela porta do bar tinha sido o bastante para deixar o rosto de Hazel vermelho novamente.

Logan permaneceu em silêncio, paciente, firme, enquanto ela pensava em uma maneira de explicar. No final, só o que conseguiu dizer foi:
— É tudo tão... constrangedor.
— São as pessoas cantando? Sempre odiei a parte em que todo mundo canta pra gente em uma festa de aniversário. Como só ficam lá olhando. — Ele estremeceu com o pensamento.
Hazel riu.
— Eu sei. Lembro do seu aniversário de dezesseis anos, quando você simplesmente saiu da sala quando a sua avó entrou com o bolo.
Logan bufou.
— Eu disse a ela que não queria a parte das pessoas cantando.
— O meu problema não é esse. Não sei... É o fato de que a cidade inteira estava comentando alguma coisa como: "Você sabe quem precisa sair mais? Hazel Kelly. Vamos deixar várias pistas pra ela, pra tirar a garota de dentro daquela livraria e trazer ela pro mundo. A velha, chata e empoeirada Hazel."
— Hazel Rainbow Kelly. — A voz de Logan estava séria, severa, como se ela estivesse prestes a levar um sermão.
— Se você contar pra Annie que esse é o meu nome do meio de verdade, eu mato você.
— Não duvido, mas não é isso que as pessoas pensam de você.
— Talvez — disse Hazel, embora não estivesse nem um pouco convencida.
Por que as pessoas não pensariam daquela forma? *Ela* pensava assim. Ou pelo menos até Noah lhe mostrar que talvez fosse mais divertida do que imaginava. Afinal, fora por isso que tinha seguido as malditas pistas em primeiro lugar.
— O seu pai queria que você se divertisse. Em uma caça ao tesouro de aniversário. E essa cidade maluca ajudou ele a tornar a ideia realidade. Só isso. Ninguém acha você tediosa. Muito menos Noah.
Hazel fez uma careta.
— Meu Deus. A cidade toda sabe que ele tava me ajudando, né?
Logan deixou escapar um murmúrio evasivo que Hazel interpretou como um sim definitivo. Ela gemeu.

— Isso torna tudo ainda pior.

Por que ela resolvera admitir para Noah que tinha achado que ele é que havia planejado tudo aquilo bem quando os organizadores da festa estavam entrando pela porta? Se tivesse ficado de boca fechada por mais trinta segundos, Noah nunca saberia a verdade. Nunca saberia que ela nutria esperanças de que ele fosse o responsável por tudo. Que seu desejo secreto de aniversário era que ele sentisse algo verdadeiro por ela e não a considerasse apenas um caso de verão.

— Ele gosta de você.

— Como amigo. Ou como uma ficante.

— Não. De jeito nenhum. Não como amigo. E muito menos só como uma ficante. Ele tá a fim de você, Haze. Nunca vi Noah assim com alguém antes. Ele tá diferente esse verão. Tá lá dentro agora, conversando com o seu pai sobre um plano de aluguel por temporada para aquelas cabanas de pescador antigas na praia. Parece que ele tem uma proposta de negócios prontinha e tudo mais.

— É mesmo?

Logan assentiu.

— Deve ser aquele córtex pré-frontal se desenvolvendo — comentou Hazel.

— O quê?

— Deixa pra lá.

— Tudo que eu sei — continuou Logan — é que Noah gosta de verdade de você.

— Mas achei que ele tava indo embora.

— Parece que a irmã dele foi aconselhada a ficar de repouso por algumas semanas. Então Noah vai pra casa pra ajudar, só isso. E, se ele está apresentando um plano de negócios ao seu pai, é porque com certeza pretende voltar.

— Ah.

Hazel não fazia ideia do que fazer com aquela informação, mas estava feliz por saber. Guardaria aquilo para mais tarde, quando tivesse tempo de processar o que Logan lhe contara. Ela já sabia que

Noah era muito mais do que o que ela pensava, então seria assim tão surpreendente que ele pudesse sentir algo verdadeiro por ela?

— Ah, e a Jeanie tá muito chateada por ter convencido você de que Noah estava por trás das pistas. É óbvio que o seu pai não contou pra gente sobre esse plano dele.

— Não tô brava com a Jeanie.

— Tá, ótimo. E não fica brava com o Noah também.

— Tá. Pode deixar.

— Nem com os seus pais.

— Tá bom.

— E nem com toda essa cidade doida.

— Nossa, acho sinceramente que você, de todas as pessoas, deveria estar do meu lado nisso, mas tudo bem. Não tô brava com ninguém e vou tentar superar a minha vergonha desproporcional.

— Acho bom.

Hazel se apoiou nele, seu amigo mais antigo.

— Fica sentado aqui comigo mais um pouquinho?

— Claro.

— Obrigada, Logan.

— Feliz aniversário, Rainbow.

— Eu vou matar você.

Ele se inclinou e deu um beijo no topo da cabeça dela.

— Também te amo.

CAPÍTULO VINTE E OITO

Era o primeiro dia inteiro de Hazel com trinta anos e ela estava atrasada. Alex tinha aberto a loja naquela manhã e Hazel não tinha que aparecer lá antes do meio-dia, o que era bom, levando em consideração que havia dormido até as dez depois da grande festa surpresa na noite anterior, mas ainda assim estava atrasada. Ainda mais porque, entre tomar banho e beber chá, havia passado boa parte da manhã pegando o celular e colocando-o de volta no lugar.

Nenhuma mensagem de Noah. Nenhuma ligação. E Hazel não havia reunido a coragem necessária para conversar com ele na festa. Se Noah planejava terminar as coisas entre os dois, ela não queria ter aquela conversa naquele momento. Ninguém queria levar um fora no dia do aniversário.

Em vez disso, Hazel tinha se cercado de convidados e se certificado de nunca ficar sozinha com ele.

Mesmo quando pegara Noah a encarando sem parar.

Mesmo quando ele tentara lhe oferecer uma carona para casa.

Ela não queria ouvir Noah se desculpar no aniversário dela. Não queria passar a festa, que acabou sendo muito divertida, ouvindo-o dizer que jamais tivera a intenção de magoá-la e de como tudo tinha sido incrível enquanto durou.

Porque, pelo visto, embora Hazel fosse uma adulta de trinta anos, que finalmente se aceitara como uma mulher atraente e divertida, também era uma covarde. E, embora todas as suas amigas parecessem achar que Noah gostava dela de verdade, Hazel ainda precisava ouvir aquilo do próprio Noah. Ela já havia se enganado uma vez com toda aquela história de pistas, e não queria estar errada de novo. Principalmente em relação àquilo, aos sentimentos de Noah por ela.

Não, Hazel tinha preferido guardar aquele assunto para o dia seguinte.

Mas passara tanto tempo pensando a respeito e se preocupando, decidindo ligar para Noah e depois decidindo de forma abrupta nunca mais vê-lo, que se atrasara para o trabalho.

— Desculpa, Alex! Cheguei.

Ela entrou apressada. Alex, que a substituía sempre que necessário, estava atrás do balcão do caixa.

— Não se preocupa. Tá tudo sob controle.

— Eu disse que chegaria até o meio-dia e tô chegando quase meia hora atrasada.

— Hazel, tá tudo bem. Eu disse que você nem precisava vir hoje.

Ela sabia daquilo. Trabalhava com pessoas incríveis na livraria. Mas, se tivesse ficado em casa, passaria o dia inteiro pensando em sua situação com Noah, e ela não precisava nem um pouco daquilo.

Hazel parou diante do balcão e apoiou o quadril nele, se deixando envolver pelo ambiente familiar da livraria. Era uma tarde tranquila, mas vários clientes passeavam satisfeitos entre as estantes. A mesa da frente exibia os lançamentos mais recentes da estação, e Lyndsay tinha pendurado por toda a loja as lindas faixas de outono com folhas coloridas e rolinhos de canela brilhantes que Hazel tinha encontrado na internet. O aroma de açúcar e canela ainda pairava no ar. Estava sempre ali, mesmo quando não tinham rolinhos à venda, como se o cheiro tivesse se infiltrado nas paredes. A luz do sol baixo de outono entrava pela janela da frente e o gato Gasparzinho, que estava ali de visita, cochilava sob um raio de sol.

Alex sorriu para ela do seu lugar no caixa.

E Hazel se lembrou de que amava aquele lugar.

Lá era o seu lugar, e ela o *amava*.

E tudo bem se nunca tivesse aproveitado loucamente a vida ou se nunca houvesse sequer tido vontade de fazer aquilo. O fato era que tinha trinta anos e sabia quem era. Hazel Kelly, gerente de livraria, leitora apaixonada, entusiasta de chá, abraçadora de mantas, gata doméstica. Também era uma mulher divertida, sedutora e atraente quando queria. E às vezes talvez se sentisse entediada ou impaciente, o que tudo bem também, mas Hazel gostava do seu lugar ali. E estava satisfeita com isso. Não queria mais nada além disso.

Porque do que mais alguém precisava além de bons amigos, bons livros e um rolinho de canela de vez em quando?

Um certo pescador ruivo lhe veio à mente, mas Hazel afastou o pensamento com calma. Lidaria com aquilo mais tarde. Ou nunca. Ainda não havia decidido.

— Você se divertiu ontem à noite? — perguntou Alex.

— Na verdade, sim.

— Você parece surpresa com isso.

— Fiquei mesmo. — Hazel sorriu.

— Bem, eu também me diverti... — Alex ergueu as sobrancelhas com malícia. — Eu e Joe...

— Não! Jura?

Alex alargou o sorriso. Afinal, estava de olho em Joe, do Café Pumpkin Spice, havia meses.

— Sim, juro.

— Então foi uma ótima festa.

E tinha sido mesmo. Além de haver evitado Noah a todo custo, Hazel dançara, rira e aproveitara o amor da família e dos amigos. No fim, se sentiu feliz com a brincadeira armada pelo pai e teve que admitir que se sentia feliz até pelo seu verão de caça ao tesouro. Fechara seus vinte anos com chave de ouro.

Se nada mais acontecesse, pelo menos tivera aquilo.

— Bem, agora estou aqui — falou Hazel, e deu um tapinha no balcão. — Deixa só eu guardar as minhas coisas e você pode sair pro almoço.

Ela foi correndo até o escritório dos fundos para deixar o casaco e a bolsa e para mandar uma mensagem para Annie, que desaparecera de forma suspeita na mesma hora que Mac na noite anterior — ou seja, ou os dois tinham ficado juntos, ou um deles tinha sido assassinado. Hazel achava que qualquer uma das duas opções era possível.

Você tá viva?

Tô.

A resposta foi imediata. Annie nunca estava longe do celular.

Tudo bem com Mac?

Como eu vou saber?

Hazel riu para si mesma e deixou a bolsa, o celular e o casaco em cima do sofá. O que quer que estivesse acontecendo entre a melhor amiga e o dono do pub, ela não tinha tempo para investigar no momento.

Hazel levantou os olhos e encontrou uma pilha bamba de livros em cima da mesa dela. Que diabo era aquilo? Alex nunca deixaria livros lá. Com certeza não empilhados de qualquer jeito e prestes a tombar.

— Ei, Alex — chamou, colocando a cabeça para fora da porta do escritório. — Que pilha de livros é essa em cima da mesa?

— Ah, deixaram pra você agora de manhã — respondeu Alex.

— Quem?

— Hum... na verdade... — Alex não completou a frase. — Tenho que atender a um cliente!

Humm. Hazel voltou para o escritório e examinou a pilha de livros. Era uma mistura de gêneros e tamanhos, todos empilhados no centro da mesa. Ela pegou o do topo.

Havia uma página com a ponta de cima dobrada.

Ela sentiu o coração acelerar na mesma hora.

Hazel abriu o livro e encontrou uma frase destacada.

```
Conheci uma garota esse verão.
```

Inofensivo. Inocente. Ainda assim...

Ela pegou o livro seguinte.

O beijo foi incendiário. Ele poderia jurar
que seu corpo inteiro estava em chamas.

Um pouco exagerado, mas Hazel conhecia a sensação.
Ela pegou outro, o próximo da pilha. Cada livro tinha uma página marcada e uma frase destacada. Cada livro fazia seu coração bater mais rápido. Aquilo não podia ser...

Atração (substantivo): a ação ou poder de
evocar interesse, prazer ou apreço por alguém ou alguma coisa.

Hazel largou o dicionário e pegou a obra seguinte. Um livro ilustrado.

— Você quer ser o meu melhor amigo? — per-
guntou a raposa ao coelho.
 — Mas somos tão diferentes — disse o coelho.
 — É por isso que eu gosto de você.

Uma revista científica:

De acordo com uma equipe de cientistas lide-
rada pela dra. Monica Hunter em Yale, o amor
romântico pode ser dividido em três catego-
rias: desejo, atração e apego.

O livro de ficção científica que estava vendendo como água:

Ela o trouxe de volta à vida, reconstruiu-o
em uma versão melhor do que a original. E
ele se sentiu vivo. Estava vivo. Era real.

O mais recente da série de fantasia que Noah leu no barco:

Pássaros marinhos ferozes se precipitavam
do céu, mas ele os mantinha afastados. Qualquer coisa para proteger a princesa.

Hazel não conseguiu conter a risada que escapou ao ler aquilo. O próximo livro era pequeno e gasto, do tamanho perfeito para ser levado em uma bolsa pequena. Ela não sabia quando as suas mãos tinham começado a tremer.

Ele mergulhou a cabeça entre as coxas dela
e encontrou o paraíso.

Hazel sentiu o rosto ficar vermelho enquanto se apressava a fechar aquele volume em particular, nem um pouco surpresa ao encontrar um pirata seminu na capa.
O livro jovem adulto que tinha sido um best-seller surpresa no ano anterior era o próximo.

Só penso em você. Só quero você. Eu e você
até o fim.

Ah, Deus. Aquilo era...
O penúltimo livro. Outro de romance. Lógico.

Ele percebeu que a amava e que provavelmente
a amara por todo aquele tempo. Mas, por algum motivo, aquilo o pegou de surpresa, mesmo ela tendo sido perfeita desde o início.

Hazel segurava o livro com tanta força que as páginas amassaram sob seus dedos.
Aquele tinha um bilhete no final da página. Na verdade, não era um bilhete. Eram apenas algumas palavras.

```
Dessa vez sou eu.
   — Noah
```

O último livro não era um livro, mas uma agenda. A data daquele dia estava circulada e alguém havia escrito no espaço abaixo, a lápis:

```
Me encontre na praia. Hoje à noite. Às oito
horas.
```

Uau, caramba.
O *grand finale*.

Noah estava há tanto tempo andando de um lado para outro na areia que tinha conseguido criar uma pequena vala. Talvez pudesse se enterrar nela se Hazel não aparecesse. Seria um bom uso dos recursos que tinha à mão.

Não, estava tudo bem. Ele estava bem. Mesmo se Hazel não o quisesse. Ele ficaria... bem. Tá, ficaria devastado porque definitivamente amava aquela mulher e nunca amara alguém antes, e tinha certeza de que doeria demais se ela o rejeitasse, mas sobreviveria. Talvez.

Noah olhou para as cabanas de pescador. Com a ajuda de Cliff, ele tinha conseguido fazer a eletricidade funcionar direito e pendurara luzes brancas cintilantes em cada uma. Até mesmo a da ponta, que estava quase desmoronando, ganhara uma fileira de luzinhas brancas. Aquela cabana em particular daria mais trabalho do que as outras, mas Noah tinha falado com o prefeito Kelly na noite anterior, quando perdera Hazel de vista por um momento, e o homem lhe garantira que teria como dar um jeito na situação.

O prefeito não fora muito claro em relação a qual solução seria aquela, mas Pete dissera ter certeza de que resolveriam tudo. O importante era que Noah havia lhe apresentado o seu plano para as cabanas e o prefeito tinha gostado.

E Noah estava até pensando em pedir conselhos ao pai enquanto estivesse em casa, o que era muito importante para ele. Tipo... importante de verdade.

Um movimento na trilha até a praia chamou a sua atenção e Noah ficou paralisado na vala que criara. Até se lembrar de que a trilha não era bem um caminho e sair correndo para ajudar Hazel a descer.

— Oi, Noah — disse ela quando ele se aproximou, e ele sentiu o coração acelerar.

Hazel era tão linda, mesmo no escuro, só a silhueta dela já era linda. Seus cachos estavam soltos ao redor do rosto naquela noite e um sorriso hesitante agraciava sua boca.

— Oi. — Ele precisava mesmo voltar a ser bom naquilo. — Deixa eu te ajudar. É um pouco perigoso.

Hazel pegou a mão dele, que a conduziu pela trilha irregular até a areia. Ele queria abraçá-la, mas não tinha certeza se deveria, por isso não a puxou de volta quando ela se desvencilhou. Hazel estava olhando para as cabanas, Noah estava olhando para ela.

— Eu conversei com o seu pai... — disse ele, em um rompante, e ela se virou em sua direção, as luzinhas das cabanas refletindo nos óculos.

Noah desejou poder vê-la melhor. Por que tinha escolhido aquele lugar? O vento aumentou e Hazel puxou mais o cardigan ao redor do corpo, enquanto Noah sentia seu plano ir por água abaixo.

— Sobre as cabanas de pescador, e ele acha que a gente pode dar um jeito.

— Que fantástico, Noah...

— Eu também conversei com o meu pai. Com toda a minha família, na verdade, e acho que talvez eles tenham me perdoado, então eu vou pra casa ajudar enquanto a minha irmã estiver de repouso, mas depois eu volto. Eu sempre voltaria por você, Haze. Deveria ter dito isso. Deveria ter dito muitas coisas. Ah, e você tá convidada pro Dia de Ação de Graças... Quer dizer, se você quiser... Quer dizer, se a gente... — Ele balançou a cabeça, tentando organizar o fluxo de pensamentos. — Acho que a gente deveria namorar. Quer dizer, de verdade, tipo, não por causa das pistas nem nada assim. Eu só... sei que sou um pouco mais novo que você, mas não acho que isso importa e acho que a gente é tão bom juntos...

— Noah, para.

Ele piscou algumas vezes e Hazel voltou ao foco. O vento fazia o cabelo e as pontas do casaco dela voarem. Ela se abraçava. Estava com frio. Era melhor ele levá-la para dentro da cabana, preparar um chá, colocá-la na cama e nunca mais deixar que fosse embora.

— O que você tá fazendo?

A pergunta de Hazel interrompeu os pensamentos febris de Noah.

— Hum...

O que ele estava fazendo? Tentando declarar seu amor por ela e aparentemente estragando tudo?

— Por que você ainda tá tentando me convencer de que você vale a pena?

— Eu... — Noah engoliu em seco. Era aquilo que ele estava fazendo? — Eu só queria que você soubesse que eu tô organizando as coisas... me organizando. Quero ser... bom o suficiente pra você.

De alguma forma, sem que ele se desse conta, Hazel havia se aproximado, provavelmente porque sua cabeça estava a mil e sua capacidade de raciocínio o abandonara por completo naquela praia fria e ventosa.

— Noah.

— Eu?

— Você me trouxe um chapéu gigante e repelente.

— Ah, isso foi só bom senso.

— Você me deu um pinguim gigante de pelúcia.

O que *ela* estava fazendo?

— Bem, qualquer um teria feito isso.

— Você me mostrou que eu era bonita e sexy... e isso sem falar que literalmente salvou a minha vida.

— Hazel...

— Noah. — O tom dela ficara sério, severo, como se não admitisse discussões no momento. — Você teve mais cuidado e consideração comigo do que qualquer pessoa com quem eu já estive antes. Você *já é* bom o suficiente pra mim.

Ele balançou a cabeça.

— Eu só tava te dando tudo o que você merecia.

— Você me deixou mensagens secretas.

Ela abriu um sorriso e Noah sentiu vontade de traçar o contorno daquela boca com a língua. Ele teve vontade de puxá-la para si e abraçá-la, vontade de enterrar o rosto em seu cabelo e sentir seu perfume, mas aquele momento era importante demais, aquelas palavras eram importantes demais.

— Bem, na segunda vez, eu deixei, sim. Desculpa...

— Noah.

— Sim?

— Eu tô apaixonada por você.

— Ah.

O som saiu como se Noah tivesse levado um soco na barriga, um arquejo, uma expiração, um murmúrio sufocado de surpresa. Hazel o encarou com os olhos arregalados, aquele vinco discreto entre as sobrancelhas. Ela estava segurando alguma coisa contra o peito. Uma pasta? Noah não se importava. Ele só se importava com as palavras dela.

Ele segurou o rosto dela entre as mãos e deixou o polegar acariciar sua pele, a testa encostada na dela.

— Graças a Deus.

Hazel deixou escapar uma risadinha, o som baixo e doce.

— Eu também te amo, Haze.

— Ama?

— É claro que sim. É claro que amo. E amo há tanto tempo, Hazel, que nem sei quando começou. Estava disposto a ler todos os livros daquela livraria só pra passar mais tempo com você.

Hazel deu um sorriso lento e travesso antes de lhe dar um beijo. Noah a abraçou e a ergueu da areia. Hazel soltou um gritinho de surpresa e ele pegou sua boca mais uma vez.

— Espera! — falou ela. — Trouxe uma coisa pra você. E a gente tá amassando os papéis.

Noah a colocou no chão com relutância e ela lhe entregou a pasta que estava segurando.

— Toma.

— Hum... Obrigado.

Hazel soltou um suspiro exasperado.

— Você nem abriu ainda.

Ele abriu a pasta e semicerrou os olhos para conseguir enxergar no escuro.

— É tudo o que você precisa preencher e apresentar ao município e ao estado. Acho que a gente pode ignorar a corretora e fazer uma venda direta entre você e a cidade, mas você vai precisar entrar em contato com o seu banco e acho que não seria uma má ideia contratar um empreiteiro e com certeza um arquiteto para as avaliações estruturais. E, é claro, antes de a gente colocar as cabanas para alugar elas precisariam ser inspecionadas...

— Haze.

— Sim? — Ela parou e o encarou.

— Obrigado.

Hazel abriu um sorrisão.

— De nada. Mas quero que você saiba que não me importo muito com essas cabanas.

— Pra alguém que não se importa, você sem dúvida fez muita pesquisa.

— Não, só tô querendo dizer que não me importo se você vai fazer isso, ou se vai continuar com os passeios de pesca, ou se vai ser barman no pub do Mac, ou com qualquer outro plano que possa ter. Você não precisa me provar nada, Noah.

Ele sentiu a garganta apertada de emoção.

— Ah.

Hazel se aproximou e ficou na ponta dos pés para dar um beijo no nariz dele.

— Isso mesmo, *ah*. E eu adoraria comemorar o Dia de Ação de Graças com a sua família.

Noah sorriu.

— As minhas irmãs vão enlouquecer.

Hazel riu.

— Mal posso esperar.

— Vamos entrar.

— Vamos, por favor.

Ela deu a mão a Noah, que a levou para a cabana. Ele tinha iluminado tudo como um presente para ela. Como se precisasse provar mais uma vez que valia a pena, que era sério o bastante para Hazel, mas ela não precisava daquilo. Hazel só precisava dele.

Ele provavelmente deveria ter imaginado aquilo.

Noah não se importava se Hazel decidisse abandonar a livraria no dia seguinte e quisesse sair da cidade para se tornar uma artista circense. Ela poderia raspar a cabeça ou decidir que queria começar a fazer escalada, e ele estaria disposto a acompanhá-la. Hazel não era o trabalho dela, nem os cachos, nem as camisas de botão. Ela era o sabor ácido de mirtilo na língua dele, era o ar salgado e os dias chuvosos, era o livro perfeito. Hazel era beijos e sorrisos secretos. Ela era tudo. Ele só precisava *dela*.

E saber que Hazel sentia o mesmo por ele era o bastante para fazer Noah acreditar que poderia fazer qualquer coisa. Era como se seus pés nem tocassem mais a areia. Ele entrou quase flutuando atrás dela na cabana — o projeto em andamento dele — e, pela primeira vez em muito tempo, se sentiu confiante. Se sentiu como se fosse suficiente.

Hazel abriu a porta da cabana e eles entraram apressados, fugindo do vento frio e das ondas quebrando. Ela nem o deixou recuperar o fôlego antes de empurrá-lo contra a porta fechada e passar os braços ao redor de seu pescoço, colando a boca na dele.

— Eu te amo — murmurou Hazel.

Noah não conseguiu evitar sorrir contra os seus lábios, sentindo a felicidade explodir no peito, cintilante e intensa.

— Eu também te amo, Hazel Kelly.

Ela deixou escapar um suspiro baixo de felicidade quando Noah puxou-a mais para perto, e, naquele momento, cada final feliz que ele já tinha lido finalmente fez sentido. Era daquele jeito.

Felizes.

Para sempre.

E ele faria de tudo para continuar assim.

CAPÍTULO VINTE E NOVE

Noah jogou a pasta de documentos em cima de uma mesinha enquanto a puxava para a cama.

— A gente vê isso de manhã.

— Quantos travesseiros — brincou ela, enquanto se jogava em cima da pilha aconchegante.

Noah ficou muito vermelho. Nenhuma das palavras eróticas que já dissera a ela tinha provocado uma reação tão intensa quanto a confissão que ele fez a seguir.

— São pra você.

— O quê?

Noah subiu na cama ao lado dela e a puxou mais para perto, como se não conseguisse suportar a ideia de ficar a um centímetro de distância dela, o que era bom porque Hazel queria permanecer colada nele por pelo menos vinte e quatro horas ou até estar convencida de que tudo aquilo era real. Noah estava apaixonado por ela. Ela estava apaixonada por ele.

Aquilo era...

Inconcebível. Inacreditável. Inesperado.

Mesmo que fosse óbvio. Talvez devesse ter imaginado o que os olhares de Noah significavam, ou o fato de ele querer passar tanto tempo com ela, mas as pessoas acreditam mesmo que vão encontrar aquele tipo de coisa? Que alguém vai amá-las pelo que realmente são?

Era perfeito. E Hazel não estava esperando.

Mas já que tinha conseguido, com certeza iria se agarrar àquilo. Com unhas e dentes.

— Eu comprei pra você — disse Noah, enquanto ela passava o dedo pelo rosto dele, vermelho.

— Você comprou travesseiros pra mim?

Noah deu um sorrisinho doce de lado e Hazel sentiu um friozinho na barriga.

— Eu queria que você se sentisse confortável se um dia a gente acabasse vindo pra cá.

— Uau.

— Sou louco por você, Haze.

Ela sorriu.

— É mesmo?

— É claro que sim.

— Também sou louca por você.

Ele sorriu ainda mais.

— Olha só, sonhos realmente se tornam realidade.

Hazel riu, embora sentisse o corpo esquentar com a lembrança da última vez que Noah havia lhe dito aquilo. Naquela noite na cozinha, ela só de calcinha em cima da bancada e ele ajoelhado entre as suas coxas. Um arrepio a percorreu, e Noah a abraçou com mais força.

— Tá com frio?

— Não. Frio, não. Na verdade, acho que nós dois estamos usando roupas demais.

Um sorriso malandro tomou a boca dele.

— Concordo.

Hazel se desvencilhou do casaco e o jogou para o lado, enquanto Noah tirava a camisa. A blusa dela se juntou à pilha, então Hazel puxou-o de volta para cima dela.

— Agora tá um pouco melhor — disse ela, enquanto Noah beijava seu pescoço, a pele quente dele fazendo a dela arder ainda mais de desejo.

— Muito — murmurou ele, e sua boca desceu até alcançar a curva dos peitos.

Noah soltou o sutiã dela antes que Hazel percebesse a mão dele em suas costas. Ela afastou a peça íntima para longe, enquanto ele se abaixava para lamber e chupar seu peito.

— A calça — falou Hazel, sem fôlego, puxando a peça de roupa para baixo.

Noah gemeu quando sentiu os dedos dela por baixo da calça.

— Sinto que você está me apressando, Haze.

— A calça. Por favor, Noah — pediu ela, com um gemido. — A gente pode fazer isso devagar mais tarde ou do jeito que você quiser, eu só preciso disso... Eu só preciso de *você*. Agora.

O olhar de Noah encontrou o dela, escuro e firme.

— É assim que você quer? Rápido?

Hazel assentiu, mordendo o lábio inferior.

— Rápido. E com força. Por favor, Noah.

Ele engoliu em seco. Ela o observou enquanto ouvia sua respiração irregular. Um músculo saltava no maxilar dele. Hazel nunca o vira tão imóvel, tão quieto, como se estivesse se recompondo antes de falar, antes de se mexer.

Hazel esperou, sem vergonha do que havia pedido, sabendo que Noah aceitaria e a manteria segura. Não queria que ele fosse gentil com ela naquele momento, não queria ternura. Queria que Noah a ancorasse no momento. Queria que aquela vez fosse tão intensa quanto as emoções que ela estava sentindo, como se todas as sensações estivessem visíveis, como nervos expostos que não precisavam de toques gentis.

Aqueles últimos quatro meses tinham sido preliminares incríveis, mas ela precisava que Noah a pressionasse contra o colchão e a fizesse acreditar nele. Aquilo era real. Ela era dele. Ele era dela. Ela precisava que ele a convencesse daquilo de uma vez por todas.

E, enquanto sustentava o olhar dele, Hazel só esperava que Noah visse o seu amor, o seu desejo e também o pouquinho de medo de que tudo aquilo desaparecesse, ainda alojado em sua garganta.

— Você precisa me avisar se quiser parar. Tá? Se precisar que eu pare, me fala. — A voz dele saiu rouca, como as ondas sobre as pedras.

Hazel assentiu.

— Palavras, Hazel.

— Tá. Eu vou dizer. Prometo.

Ele já estava desabotoando a calça, deixando que escorregasse pela cintura.

— Calça — disse Noah, com um sorrisinho no rosto.

Hazel se apressou em obedecer e tirou a peça de roupa enquanto observava a cueca de Noah seguir o caminho da calça jeans. Ela despiu a calcinha, branca e simples, enquanto Noah a estudava com uma expressão voraz no rosto.

Aquele homem a queria.

Um estremecimento de empolgação que ela esperava que durasse para sempre percorreu seu corpo diante daquele pensamento.

— Vira de costas — murmurou Noah.

Ela fez o que ele mandou, se deliciando com o som do gemido suave que Noah deixou escapar. Ele passou a mão pela cintura dela e apertou de leve.

— Assim?

— Isso.

Hazel ouviu a embalagem da camisinha sendo rasgada, esperou enquanto ele a colocava, e logo as mãos de Noah estavam de novo em sua cintura, ajeitando-a para ele.

Ela nunca havia se sentido tão exposta, tão vulnerável.

Nunca tinha confiado tão completamente em outro ser humano.

A mão de Noah chegou ao meio das suas pernas, abrindo-a ainda mais. Ele a provocou bem onde ela já estava muito molhada, latejando.

— Noah, por favor.

Hazel não estava mais conseguindo aguentar, suas pernas já começavam a tremer.

As mãos de Noah voltaram à cintura dela e ele a penetrou devagar.

Em um ângulo tão... profundo.

Hazel perdeu o fôlego. Seu coração pareceu parar. O cérebro também.

Então Noah estava por toda parte. Os braços ao redor dela, as pernas cercando-a, e o corpo tão profundamente dentro dela que Hazel não conseguia respirar.

— Você tá bem? — perguntou ele em um sussurro, a boca no ombro de Hazel, as palavras no ouvido dela.

— Tô. — Hazel arquejou. — Mais.

— Hazel. — A voz dele soou tão devastada de desejo quanto ela se sentia.

— Mais.

Noah entrelaçou os dedos nos dela, as mãos de ambos pressionadas no colchão. A outra mão dele estava de volta à cintura dela, segurando-a com firmeza enquanto ele recuava um pouco e voltava a investir dentro dela. Hazel estava com a testa pressionada em um travesseiro e sentia o hálito quente de Noah em seu pescoço.

— De novo — exigiu ela, e ele obedeceu.

De novo. E de novo, Noah continuava a penetrá-la e Hazel ia ficando cada vez mais desesperada de desejo. Ela apertou os dedos dele e Noah parou, o corpo enterrado bem fundo no dela. Ele a beijou no ombro, a sensação tão em desacordo com o movimento implacável de sua cintura que Hazel sentiu lágrimas brotarem em seus olhos.

Um soluço espantado escapou de sua boca.

— Hazel?

— Eu... só...

— A gente vai parar.

— Não! — Ela beijou as costas da mão dele, em um gesto ao mesmo tempo desesperado e reverente. Era a única parte de Noah que conseguia alcançar na posição em que estava. — Não para. Eu só... é que é de verdade. Você. Você é de verdade. E eu te amo.

Hazel sentiu a pressão da testa dele nas costas.

— É de verdade — confirmou ele, a voz tão emocionada quanto a dela. — Você e eu. Prometo.

Ela assentiu, um lado do rosto apoiado em um dos muitos travesseiros dele.

— Vou fazer você gozar agora, tá?

Hazel deixou escapar uma risadinha chorosa.

— Tá. Tá bom.

Noah deu mais um beijo em seu ombro, então soltou com delicadeza os dedos dos dela. E levantou a cintura, mudando o ângulo. Hazel sentiu a diferença na mesma hora.

— Bom?

— Demais.

A risada de Noah foi seu som favorito por um breve momento, até ser substituída pelo gemido dele enquanto entrava e saía do corpo dela. Hazel gemeu e agarrou os lençóis.

— Quero que você se toque, Haze.

E ela fez o que ele pediu. Faria qualquer coisa que Noah dissesse naquele momento. Sabia que qualquer coisa que ele dissesse lhe daria prazer.

Hazel se tocou enquanto ele a penetrava com força, atingindo um lugar que a fez revirar os olhos com um desejo tão profundo que ela não tinha certeza se iria sobreviver.

— Continua — exigiu ele, cravando os dedos na cintura dela, e Hazel obedeceu.

Mais rápido e com mais intensidade, enquanto ele fazia o mesmo, o desejo aumentando, mas ela estava segura. Segura com Noah. Estava segura, era desejada e amada.

Hazel gemeu e as lágrimas voltaram aos seus olhos, outro soluço apertou sua garganta.

E ela se entregou às sensações que a dominavam enquanto o orgasmo violento a atingia.

Hazel tremeu, chorou e se contorceu.

E Noah a manteve firme.

— Noah. — Ela gemeu contra os travesseiros, os travesseiros que ele tinha comprado para mantê-la confortável.

Noah voltou a abraçá-la, o corpo dela esticado na cama, as mãos dos dois entrelaçadas, e ele atingiu o próprio orgasmo com a boca pressionada no ombro dela.

— Hazel — murmurou Noah, várias vezes.

Mesmo depois de ter rolado para fora dela. Mesmo depois de ter se limpado e voltado para a cama, envolvendo-a com o corpo. Noah murmurou o nome dela enquanto a beijava e a abraçava. Como se também não conseguisse acreditar.

Mas era verdade.

E era uma história que os dois contariam por um longo tempo.

Bem, partes dela, pelo menos. Outras eram só deles.

CAPÍTULO TRINTA

Dois meses depois

— Feliz Dia de Ação de Graças!

Jeanie abriu a porta da antiga casa de fazenda, os braços esticados. Na mesma hora, Noah foi atingido pelo cheiro de sálvia e cebola, canela e gengibre. Sentiu a barriga roncar. Hazel não o deixara comer mais do que uma tigela de cereal naquela manhã e a metade de um pacote de marshmallows que devorara no caminho. Embora, para ser justo, eles estivessem ocupados com outras coisas. Várias outras coisas que começaram com um pedido de empréstimo bancário e terminaram com Hazel esparramada na mesa da cozinha só de calcinha. Talvez ele não tivesse acabado de devorar apenas cereal e marshmallows...

— Oi, Jeanie.

Noah deixou que a amiga o envolvesse em um abraço, logo afastando as lembranças da manhã.

— Bem-vindo de volta, Noah!

Ela deu um abraço apertado nele e passou para Hazel.

— Obrigada por nos receber — falou Hazel, nos braços da amiga.

— Estou tão feliz por a gente ter decidido fazer isso. — Jeanie pegou as sacolas cheias de vinho de Noah e o resto dos marshmallows que Hazel tinha levado para acrescentar às batatas doces e carregou tudo para dentro. — É uma época tão movimentada, estou feliz que a gente tenha conseguido se reunir.

Noah achou melhor não lembrar que eles se viam quase todos os dias, ainda mais depois que ele voltara e estava trabalhando em tempo integral no pub durante o período de festas de fim de ano. Estavam todos sempre entrando e saindo das lojas um do outro, mas ele sabia que Jeanie estava animada para sediar o primeiro "Dia de Ação de Graças dos Amigos" oficial, por isso mordeu a língua e a seguiu para dentro. Ali estava quente e acolhedor, com o fogo da lareira crepitando na sala de estar, bem ao lado do corredor. Jeanie e Logan tinham arrumado várias mesas que se estendiam da sala de jantar até a de estar. Velas e cabaças estavam distribuídas no centro, criando uma decoração de mesa que Noah tinha certeza de que a mãe dele adoraria.

As seis semanas que passara em casa tinham sido longas e difíceis, em especial para a irmã dele. Mas Noah se divertira muito brincando com as sobrinhas e saindo com a tripulação no novo barco de pesca de lagosta. Ele chegara até mesmo a passar algum tempo repassando os planos do aluguel de temporada com o pai.

E conversar com Hazel por telefone todas as noites com certeza tinha ajudado. Mas depois que Rachel fora liberada do repouso, Noah voltara a Dream Harbor. Pelo menos por ora. Ele levaria Hazel para casa com ele dali a três dias e estava quase explodindo de nervosismo por ela estar prestes a conhecer sua família. Mas era um nervosismo de felicidade e não de medo, então ele encarava como um progresso.

— Ah, olhe quem finalmente decidiu aparecer! — Annie saiu da cozinha, uma taça de vinho na mão.

— A gente não tá atrasado. — Hazel checou o relógio. — Quer dizer, a gente não tá *muito* atrasado.

Ela ficou vermelha e Noah sorriu — sabia que Hazel estava se lembrando muito bem do motivo que fez os dois se atrasarem.

— Que horror, vocês dois. Sinceramente... — falou Annie, também captando a expressão da amiga.

Hazel revirou os olhos, pronta para responder quando um homem que não conhecia seguiu Annie até o saguão de entrada.

— Hum... oi — disse Noah, desviando a atenção de Hazel, que estava concentrada em Annie, para o homem parado atrás dela, parecendo desconfortável.

— Ah, esse é o Trent.

— Trent? — A voz de Hazel saiu mais alta e carregada de incredulidade.

— Oi, é um prazer...

— Você trouxe um namorado para o Dia de Ação de Graças dos Amigos? — perguntou Hazel.

— Pode apostar que sim — confirmou Mac de onde estava sentado, carrancudo, no canto da sala de estar.

Noah nem o tinha visto ali. Trent mudou o peso do corpo de um pé para o outro. Pobre homem.

Annie ignorou Mac e se virou para Hazel.

— Trent é um novo amigo. Achei que seria legal convidar ele.

Jeanie saiu correndo da cozinha com várias bandejas de queijo e torradas nas mãos.

— E quanto mais, melhor — falou, as sobrancelhas erguidas como se estivesse tentando passar alguma mensagem muito importante para Noah e Hazel.

Uma mensagem que deixava claro que ninguém deveria estragar o Dia de Ação de Graças com dramas desnecessários.

— Humm. — O resmungo baixo de desaprovação de Hazel foi a sua única contribuição para a conversa.

— Bem, é um prazer conhecer você, Trent. — Noah estendeu a mão e o homem deu um suspiro de alívio. — Como vocês se conheceram?

— Eu provei o cookie dela e não consegui mais ficar longe dele.

Hazel se engasgou do nada, cuspindo e tossindo. Noah deu um tapinha em suas costas, enquanto tentava conter a própria risada. Ele talvez tenha ouvido, ou não, Mac resmungar alguma coisa sobre ficar bem longe do cookie de Annie, mas era difícil ter certeza porque Trent estava tentando consertar a frase.

— Estou falando... dos doces que ela faz. Os cookies com gotas de chocolate. Fui até a confeitaria comprar alguns e a gente começou a conversar. Foi... hum... foi isso que eu quis dizer.

Noah riu.

— Sim, ela é a melhor.

Ele piscou para Annie, que deu um tapinha brincalhão em seu braço.

— Nossa, obrigada. Muito bem, agora que todos já fomos apresentados, vamos aproveitar o dia.

Mais resmungos vindos do canto de onde Mac estava.

Logan foi o próximo a sair da cozinha, e Noah estava começando a se perguntar quantas pessoas estavam escondidas lá. O amigo vestia um avental com a estampa de um peru gigante.

— Tá bonito, cara — comentou com um sorriso enquanto Hazel seguia Annie até a sala de jantar para petiscar.

Logan olhou para o próprio avental e voltou a encarar Noah, carrancudo.

— Obrigado. Como tá a sua irmã?

— Muito melhor, não graças a mim, mas pelo menos eu mantive as crianças ocupadas.

— Bom garoto.

Noah se inclinou em direção a ele.

— Você já fez o que ia fazer? — perguntou em um sussurro.

— Shhh! — Logan pegou o amigo pelo braço e o arrastou de volta para a cozinha. — Você tá doido?

Noah esfregou o braço.

— Desculpa. Nossa.

— Foi mal. Só não quero estragar a surpresa.

— Então você ainda não fez?

— Não.

— Achei que tinha dito que até o fim do ano...

— Ainda dá tempo.

— Ei, você checou os cookies? — disse Jeanie, entrando na cozinha.

Logan se afastou de Noah num pulo, como se tivessem sido pegos fazendo alguma coisa proibida.

Jeanie olhou para os dois, desconfiada. Ah, o melhor amigo dele *com certeza* ia estragar a surpresa.

— Hum, sim. Ainda faltam mais uns minutinhos.

Jeanie se aninhou ao lado dele e Logan a abraçou e deu um beijo no topo da sua cabeça.

— Então, como estão as coisas com a Hazel? — perguntou ela a Noah.

— Não finja que ela não conta tudo pra você — respondeu ele, rindo.

— Nem tudo! Além disso, eu gosto de ouvir de você.

Noah não conseguiu evitar o sorriso que surgiu em seu rosto. Era inevitável quando ele pensava em como iam as coisas com Hazel.

— Tá tudo ótimo.

Ótimo, incrível, os melhores dois meses da vida dele, nada de mais. Jeanie sorriu.

— Hum, você precisa de ajuda com alguma coisa aqui?

— Não. Tudo sob controle. — Ela olhou por cima do ombro quando alguma coisa borbulhou no fogão, chiando quando o líquido atingiu as chamas. — Quase tudo. De qualquer forma, talvez você possa ficar de olho em Annie e Mac pra que cada um fique em um canto.

— Nossa, só isso? Talvez eu possa aproveitar para descobrir a solução para a paz mundial nesse meio-tempo.

Jeanie riu, a caminho do fogão.

— Obrigada, Noah! Você é demais.

— Claro, claro — murmurou ele, voltando para a sala de estar.

Annie e Hazel estavam ocupadas se empanturrando de queijo e torradinhas enquanto Trent e Mac pareciam estar no meio de alguma competição de quem se encarava por mais tempo. Em algum momento, George chegara com Jacob e Crystal, cujo suposto namorado da NFL estava jogando no Texas naquele dia. E os três estavam preparando drinques no carrinho de bebidas que Logan havia montado.

Os avós de Logan estavam passando o inverno na Flórida, por isso não estavam por lá, mas logo Alex e Joe chegaram para completar o grupo. A relação entre os dois estava em um vai não vai desde o aniversário de Hazel, mas, ao que parecia, naquele dia estavam juntos. Do jeito que todos já estavam bebendo, Noah podia imaginar aquela comemoração de Ação de Graças entre amigos logo saindo do controle, mas estava disposto a fazer o máximo para garantir que aquilo não acontecesse. Ele se sentou ao lado de Mac e passou um prato de torradinhas para o amigo.

— Talvez seja melhor você comer alguma coisa. — Noah olhou para o copo de uísque vazio na mão dele.

Mac resmungou, mas começou a enfiar torradinhas na boca.

— Não sei por que ela trouxe esse cara.

Noah olhou para onde Trent estava naquele momento, ao lado de Annie, olhando todo derretido para ela.

— Talvez ele seja legal com ela.

Mac deu uma risadinha zombeteira.

— *Eu* sou legal com ela.

— Tudo bem.

Mais resmungos. Mais torradinhas enfiadas na boca.

— Ela que não é legal comigo.

— Você sabe que tá parecendo uma criança do jardim de infância, né?

— Eu sei.

— Tudo bem, ótimo. Só queria que a gente estivesse na mesma página.

Hazel se sentou ao lado dele com um pratinho e uma taça de vinho.

— Oi, Mac.

— Hazel.

— Só para constar, sou do time Mac.

— Não existe time Mac.

— Humm.

Noah riu e se inclinou mais para perto de Hazel.

— Ele tá mal-humorado hoje.

— Não culpo ele — sussurrou ela.

— Eu tô ouvindo vocês.

Mac se levantou para reabastecer o copo e Noah puxou a cadeira de Hazel mais para perto.

— Você me fez passar fome o dia todo pra que a gente pudesse, entre aspas, "guardar espaço pra ceia", e agora olha só pra você. — Ele indicou com um gesto o prato cheio de torradas, queijo, vários embutidos, picles e frutas secas.

— Eu não consigo resistir a uma tábua de frios. Além disso, estamos aqui agora, então isso conta como parte da ceia.

— Ah, essa é a regra? Ótimo.

Noah pegou um figo do prato dela e o colocou na boca.

— Ei! Pega o seu!

Hazel se virou para ele e Noah segurou seu rosto entre as mãos. As bochechas dela estavam coradas pelo calor do ambiente e pelo vinho. Seus olhos brilhavam animados por trás dos óculos.

Noah pensou no anel que Logan carregava no bolso havia meses. E pensou que também queria um. Algum dia. Logo. Queria que fosse logo.

Hazel arqueou uma sobrancelha como se estivesse lendo a mente dele, então Noah plantou um beijo rápido e carinhoso em sua boca, ali mesmo, à mesa.

— Por que isso? — perguntou ela.

Noah deu de ombros.

— Eu tava só pensando que, nesse Dia de Ação de Graças, sou grato por você.

— Isso é fofo, mas você deveria guardar pra mais tarde. Tenho certeza de que Jeanie vai obrigar a gente a fazer aquela coisa em que cada um agradece por algo.

Noah riu.

— Tá, pode deixar.

Hazel esbarrou com a perna na dele debaixo da mesa.

— Eu também sou grata por você.

— Fico feliz em ouvir isso.

Ele encontrou a perna de Hazel por baixo da mesa e deixou a mão correr pela meia-calça que ela estava usando por baixo da saia.

— O que você tá fazendo? — murmurou Hazel.

— Nada — respondeu Noah, se voltando para ela com o seu melhor sorriso inocente, enquanto deixava os dedos subirem um pouco mais.

— Noah — alertou Hazel.

— Sim? — perguntou ele em um sussurro, inclinando-se mais para perto dela.

Ele encontrou a bainha da saia dela e deslizou os dedos para cima e para baixo.

Hazel arquejou.

Noah se aproximou mais ainda, mantendo a expressão neutra, plácida.

— O que você tá fazendo? — voltou a perguntar Hazel, embora estivesse abrindo as coxas para facilitar o acesso dele.

— Tô só me divertindo um pouco, sendo imprudente.

Ela sustentou o olhar dele, e ele piscou para ela. Hazel não conseguiu conter uma risadinha.

— Sério?

— Aham.

Ele subiu até o meio das pernas dela e deslizou um dedo pela frente da calcinha. Hazel estremeceu.

— Hora de comer.

Logan pousou uma travessa com uma pilha gigante de peru na frente deles. Hazel tossiu e Noah tirou a mão de baixo da saia dela.

— Mais tarde — sussurrou ele, antes de estender a outra mão para a tigela de purê de batatas. — Alguém pode passar o molho? — pediu, sem perder o ritmo.

Hazel soltou uma risada ofegante ao seu lado e encontrou o olhar dele enquanto os amigos se reuniam e ocupavam seus lugares. Ele sorriu para ela, deixando o caos da sala se espalhar ao redor deles.

Hazel estava sentada no centro de tudo, era a calmaria na tempestade. Noah realmente não sabia o que o levara até ali — atracara em muitos lugares nos últimos anos, mas Dream Harbor tinha sido o porto onde ancorara. E se sentia grato por tudo que o levara àquele momento. Cada erro. Cada dia difícil no mar. Cada desentendimento com a família, consigo mesmo. Tudo o levara até ali.

Ele estava destinado a estar ali.

Com ela.

Hazel Kelly. A garota dos seus sonhos.

E era grato por aquilo.

EPÍLOGO

Seis meses depois

Hazel estava relaxando sob a barraca. Mesmo na sombra, usava seu chapéu gigante e uma camisa de manga comprida, porque aquele sol não era brincadeira. Hazel tinha certeza de que a sua pele sairia queimada de qualquer maneira.

Eles estavam em Aruba já fazia quase uma semana. Aquelas eram as férias mais longas que Hazel havia tirado em toda a sua vida, mas Melinda tinha insistido para que tirasse duas semanas quando pedira um tempo de folga.

— Você merece, querida! — tinha dito, ao telefone. — É claro que deve tirar uma folguinha.

E foi o que ela fez. Quer dizer, fez depois de muita persuasão de Noah, de Alex garantir várias vezes que tinha tudo totalmente sob controle e das promessas de Annie e Jeanie de dar uma olhada na livraria de vez em quando e mantê-la informada. Assim, Hazel tirara o pó do passaporte que havia usado apenas uma vez para uma viagem às Cataratas do Niágara, fez as malas e partiu com Noah para uma aventura em uma ilha.

Depois daquela semana em Aruba, eles iriam visitar o sobrinho mais novo de Noah, Michael, antes de retornarem a Dream Harbor. Noah estava tão apaixonado pelo bebê que aquela seria a quinta visita desde que o garotinho nascera, em março. E, claro, Hazel adorava ver Noah com um bebê nos braços. Era quase tão atraente quanto vê-lo atracando o barco em uma tempestade.

Mas Noah também merecia uma pausa depois de todo o trabalho que tivera com as cabanas. Após um investimento do pai dele, a cidade concluíra a venda. Noah tinha contratado um arquiteto e uma equipe de construção e se dedicara ao projeto durante o inverno para deixar as cabanas prontas para receber hóspedes. Já havia avançado bastante, mas ainda restava muito trabalho pela frente.

Hazel amava ver a fileira de cabanas de praia toda arrumadinha, mas amava ainda mais ver o quanto Noah se orgulhava delas. Ela tomou um gole do drinque de frutas, os olhos fixos na iguana que havia se aproximado da cadeira de praia.

— Não gosto quando chegam tão perto.

Ela dobrou um pouco mais as pernas enquanto Noah tentava enxotar o lagarto para longe da barraca deles. O monstrinho verde apenas piscou para ele, nem um pouco impressionado com o movimento das mãos. Noah se recostou na cadeira.

— Não acho que ele vá se aproximar mais.

Hazel bufou.

— Então, você só enfrenta gaivotas? — provocou.

— Se essa coisa levantar voo, eu entro em ação.

Noah estava esparramado na cadeira de praia, o peito bronzeado à mostra. Hazel não conseguiu evitar estender a mão e traçar a nova tatuagem dele, o livrinho logo acima de seu coração, com HK+NB escrito dentro. Noah pegou a mão dela e levou seus dedos à boca.

Hazel sorriu.

— Essas já são as minhas férias favoritas.

Noah cantarolou, feliz. Hazel podia sentir o peito dele vibrando sob a mão.

— Você sabe qual seria uma boa história pra gente contar quando chegar em casa? — perguntou ele, os olhos ainda fechados.

— Qual?

Eles já tinham feito uma lista e tanto: mergulhado com snorkel, passando por cima do navio naufragado que Hazel tinha certeza de que abrigava uma frota de tubarões e quem sabe alguns fantasmas de piratas; comer o equivalente ao peso de cada um deles em camarão; a briga que Noah teve com um pelicano; beber mais "refresco feliz" do que era aconselhável em uma viagem de barco. Sem mencionar todas as histórias que não contariam a ninguém, como o dia em que não saíram do quarto...

— Se a gente se casasse enquanto tá aqui.

Espere. *O quê?*

— Se casasse? — repetiu Hazel, a voz muito aguda.

Até a iguana pareceu surpresa.

Noah virou a cabeça para ela, um sorriso travesso no rosto.

— É, se casasse.

— Noah...

— Diga que você aceita ser minha esposa, Haze.

Ele semicerrou os olhos por causa do sol, formando ruguinhas na pele. O cabelo cintilava entre o cobre e o dourado, o sorriso competindo com o brilho dos fios. Noah era tão lindo que fazia o coração de Hazel doer.

Esposa dele.

— Vai ser divertido. Eu prometo.

— Noah, eu...

Ele se sentou, jogou as pernas para o lado e pegou as mãos dela.

— E às vezes não vai ser divertido. Às vezes vai ser chato e às vezes você vai ficar brava comigo, assim como às vezes eu vou ficar bravo com você. Mas, Haze, vamos ser você e eu. Pra sempre. Você quer isso?

Seu tom já não era travesso, já não havia mais aquele sorriso, o tom casual em que Noah era tão bom. Ele estava sendo sincero, gentil e sério. E também era bom naquilo.

Ela queria se casar?

Queria ficar com ele para sempre?

Um parceiro de aventuras e um companheiro de leitura.

— Sim. Claro que sim. Sim.

Noah soltou um grito alto o bastante para assustar a iguana e vários banhistas próximos, antes de segurar o rosto dela com as duas mãos e beijá-la com intensidade.

Hazel estava rindo e chorando quando ele se afastou.

— Vamos conseguir um anel. O que você quiser — disse ele. — E já cuidei de toda a papelada, Haze. Eu autentiquei as coisas, e aprendi o que essa palavra significa, e a gente pode se casar aqui na praia, se você quiser.

Noah segurava o rosto dela enquanto enxugava as lágrimas que escorriam. Os olhos dele cintilavam de empolgação, amor e felicidade.

E Hazel sabia que a sua vida com Noah seria cheia de boas histórias. E aquela seria uma de suas favoritas, com certeza. A história de quando se casou com o seu melhor amigo em uma ilha tropical e prometera amá-lo para sempre.

Seria difícil superar aquela história, mas os dois tinham uma vida inteira para tentar.

AGRADECIMENTOS

Eu dediquei este livro a vocês que me leem, porque sem vocês Dream Harbor é apenas um lugar aonde eu vou na minha cabeça, e Hazel e Noah são apenas meus amigos imaginários. Então, obrigada, obrigada, obrigada por lerem! A reação a *Café, amor e especiarias* superou tanto as minhas expectativas que, depois de dois livros, ainda estou me beliscando para acreditar que é verdade. Agradeço a todos que leram, falaram do livro e postaram fotos bonitas dele nas suas lindas prateleiras outonais ou ao lado da sua caneca de abóbora favorita. Fico muito feliz por vocês terem decidido voltar a Dream Harbor comigo e espero que se apaixonem tanto quanto eu por Hazel e Noah.

Também agradeço imensamente a Charlotte Ledger e à incrível equipe da One More Chapter por me deixarem continuar nessa jornada maluca (mais uma vez, ainda estou me beliscando). Um grande salve para Jennie Rothwell, por garantir que Hazel não parecesse emburrada demais e que Noah tivesse mesmo uma história de fundo (e por todos os outros conselhos, pelo apoio, pelas edições e pelas conversas inspiradoras ao longo do caminho!). Agradeço a todos da One More Chapter e da HarperCollins por toda a dedicação a esses livros e por colocá-los no mundo!

Obrigada a Kelley McMorris pela arte deslumbrante da capa! Essas capas são tão aconchegantes e maravilhosas... eu não poderia sonhar com nada melhor para a série.

Às vezes, como autores, temos a cena perfeita na cabeça, aí chega a hora de escrevê-la e nos damos conta de que, no fim, não fazemos a menor ideia do que queríamos escrever. E foi isso que aconteceu comigo quando imaginei Noah e Hazel à deriva em um barco — sendo que não sei coisa alguma sobre barcos, termos náuticos, marés, geografia costeira ou, pelo visto, padrões climáticos. Portanto, um enorme agradecimento ao meu cunhado, Aaron, por me emprestar seu conhecimento náutico para esse livro. Ele salvou a cena que eu tinha na cabeça e me poupou de ter que assistir a muitos vídeos no YouTube sobre passeios de barco (embora eu tenha assistido a alguns mesmo assim). Aaron é muito inteligente e qualquer erro no jargão náutico definitivamente é meu.

E, por fim, agradeço, como sempre, à minha família. A Liz, Steve, Janzer e Sean, por sua empolgação e incentivo. A Molly, por me ler sempre. A Ashley, por insistir que eu sou muito importante agora (não tenho certeza se acredito, mas é bom ouvir isso). Aos meus sogros, por aceitaram com muita tranquilidade uma nora que escreve cenas *hot*. Aos meus pais, por continuarem sendo os meus maiores incentivadores. Aos meus filhos, por continuarem perguntando se eu já sou famosa. E ao meu marido, por continuar trazendo essa energia de grande herói romântico para a minha vida. Vocês são os melhores, pessoal.

- intrinseca.com.br
- @intrinseca
- editoraintrinseca
- @intrinseca
- @editoraintrinseca
- intrinsecaeditora

1ª edição	ABRIL DE 2025
reimpressão	MAIO DE 2025
impressão	IMPRENSA DA FÉ
papel de miolo	HYLTE 60 G/M²
papel de capa	CARTÃO SUPREMO ALTA ALVURA 250 G/M²
tipografia	MINION PRO E JOSEFIN SANS